岁月沉锚

陈继军◎著

天津出版传媒集团
百花文艺出版社

图书在版编目（CIP）数据

岁月沉锚 / 陈继军著 . -- 天津：百花文艺出版社，2024. 9. -- ISBN 978-7-5306-8952-3

Ⅰ . I267

中国国家版本馆 CIP 数据核字第 2024BS6253 号

岁月沉锚

SUIYUE CHENMAO

陈继军　著

出 版 人：薛印胜

选题策划：郑　爽

责任编辑：由高峰

封面题字：丁龙根

插图绘制：陈惟馨　陈惟实

策划编辑：李　瑶

装帧设计：悟阅文化

出版发行：百花文艺出版社

地址：天津市和平区西康路 35 号　**邮编：**300051

电话传真：+86-22-23332651（发行部）

+86-22-23332656（总编室）

+86-22-23332478（邮购部）

网址：http://www.baihuawenyi.com

印刷：成都市兴雅致印务有限责任公司

开本：880 毫米 ×1230 毫米　1/32

字数：223 千字

印张：9.25

版次：2025 年 2 月第 1 版

印次：2025 年 2 月第 1 次印刷

定价：78.00 元

如有印装质量问题，请与成都市兴雅致印务有限责任公司联系调换

地址：成都市金牛区沙河源街道陆家桥社区

电话：028-83181689

邮编：610000

岁月是一群羊（序）

岁月是一群羊，白白的羊。

儿时我睡不着，就学着别人数羊，有时数数真就睡着了，当然有时怎么数也没用，数到羊都醒来吃草了，眼睛还睁得大大的。其实并不是羊有多大的魔力，这就是一种简单的自我催眠，其理论根据大概是单调、重复可使人心理上产生一种疲乏感吧。

我们的岁月数十年如一日，简单、重复才是现实，甚至每年都可能是乏善可陈。是啊！每天、每月都很刺激，那不现实。所以到了我这个年龄，数着岁月这群羊真的也可以很好地入眠，这大概是人在平凡的岁月所没有想到的，平凡的岁月催眠人生其实未尝不是一件好事。然而事实上在平凡的岁月中，我们未必真的能如愿酣眠，反而是“优哉悠哉，辗转反侧”，是的，事实上是我们在岁月这群羊身上，大多数时候寻找不到睡眠的催化剂，它也许会让我们很疲倦，也许会让我们觉得很劳累，但它身上具有的无数气息，却是清新如薄荷，醒脑提神；浓炽如烈酒，辣口烧胃。这真是一件不知是庆幸还是无奈的事情。

所以当我们脑海中开始出现灰色、白色、黄色等毛色不同，卷毛、卷角等种类有别的羊时，就注定又是一个不眠之夜。当岁月这群白羊突然变身被染上各种颜色时，至少是从视觉上紧紧抓牢我。而我也试着从岁月里各种稍纵即逝的轨迹中抓住它们的尾巴，攥在手里，捂在心上，融入血液里，变成那一页页滚烫的文字。岁月的荒野上奔跑了太多的羊，它们成群结队，或打闹嬉戏，或沉静思考，如何抓到它们其实是一件颇费脑筋的事，引诱不来，强拉不行，只有用真情召唤，在你和羊之间建立一种独有的联系，形成心灵感应，这样你就可以成为一名一呼百应的羊倌儿。我们这些以文字为业的人其实就是这样的羊倌儿，当我们手持羊鞭，在岁月的荒野上挥舞时，我们的思维同时也在狂飙突进，文笔也在肆意狂奔。我们后面是“羊群大军”，只要心有所念，它们便会招之即来，挥之即去，而且来则可战，战则可胜。于是洋洋洒洒的文字便在弹指间完成，这是一种多么美好的境界啊！

因为平时工作很忙，所以《岁月沉锚》这本书，我只能靠夜晚写作完成。有一段时间，晚饭喝一点红酒，然后睡一两个小时，等家人都睡着了的时候，我如夜游神一样爬起来，开始对着电脑冥思苦想，写到凌晨累了的时候，再入睡。第二天把写好的文字整理成篇后发到微信公众号，利用这个机会再进行一遍文字修改。那段时间，写作速度很快，质量也高，才情如江河之水滔滔不绝。写文章写出了一气呵成、不知疲倦的状态，对于我来说是很难得的。这种状态直到后来我觉得心脏吃不消才结束，幸好那时书稿内容也到了收尾阶段。以节日作为全书的脉络，就像锚上的钢缆一样，连动着岁月之锚勾起岁月的记忆是我的初衷，也确实把以前的一些零散的思绪形成文字并生成哲思，成为我人生中一笔新的巨大财富。这个过程中也少不了一些朋友的帮助，他们帮我看文章，提出建议，给我鼓励，帮我改稿，在我最寂寞、孤独、无助、无力时给予我莫大的支持，在此向他们表示感谢。

有个朋友看了目录，点了一些尚在创作的篇目说想看，于是我就把这些被“钦点的羊”先用笔圈起，再从那些树开始写起，朋友圈的树比较多：银杏树、大叶杨、楝树、枫树、枇杷树、杏树等，毋庸置疑，朋友的期待给了我写作的动力，于是我便铆足了劲儿写这些树，包括其他的一些文章。可喜的是这些文章后来大部分都被杂志发表了，其中《枇杷籽结千千枝》《何以笙箫默》

两篇还被《师道》看上，写散文开花开到了教学杂志上，这也是我意想不到的结果。《有一种“活着”叫大叶杨》《观枫天平山》被老牌期刊《奔流》看中，《银杏叶铺满江南的繁华》被《苏州杂志》看上，《枫叶红了》被《青年文学家》看上。这也都是让我没想到的。这个过程中，《面缘》还获得《海外文摘（文学版）》编辑青睐，这篇文章是我叙事方式的一种新尝试，以意识流加上后现代主义的手法，以情绪作推动，充分调动意象的象征作用，情感时隐时现。这种手法在另一篇《山行》中使用的效果比较好，而且我还把这种写法加到作文课上指导学生写作，收到很好的反馈。这两篇文章既是一种尝试也是一种突破，这也是我写这本书的收获之一，我曾对一位朋友聊天戏称为此种写法让我打通了任督二脉。也许没那么夸张，但确实完成这本书的过程让我收获颇多，《山行》一文也获得首届“华章杯”原创文学十大文学成就奖，专家评审奖银奖。

羊大为美，岁月这群羊里哪头羊才是美的？对于羊倌儿来说，都是自己的心肝宝贝，都很美，都是倾国倾城，然而对于别人来说也许是土得掉渣，也许是矫情得要命，总而言之，不具备太高的审美价值。这一定会让你感到很失落，你也一定会埋怨他们没有一双慧眼，但你一定要搞清楚一个问题，你眼里的岁月对于你而言是独特的，但在岁月眼里你只是芸芸众生之一，并不具有什么特殊性，这样你淘取的光阴片段便也只是平凡得不能再平凡的一只白羊，很难让别人和你共情。我不知道我有没有找到那些可以让别人共情的五彩之羊，但是我在这个寻找的过程中感受到一种快乐，感受到一种美，感受到一种充实，感受到一种前所未有的提升，感受到一种醍醐灌顶式的联通，感受到一种拈花一笑的开示，感受到凤凰涅槃般的重生。我觉得可能我离头羊的距离并不远了，即使远又怎么样，只要笔在，动力就在。

我思故我在，我在故我写！

目录 / CONTENTS

春　节

（农历正月初一）

元　日

宋·王安石

爆竹声中一岁除，春风送暖入屠苏。

千门万户曈曈日，总把新桃换旧符。

春节，是中国最隆重、最富有特色的节日。一般指正月初一，又叫“阴历年”。

春节历史悠久，由上古时代岁首祈岁祭祀演变而来。春节期间人们都会举行祭祀活动，祈求来年五谷丰登、人畜兴旺。这种祭祀活动随着时间的推移逐渐演变为各种庆祝活动。“春节”一词开始用以指农历新年是在辛亥革命以后。

春节，农历正月初一,万象始更新。鞭炮齐鸣，红吊钱、红灯笼、红对联、红窗花在年的舞台上一一登场，人们把所有对未来最美好的期盼和祝愿都寄托在“中国红”身上，那样虔诚而朴素。

新年红　红新年！

一

红色的吊钱遍绣吉祥的花纹，在料峭的春风中骄傲而矜持地扭着腰肢，悬于门楣之上。它们挨挨挤挤、叽叽喳喳，新奇而快活地荡着秋千，恰似红色的精灵在年的魔法棒下变幻着各种姿态，崭露不同的面目。门楣在热闹气氛的渲染下，旧貌换新颜、精神焕发，运足气力吸纳新春芬芳于胸前。那一张张红色的吊钱是幸福的引子，吸引着各方的福气前来，且不放过一丝一毫宣传的机会，招揽着从门前经过的一切安好的因子，俘获它们成就岁月丰满的羽翼。

红色的对联，笔直地站着，无论头顶上的吊钱如何姿态妖娆地跳着舞蹈，它也是无动于衷，不受干扰，坚守本职岗位。上联和下联的顺序，贴左贴右的纠结，这些对于对联本身而言都是庸人自扰，人类在内容和形式的纠结已经有上千年，争论也有无数次。对联说：我的存在比所谓的秩序更具有合理性。传说仓颉造字时，因为泄漏了天机，所以“天雨粟、鬼夜哭”。文字的神奇可见一斑。在漫长的历史长河里，文字大都只在上层社会中流行，因此广大的底层百姓是和文字无缘的。而在教育普及的今天，文字正在成为所有人都必须学习和掌握的工具。神秘的文字褪去神秘的光环，从贵族到平民，从云霄到地面，从神坛走到凡间，文化和文明都狠狠迈出了一大步。从这个角度看，对联的墨香在寒冬里辐射的是一个民族的幸福未来。

红色的窗花，巧夺天工，却是源自对折的一张彩纸，随意剪裁的手法，得来却是精致无比的图案，恰似那睿智的人，云淡风轻就成了人生的赢家，这是怎样的一种境界。“咔嚓咔嚓”的声音却是蕴含深意的摩尔斯密码，手和剪刀是一对配合默契的知音，一唱一和、心有灵犀，自然是高山流水。直线曲线、刺孔锯齿，都是在纸面上走的曼妙舞步，画出的都是吉祥的物语。窗花的最终归属地当然是窗户，在接纳光明的使命上，窗户当然是一个配角，但却是不可或缺的。尤其是对于百姓而言，从窗棂间透过的那缕缕光辉却是他们最为浓烈的希冀。当这些窗花一一驾临于窗棂之上，它们所有写给现实、未来的信笺便在年的体温中依次打开。所有驱除阴霾、迎接福祉的翅膀也将在年的呼吸中一一张开。

红色的灯笼，悬挂于街头、商场，或成双成对、相依相偎，或如一树红柿子一样，把成熟的喜悦写在枝头。它们是冬日里最忙碌的使者，因为它们到处散播着希望、热情。无论是白昼还是黑夜，它们摆动着身姿，点亮着夜空，释放着力量。圆圆的纸和竹篾，何其简单，却能将弱小而坚强的火炬容纳其中，对抗整整一冬的寒夜，这难道不值得每个匆匆经过它身旁一瞥即过的人深思吗？

红色作为年的主色调可以追溯到数千年前的祭祀活动，在远古的时候，人们将磨成细粉的红色泥土涂抹在祭神器具上，寓意着对上天的尊敬和祈福。这种用红色表达美好祝愿的传统在春节的习俗中得以延续并发扬。红色成为当今中国的审美主流，还和新中国崇尚英雄有关，我们的国旗就是红色。鲜血是红色的，革命的过程是烈士们用鲜血凝结而成的，而革命之后的建设也仍然需要一腔热血。

红色属于中国的吉祥色。红色来自火，钻木取火，火是生命得以繁衍、人类得以发展的前提。红色，是以通过光子能量来激发观察者视觉的，属于电磁波的可见光谱中低频末端的颜色，频率低于红色的光人的肉眼就看不到了——类似于光明和黑暗的界限，所以红色常被认为代表光明、希望。红色在心理学上与激情、活力和强烈的情绪有关，带有积极的意义，代表推动事情向迅速发展方向前进。红色有着丰富的象征意义，常用来代表爱情和浪漫的情感，能够唤起人们对美好感情的憧憬和渴望。赤橙黄绿青蓝紫，红是虹的七色之首，代表着热情、忠诚、真诚主动、兴旺发达等。

除了中国的新年，大概全世界很少有哪个国家会用一种色彩代表一个节日的，张贴悬挂和年相关的各种红色装饰品，穿着各种红色的服饰，红色是中国春节最明晰的图腾。红色如同被封缸的酒，在被年味滋养的空气中泼泼洒洒、摇摇摆摆，人们仿佛也被熏染得迷迷糊糊、晃晃悠悠。为了这一刻，它们整整被尘封了一年，那如火般的热情也被克制了三百六十五天。现在释放的时刻终于到了！

点燃冬天，年，迎接春天吧！

二

从乡村的夜晚谈起吧，不知从什么时候起，乡村的夜晚变得异常宁静，宁静得就像一口百年的老井，虽说井没有变成枯井，但是大部分时候那一汪清水能照到的只是那一角圆圆的天空，天空也许会有云卷云舒的变化，拉长到四季也只有雨雪的不同，除此以外便无其他了。这也是乡村的生活，大部分时间如同一个垂暮之年的老人，蹒跚而缓慢、佝偻而独行。

随着年末第一声鞭炮声开始，乡村犹如一头被推醒了的年兽，从腊八到小年夜，这头古老而巨大的年兽开始不间断地发出吼声，这吼声似乎带着点儿不满，又似乎有着猛然苏醒的激动。是的，乡村在年末之时开始苏醒了。城里的人三三两两地回来了，先是打工的人，拿到工钱早早回来享受天伦之乐，然后是定居在城里的人，有固定工作的拖到除夕前后也匆匆回来。乡村在这个时间点犹如吸铁石一般，把散落在世界上各个角落的和这个乡村有着千丝万缕联系的铁屑吸了回来，让他们一起来完成乡村年末之时的压轴大戏。琵琶、二胡、洪琴、月琴的咿咿呀呀，锣、鼓、钹、铃的咣咣当当，笛、笙、箫、唢呐的嘀嘀呜呜，生旦净末丑也都一一登场。乡村手持指挥棒，左手与额头平行，右手高举过头顶，用右手或左手在空气中做出一个切分音符的动作，于是好戏开始了。从小年夜到大年初五，这是戏的高潮。主角自是年兽，它是无比兴奋和欢跃，日夜不停地吼叫。乡村某种程度上讲已经不再有绝对的平静，随时随地都会有鞭炮声飞出，是轰天雷雄浑震天动地，是小鞭的尖厉，也是“加特林”烟花的绚烂。年兽群体出动，搅动了乡村，搅动了山河，搅动了岁月。

最为受宠若惊的还是乡村的夜晚，从被人遗忘到被万人瞩目，从处于休眠到苏醒并一直保持亢奋，就在瞬息之间。乡村夜晚在迷迷糊糊、懵懵懂懂中就上了场，犹如当家花旦缺场，跑龙套的被拉去唱主角的戏一样有趣而新奇。于是毫无节奏、更无章法的鼓点梆子声响起。它舞起云袖，提起袍角，上了戏剧舞台，插科打诨，台下一样掌声雷动。

最为热烈、喧闹的是大年初一的接财神和大年初五的祭财神，地不分南北，人不分老幼，在过了零点之后或者是凌晨之时，鞭炮点燃，带着致富的愿望直冲云霄。人们对于致富的迫切愿望和这鞭炮的声音一样响亮而急速。

和一阵阵的鞭炮声一样，那一抹抹红色与其说要吓退那传说中的年兽，莫如说要吓退人们心目中那如梦魇一般缠绕着的贫穷和困窘。这就是在新年里红色最主要的价值和意义，承载着人们对未来所有美好的想象。万事如意也罢，五谷丰登也罢，甚至国泰民安也罢，这些细究下来，其实都是曾经的不如意，人们希望它们在来年能称心如意。

过年的习俗有很多，如腊月初八吃腊八粥、小年送灶王、腊月二十四除尘、腊月二十九祭祖、除夕祭家神等。中国的传统节日绝大部分都是伴随着祭祀活动，祭祀的对象有神仙，如上、中、下三元节中祭祀天、地、水三仙官，也有祭祀历史名人，如端午节祭屈原、伍子胥；寒食节祭春秋时名臣介子推。据说冬至吃饺子是纪念张仲景，表达的也正是一种不忘过去的文化传统。

中华民族经历过数不清的灾难：瘟疫、灾荒、洪水、地震、战乱……但没有哪一次灾难让我们的民族止步不前。过去固然让我们流泪、流血，但过去更让我们坚强、坚韧。从千百年前开始，“敬过去，看未来”就是我们先辈生存的法宝，无论生活多么艰难，这两件法宝，从未抛弃。而过去给他们勇气，未来给他们信心，也从未让他们失望。

那定格在千家万户的一抹抹红，是独属于中国人的一种图腾。其实所有人都知道，这世上哪有这么便宜的事，几块钱的一张纸就能满足你的所想所求。但即使如此，人们仍然乐此不疲，继续把自己的梦想锲而不舍地写在红色的纸上，梦想一定要有，而且不能放弃，这也是独属于中国人的浪漫。精神上要能够昂首挺胸地走在星光大道上，现实也许会让我们步履蹒跚，但我们不能因此就放弃追梦的权利，过年时那些红色的物品便是上天赋予我们追梦的权利。生活也许有这样那样的不如意，但是当人们看着这红色的吉祥物品时一定是满含笑容、满怀希冀的。

因为那是他们写给未来的信。

奔跑的达人

老镇的运河旁修建了一条运动跑道，在跑道的中间还画了红黄白三处不同颜色的线，宛如彩虹一样，又像绸带一样向远方展开。在这条跑道上，每天都有形形色色的人在奔跑，即使是春节第一天，也不例外。“一年之计在于春”，在物资匮乏的时代里，人们“计”的是生计，而现在人们更多“计”的是健康。

我是个有点疏懒的人，至少说在运动上没有那种极强的意志力，想当初刚到苏城时，我还坚持每天早上沿着操场跑个十圈。可是一个多月之后便偃旗息鼓了，成了守着操场睡大觉的人。正因为此，我对那些能够坚持锻炼的，长年累月如一日的运动达人是怀有一份敬意的。我们学校以前有一位老师，简直算得上是一位超级达人了。别人运动是论时间和运动量的，可是他的运动却是没有任何计量标准的，一天除了吃饭、睡觉就是跑步。这样运动不仅让我们这些疏懒之人叹为观止，就是那些自诩为运动健将的人恐怕也是自叹弗如的吧。他日常的行头就是一身运动服和一个背包，背包是一些水和负重的东西。下雨天会撑一把雨伞，然后就是闷着头急速奔跑，一圈一圈而不停歇。更令人觉得不可思议的是，别人跑步是有一个目标的，这位老师他是没有目标的，他就像一条射线一样，从开始跑步，就没有考虑走到哪里，跑到什么时候是个尽头。路在脚下，目标就在前方，跑步就是方向，生命就是目标。有路行路，见山登山。把路踩在脚下，把目标放在心上。把奔跑当作一种乐趣，视跑步为一种生活，真是一位名副其实的超级运动达人。

跑步我也跑过很多次，那种生理的疲劳确实是跑步者的顽敌。先是腿沉似铅，再是气息不畅通，然后就是大脑缺氧，头昏脑涨，整个身体就像是一台各个零部件都锈蚀了的老机器，每抬一步都很困难，沉重的呼吸就像那活塞一样“吭哧吭哧”地发出声音。这种情况一般需要通过调整呼吸、放慢频率、匀速前进才可以缓解。可是这只是缓解，暂时性的缓解。这种生理上的考验会一直伴随着你跑完全程，这种如加满油的运动本身也加快大脑的思维速度。身体是上天赐予我们承载意识的一个载体，更是考验我们的一个工具，活着即为修行，这种修行某种意义正是来自肉体本身。向自己的身体宣战，就是最好的修行方式。

我技痒难耐，便叫起还赖在床上的孩子们，叫他们下楼趁春早“舒活舒活筋骨、抖擞抖擞精神”。儿子、女儿在运动上好像都随我，缺乏向自己身体开战的意志和品质。现在反而是要我这

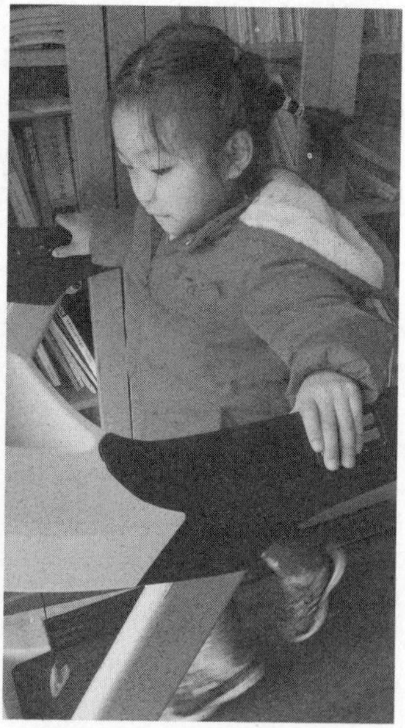

个不爱运动的人催促他们了。运河边其实已经有好多人，只不过他们的轨迹是运动着的，所以我们在楼上，似乎看到的只有寥寥几人而已。对于运动达人而言，正月初一也只是他们运动日程表里普通的一页而已。完成每天必需的运动任务是他们远超于其他事情的达成目标。人世间的事都当不得一个“痴”字，你执着着某事，数十年如一日，什么事做不成功呢？在《一万小时天才理论》中有这么一句经典语录“一万小时法则的关键在于：没有例外之人。没有人仅用三千小时就能达到世界级水准；七千五百小时也不行；一定要一万小时——十年，每天三小时——无论你是谁”。一万小时就可以达到世界水准，其实只要你每天坚持数小时地去做一件事，数十年下来，你就会发现，你已经登上一个很高的山顶，那些曾经和你同行的或者曾经是你崇拜的人都已被你甩得远远的，从这个角度讲，成功远没有人们想得那么复杂，它其实就是日复一日地练习，反复强化然后形成一种能力，成为一种习惯，最后再融进血液成为一种基因。

运动的人有种说法是“夏练三伏，冬练三九”，但是有个人让我颠覆了这种认知。因为在我们学校的操场，无论是春夏还是秋冬，无论是清晨还是黄昏，总是看到这个人，他是学校后面的一个邻居，我不知道他是因为爱运动，所以把家安在学校操场附近，还是因为家在操场附近，所以变得爱运动，总而言之，他是真正地把操场变成了“健身房”的唯一一人，只要我们睁开眼走到操场上，一定会看到他在运动。他常用的一个运动器材是足球，他最喜欢玩的运动就是颠球，用身体的各个部分如头、脚等颠球，说他是专业足球运动员，当然也不是，但是这个足球在他脚下确实也如粘住了一样，运动效果当然也明显，他浑身腱子肉。他就像一个运动的马达一样，而且是一个永远加满了油、处于发动状态的发达。我母亲给他起了一个绰号叫“得来风”，这是我们老家对第一代嘉陵50摩托车的尊称。在运动上，这是一个达人，也是一个怪人。

大凡能成大事者往往首先是一位怪人，那些著名的科学家如爱因斯坦等都有一些怪癖让后人津津乐道，如果我们身边有这种格格不入的所谓怪人，那么这个人大抵在某一个方面是超过常人，他一定不会是路人甲。怪人之为怪，是因为他们更多行走在自己的独立空间里，这个空间是众人很难进入的，所以也是无法理解的，这使他们就成了怪人，然而正如被众人开辟出的道路通向的是人所尽知的某地一样，芸芸众生的生活轨迹是那样的平凡和相似。但是怪人们走的是羊肠小道，开辟的是新道路，享受的是新风景，获得的是别人所无法体验的乐趣。当然怪人不是每个人都做得了的。成为名人的怪人，怪事被后人津津乐道，但是在当时那一定是笑谈，是人们茶余饭后的谈资，人们习惯把这种怪渲染为一种呆傻，并进行无情的嘲笑，从而满足大多数人观众的心态。所以怪人一定得有超人毅力，不过多地看别人的眼色行事，走自己认定的道路，就像那位老师，路人在他的眼中如一棵棵行道树，他走在繁华的都市更像是走在无人的荒漠。当你的眼前只有路的话，你其实就会发现这路是那么的宽敞，前方的目标是那样的清晰。反之如果你看到满眼的汽车、行人，你左躲右闪，你将踯躅不前，无法前进，最终满身疲倦，一无所得，所以“我行我素”“目中无人”，有时真是一种境界。

新年后首场重磅马拉松——二〇二四苏州环金鸡湖半程马拉松赛事，于二〇二四年三月十日举办，总参赛规模约为三万人。很多运动达人都参与了到这场比赛中，因为比赛也是人生必须经历的过程，只有经历比赛、才会享受到成功的喜悦和失败的痛苦，然后在这之后再反思、痛定思痛、奋发图强，最后回归平淡，如此这般最终会进入一个全新的境界，那个境界就叫成功。金鸡湖碧波荡漾，水光潋滟，和风吹拂，一声枪响，前方的大道为所有的奔跑达人铺开。

元宵节

（农历正月十五）

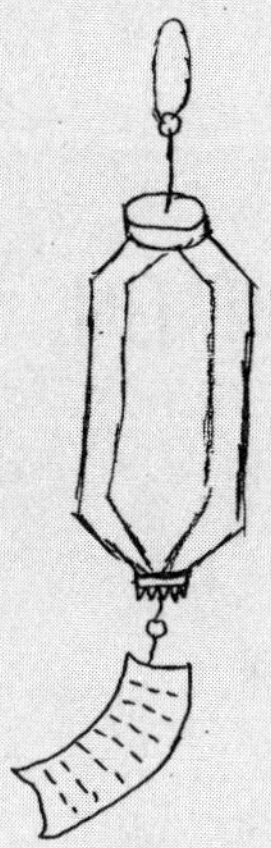

正月十五夜

唐·苏味道

火树银花合，星桥铁锁开。

暗尘随马去，明月逐人来。

游伎皆秾李，行歌尽落梅。

金吾不禁夜，玉漏莫相催。

元宵节，又称“上元节”“小正月”“元夕”或“灯节”，是中国春节年俗中最后一个重要节日，时间为每年农历正月十五。古称正月为“元月”，“夜”为“宵”，正月十五是一年中第一个月圆之夜，所以称为“元宵”。

元宵节是中国的传统节日，其形成经历了较长的过程。关于其起源主要为汉武帝太一神祭祀起源说：早在两千多年前的西汉，汉武帝将“太一神”的祭祀活动定在正月十五；当天晚上的灯火要直点到天亮，百姓可以观看。

从唐代起，元宵节张灯即成为法定之事。“闹”，是元宵节主题，有赏花灯、吃元宵、猜灯谜等民俗活动，舞龙灯、踩高跷、划旱船等传统民俗表演，正所谓正月十五闹元宵。“汤圆”也称“元宵”，是节令食物，寓意团圆美满。

年少观灯时

要想从岁月这条大河里去淘一些深埋于淤泥深处的珍宝，是一件不易的事，时间太长，有些记忆和那深埋之地也许已经融为一体，要想挖出来，可能还会有些疼痛。

在对城市还是带着无限向往的时代里，城市里一举一动都会牵动着乡下人的神经。我们那时做过的最疯狂的举动就是隔三岔五骑着摩托车到县城去看电影。对于县城的元宵节花灯展这样的举城激动的日子当然不会错过，第一次是和一位同事去看的，乘着黄昏的余晖，搭了一辆已是人满为患的小中巴进了城。准确地讲是进了人海，这时的县城和平时的县城和想象的县城都已经完全是两码事了。小中巴未能如往常一样进入县城腹地——那里已经无立锥之地了，更遑论给这个“庞然大物”留有一席之地——早早地就让我们下了车。我们就像寻找大海的鱼，搁浅在海滩上了，只能望洋兴叹。幸好一阵阵的大浪打了过来，于是我们如愿地开始向海的深处迈进，但脚却不听我们指挥，身子也早已变成傀儡，除了一双眼睛听凭我们自己，其他都完全属于那一股股人流。恰如吴均在《与朱元思书》里所写“从流飘荡，任意东西”。不过也不打紧，反正就是看灯嘛，哪儿都是灯，虽然形式不太相同，但是实质上不就是花里胡哨的外表里装些灯泡，还能有什么大的区别吗？当然这只是一种阿 Q 式的自我安慰。事实连那被动看的灯都无法看得很仔细，因为我们更多的精力放在脚站在哪里以及身体的平衡问题上。在成千上万的人里，你一旦摔倒，那么瞬间几十只脚就会不闻不问地踩了过来，到时，不是你看灯，而是灯要看你了。

好吧，还是说说灯吧！拥有财力和人力的各个单位，把这个灯展作为宣传单位文化的最好途径，当然某种程度上也是比拼实力的最好场所。一个制作成某种特别形状的巨型辉煌灯箱，被放在一辆大的拖车上，如同一个玩具被放大了许多倍，披红戴绿，被装扮得五彩斑斓；如同一个在节日被打扮一新的孩子，在那里显摆着，满脸都是兴奋的婴儿红，摆弄着各种炫目的动作，玩得不亦乐乎。人们在下面指指点点、评头论足，毫不吝啬地给出热切的评论与赞赏。

于是乎，我们看到许多单位精心打造出的各式各样灯箱，仿佛在无声地炫耀他们的辉煌壮丽。那些充满视觉冲击的设计，使这些灯箱如同宏伟建筑般引人注目。每一盏灯都在诉说着自己独特的故事，试图吸引人们的关注和赞赏。没有哪一束光线不闪烁着实力的光芒。话说回来，谁能不乘机在这些璀璨辉煌的灯箱中留下惊艳呢？

元宵节除了人多、灯多，就是节目多，闹元宵只有“闹”才能体现元宵节的价值，于是乎舞龙、舞狮、扭秧歌等各种形式的民间艺术接连登场，各乡镇也犹如八仙过海，各显神通。那些有些表演特长的、传承传统技艺的都成了宝贝疙瘩。小城成了非物质文化遗产的集散地。那些藏身岁月深处的绝技、压箱底的绝活都纷纷炫目亮相，那些老手艺人的高光时刻到来。包括那些看上去平平无奇的花灯据说也是花费了工人若干个昼夜赶制。还有飞轮厂几个年轻人用钢筋焊成巨大的轮盘灯箱惊艳了无数人。

我第二次看花灯展，和上一次已经隔了几年时间了，“月上柳梢头，人约黄昏后”，对于我的到来，朋友感到很诧异。其时我已经工作，骑着一辆“幸福 125”的摩托车，正是青春年少、驱车如风的阶段。一如既往被人流裹挟着走的经验，没有丝毫改变。只是臂膀处多了一些温暖和担当，那是这辈子最难忘的记忆。郭沫若有首诗叫《天上的街市》，最后一句为“是他们提着灯笼在走”。我总怀疑他笔下的街市时间点就是元宵节。我便看见无数的男男女女牵着手，手里提着那大大小小、五颜六色的小灯笼，灯笼中流淌着悦耳的旋律。对于沉溺于爱河的男女而言，天上人间其实并不重要，周围的风景更不重要，重要的是你的眼里只有我，我的心上只有你。

天上的星星也在凑着热闹，伴随着美好的祝愿，几颗流星向西北方向疾驰而去，然后，县政府方向无数的礼花冲天而起。辛弃疾在《青玉案·元夕》写道“更吹落，星如雨”。他希望将天上星变成人间灯，我更想把人间灯变成天上星，让这些灯都飞到天上去。我更希望把这片土地上的人间灯火升华为满天繁星，引领人间的梦想和期待，让每个人的爱情故事，在这漫天灯火中找到归宿。无须再为拥堵焦虑，无须再为争夺冲突而烦恼。这里有充满吉祥寓意的鱼灯，有芳香四溢的酒厂美酒作装饰的酒灯，还有远在天边的巨大麦穗灯以及遍布天地的烟花，一起点燃这个广阔无垠的星空，释放一整年的疲惫，诉说来年的愿景。让天上神仙也来享受人间的供奉，赐福于苍生。让诗仙用酒把诗国的精华遍洒尘世，让浪漫的诗文消除现实的病痛。

“众里寻他千百度。蓦然回首，那人却在，灯火阑珊处。”稼轩先生在极力渲染元宵的热闹，却只是放了一场寂寞的烟花，他的意中人在灯火阑珊处守候。当所有的人在喧嚣中舞蹈，唯有一人在奔跑着寻找，这一寻找也许就是一辈子，徒劳无功而无怨无悔。繁华之中的人当然是快乐的，但总有人更愿意在寂寞冷清中守候。灯火阑珊处稼轩先生还是给自己留下元宵节最后一朵漂亮的烟花，这是所有寻找的人心中的念想——“灯火阑珊处”。

朋友说：“我们回去吧！”

我说：“好的！来年再来。”

棉花生日

（农历正月二十八）

正月二十八日夜大雪

宋·尤袤

一冬无雪润田畴，渴井泉源冻不流。
昨夜忽飞三尺雪，今年须兆十分秋。
占时父老应先喜，忍冻饥民莫漫愁。
晴色已回春气候，晚风摇绿看来牟。

相传农历正月二十八是棉花生日，也被称为“花姑节”。传说在宋末元初，中国北方地区寒冷荒芜，在一年的正月二十八的晚上，掌管棉花的神，化身为一个女子来到这里，教会人们种植棉花和纺织技术，让大家过上了温暖富足的生活。这一天，在东北一带，当地民间都会举行庆祝棉花生日的活动，而且，还有通过扔荆筐来卜算今年棉花收成情况的习俗。

棉花压枝喜

我是一个农民的儿子，但是不得不承认，对于那片土地而言，我是一个彻头彻尾的背叛者。当然这也不是一件不光彩的事。但说实话，当我无数次想用文字去表达我对那片土地的真挚情感时，我却不得不承认我好像确实有点虚伪。我们当年迫切地离开它，弃之如敝屣，若干年后却又反过来希望那片土地能够人潮汹涌，那么问题来了，让谁和乡村长相厮守呢？这种矛盾的情结，这种如麻绳一样缠绕的问题，让我既头疼又无助，而且这问题似乎在短时间内也很难找到解决的办法。

我真正产生背叛土地的念头源自那天上午。

那是一个对我而言不平常的上午，我要到田里帮母亲干农活，具体而言是搬棉花钵子。我已经记不清去干农活的原因，是母亲让我去的，还是我主动要求去的。但这并不重要，甚至我去的时候是兴高采烈还是很不情愿，也没必要去深究了，因为有一点是很明显的，就是那半天干农活的体验，让我彻底绝了做农民的心思。而且过去了三十多年，我仍然无法忘怀我离开田地时的感受。什么腰酸背痛，什么背乏身累，什么累成了一摊泥，都无法真切表达我当时的感受。当时我只觉得头脑里一片空白，脸色大概也不好看，因为那天天气特别热，我还穿了一条白色的牛仔裤，所以行动不便，厚厚的牛仔布，做了一回酷热的帮凶，紧紧束着汗，拼命拒绝着风的光临，让汗珠在我身上肆意流淌，我的皮肤甚至感觉到那一颗颗汗珠滚动的响声。那条牛仔裤我印象特别深刻，那不是我的衣服，是我的一位发小朱连新的。这样我就可以把那天的时间定位为我上高一时的某一天。这个说起来就有点脸红了，上高一的人，干了半天的活儿就累成这个样子，实在有点说不出口。

沾了上学时成绩不错的光，所以我母亲从来没让我干过农活，我印象中初中毕业后，因为差一分中专没考上，父亲有过几次“驱赶”我去田里干活的语言，虽然他不干活，但让人干活这事，他还是很乐意干的，当然我也没去成。这次没有人要求，大概我是有点良心发现吧，舍不得让母亲劳累，但结果证明，这种心血来潮式的冲动还是没有最好。其实农民不是那么容易干的，我没有当成农民，说实话，我觉得我即使当成也绝对是一名不称职的农民，有时，我不怎么能够想通的是为什么最有智慧、最勤奋、最忠诚的这一批与土地打交道的人却成了这个星球上最苦、最累的一个群体。

还是谈谈我这唯一的一次干农活的经历吧。

搬棉花钵现在我的家乡已经没有人干了，因为大家不再种植棉花了。用十月怀胎、一朝分娩来形容，你可能就会更好地理解搬棉花钵这项劳动了。所谓棉花钵，准确的名称叫棉花营养钵，它就像母体里的胎儿，它们从被制好钵，播好种后就一直生活在犹如子宫一样舒适的大棚里。在保证充足的阳光、水分、养料的情况下，这些营养钵以肉眼可见的速度快速地生长着。和人一样，这一定是它们短暂的一生中最为自由快乐的一段时间，它们居住的那个营养钵就是它们的温床，吃了玩，玩累了吃，在风中嬉戏，连风都是被加热、过滤过的，怕它们冻着。但是这样的日子是不可能永远的，它们成熟的日子也就是它们离开温床的日子，当农民开始揭开那大棚的薄膜，意味着这一天就快要到来了，下面就是把它们从这个人造棉苗的子宫里一棵棵移栽出去。

我干的就是这个活儿，把那一棵棵营养钵移到用打钵器打好的等大的圆柱体洞中，每个圆柱体洞相隔一步左右。母亲那边要把营养钵一个个地分离开来并小心翼翼地放到一个箩筐里，她就是棉苗们的助产师，这个活儿只能她干。每棵棉苗的营养钵当时的成本就不低于五毛钱，若是被我毛手毛脚地搞坏了，那可就亏大发了。如此说来我是不是更得脸红了，我其实做的无非就是把那营养钵拿了放到圆柱体洞中，没有技术含量可言，当然也没有任何乐趣可言。

棉苗们就要离开大棚，接受磨炼了。所以快乐的日子、吃喝无忧的日子永远是短暂的，下面它们就要独自面对风雨、烈日、酷暑和虫害。每棵棉苗会分得一块差不多一步左右的地盘，如果有人知道农村人有一种分家的生活方式，就可能会更好地理解这块土地对于它们的意义。这一块地盘名义是划给它们的，但现实永远比这个更复杂，那些它们成长必需的养料，说到底还得靠它们自己去抢。

棉苗们啊！阳光在空中，大把大把的，但是你得当心身边的那些杂草们，在抢占阳光上，它们可是毫不手软。水分在地下，自然也是充足的，问题是你要有足够长的根须，那是你在地下的眼睛，你得依靠它们灵敏的感觉，"上穷碧落下黄泉"找到，再吮吸那生命的甘霖。至于酷暑，你不要害怕和拒绝它，你躯干的粗壮某种程度上要依靠它的打磨。还有雨，它会给你带来水分，但是和它一起来的名叫风的东西可不太友好，风如果发起飙来，是很恐怖的，对于你们中有些平时偷懒的、立根不稳的，它很可能就是生命终结者。你也不要被雨迷惑，当它没有停的时候，你得当心了，它这是要把你带走，一场连日的阴雨就是那些害虫的集结号，当雨走了后，你们生命的考验才会真正到来，你们娇嫩、细弱的身躯是害虫们最好的甜品，不过你放心，当一股浓烈得让你眩晕的气体喷来时，它们全得玩完。农民们会对你们进行全方位呵护，照顾方式甚至要超过他们对子女的关注。唯一的区别是他们暂时不会睡在这里陪伴你们，除此以外，他们几乎是三百六十度无死角地保护着你们。

棉苗是农民庄稼地里最疼爱的子女，我现在很幸运地在做着给这些棉宝宝“喂奶、换尿布”的简单活儿，然而我年轻的身体却开始罢工了，单调、枯燥、重复、无味的劳动让我气息不匀、踉踉跄跄、汗流浃背、手指僵硬，最关键的是腰吃不消。腰需要像一张弓一样，拉开、松下，松下再拉开，如此无限循环，一开始还没有感觉，慢慢地那弓张弛的节奏就缓了，接着那弓弦本身也开始吃不消了。我那年轻的韧带在这简单农活面前毫无骄傲可言，刚冲锋就开始言退了。母亲那边积累得越来越多，而我这里休息的次数也惭愧得越来越多。开始我听到那黝黑的营养钵跌落到小洞里发出“扑通”的声音，心里充满着满满的成就感，渐渐地那声音变成“刺啦”，最后我耳朵里已听不到任何声音，只是机械地搬、拿、放。然后浑身如在火炉上一样。最后我彻底瘫坐在那泥土疙瘩上。母亲头抬也没抬，手更没有停，说：“你累就回去吧！叫你别弄，你还不相信！”我如闻赦令，头也不回地落荒而逃。回到家，用凉水冲洗了一番，仿佛才回到了人间，而在那广阔的田野里，我的乡亲们正忙碌地在干着同样的活儿，我甚至听到他们在聊天和唱歌的声音。

从那一刻开始，我觉得我根本不可能做好一个农民。几个小时后，我带着一种近乎绝望、耻辱的感觉离开家，又带着一个溺水者抓着稻草的心情奔赴我的另一个战场——学校，是的，那里更适合我，那里是我唯一的希望，我必须不惜一切代价抓住它。

再次和这些棉苗相见时已是几个月后，当然每个月是会回家的，但是匆匆而来匆匆而去，也从来没想去关注它们，直到九月份之后回到家，母亲不在家，我便到久违的田里找母亲。那一瞬间，我心里百感交集，田野里已是一片棉花的海洋，每一朵棉花都是一朵浪花，我的乡亲们如那驾着渔船捕鱼的渔民们，他们每个人都在腰间系了一个围罩，一会儿的工夫，那个干瘪的围罩就饱满似孕妇，乡亲们脸上都溢满了笑容。当时棉花价格很贵，一大包棉花就是一百多块钱，如果能计量快乐，那个时间田野里快乐和幸福一定是不亚于那门口流向黄海的滔滔河水。

我采摘了几朵棉花，我那柔嫩的皮肤不争气地被那变成黝黑的棉铃张开的嘴亲出了血丝，我看着那粗朴的甚至有些丑陋的棉铃外壳，把里面白色如云朵一般的棉花轻轻摘了下来，连那最里面的一点棉丝也捏了出来。这时已经是初秋，天气开始变冷，那几朵棉花，攥在心里，仿佛就是夏日的艳阳，胸中立马氤氲着可以对抗整个严冬的温暖。我想起夏天的那个上午，我舍它们而去的背影，该让它们是如何的失望，想到这里我指尖的痛开始慢慢弥漫直至我的心口，到我的眼窝，秋风中我突然觉得脸颊很凉。

这时母亲看到了我，很高兴，她走的时候，腰间的围罩很笨重，母亲双手拎起边沿便健步如飞，到我面前，我绷起布袋的大口，母亲把腰间围罩的棉花倾倒进去，棉包像一个贪婪的大肚汉，一口就吞咽进去了，肚子立马就腆起来了。我和母亲一人扛着一袋棉花回家了，一路上乡亲们打着招呼，夕阳的光辉毫不吝啬把一日中最绚烂的光带缠在他们的身上，如同金色的勋章。那枝头被压弯的棉花秆，在栉风沐雨中迅速走完它们辛苦而又极有成就的一生，它们是幸福的。

很多年后，我把这件事讲给已经年迈的母亲听，她竟然还记得，只说了一句，就让我羞愧得无地自容："哪有一个上午，就做了个把小时！"

"嗐，那……好吧！"

送穷节

（农历正月二十九或三十）

晦日送穷三首

唐·姚合

（一）

年年到此日，沥酒拜街中。

万户千门看，无人不送穷。

（二）

送穷穷不去，相泥欲何为。

今日官家宅，淹留又几时。

（三）

古人皆恨别，此别恨消魂。

只是空相送，年年不出门。

送穷节，是中国民间在正月初五（另有说在正月初六、正月二十九、正月三十）时的一种风俗，各地虽有很多不同活动但其意均是祭送穷神。传说穷神穿破衣，吃稀饭。人们在这天熬粥、扔破衣，结柳为车，缚草为船，在巷口焚之，祝送穷神永不回来。唐朝时仍有此俗。“送穷”最简单的方式就是清早响着爆竹时把垃圾倒出门外。

御风少年

一辆小面的风驰电掣地行驶在由县城到乡镇的那条主干道上，司机和我差不多大的年龄，吹着口哨，那轻快的哨声宛转悠扬于狭小的车厢内，这种极其饱满的情绪如同一帖热的膏药，熨帖在我的胸膛。

我被感染得几乎热泪盈眶，那个时候，我正筹备结婚，小面的里装载的正是我为结婚购买的一些家电，然而那个时候恰恰也是我人生中的最低谷，贫穷是罪魁祸首，世人嫌贫爱富是帮凶，而我犹如一条困在浅滩的龙，动弹不得，只得委屈地盘着。而小伙子的哨声仿佛是黎明前树林里第一声鸟鸣，让我瞬间感受到光明的温度。

很多年后，我辗转到苏南教书，暂时住在学校老旧的宿舍楼里，虽条件一般，倒也空旷，围墙外面就是著名的南津桥，桥两面是比较长的引路，盘旋上升。这条道路上，每天下午都会有一个不速之客，当然也是一个常客。据说是住在附近的年轻人，他经过时，会骑着一辆自行车，嘴里发出尖厉的啸声，那啸声久久盘旋在老镇的上空，响彻云霄、如同一支箭呼啸着冲向空中，对那啸声我印象非常深刻，我经常会很奇怪地把这个啸声和魏晋名士的啸声联系起来，比如说王徽之对着竹林的长啸，阮籍听到的那据说有鸾凤之音的啸声。因为我竟然没有丝毫觉得这啸声难听，反而感受到一种对生活无奈的呐喊。一如当年我的心情，被糟糕的生活状态纠缠得心力交瘁却又无能为力，怒目圆睁却又奄奄一息。《说文解字》中说:“啸,吹声也。”也就是说啸声就是一种哨声,从当年司机小哥的口哨声和这个年轻人的长啸,我都听到生活最深层次的响声。前者是快乐、放松,后者是压抑、爆发。对于怀揣梦想、御风而行的人来讲,这两者都要有,也都会有。

我结婚时购买的一辆摩托车型号是金城100,据说用的是进口发动机,它不是我座驾中的第一辆,当然也不是最后一辆,却是陪伴我时间最长的一辆,虽然它长期闲置在家。现在它已经算是彻底废了,以致我去问附近的修车师傅,他说这车子太老了,修不了了,并笑着问我是不是有“特殊爱好”。我笑了笑无奈地走了,我没有“特殊爱好”,但是有“特殊情结”。十多年前的一个寒夜,它在半路抛锚,然后被扔在一个远房亲戚家,一放就是三四年,最后在我再三催促下,那位亲戚才极不情愿地修了它,花了七八百元,所有的人都无法理解我的行为,因为我当时已经买了汽车,摩托车基本用不到了,他们不理解我为什么要花这个冤枉钱。

因为它是我最困难岁月里的见证,多少个白昼、黑夜,寒来暑往,它吹着那年轻而清脆的口哨载着我东奔西跑、南征北战,现在它机器零件有问题了,而我只要花这么几百元就可以让它恢复青春,又有什么不值得呢?我不明白,世人为什么总喜欢把利益得失算得如此清楚,每次付出都要有对等的回报,但是没有因哪有果,前尘往事,即使只是和一辆摩托车有关,又岂是轻易割舍得了的。就这样,我穿越时空一般把这辆摩托车请了回来,这一晃又是四五年了,也许它是真的老了,大部分我想要用它的时候,它仍然处于抛锚状态。去年暑假里在家,我不死心,竟然把它踩响了,到摩托车修理店,清洗了一下化油器,换了两个轮胎,竟然又能骑了。抚着这辆一踩就响的摩托车,驱车在风中行驶,我仿佛又回到了二十多年前。我骑着摩托车,忙碌着、充实着,无畏一切,我骑着它冲破一个又一个黑障,迎来一个又一个朝阳，从乡镇到县城，从狭窄的泥泞小道到宽阔的柏油马路，一路策马扬鞭、奋蹄疾驰。我不认命也不服输，我坚信天生我材必有用，我坚信我的梦就在不远处，我只要开足马力，就一定在不远处追上它、拥有它。我不会吹哨，但是我心中常有一股清亮的啸声要喷薄而出，而它仿佛也知道我的心思，每当此时，它便会声音愈发响亮，如那龙吟鹤鸣一般。那是属于我们俩的以梦为马的芳华岁月。至今想起来，我仍然情不自禁地心脏怦怦直跳、情绪激动。

然而毕竟我也是年近半百之人，而它更是由于过早地透支了身体，已经是垂垂老矣，我不知道的是它其实已是回光返照、灯枯油干了，这真的是它最后一次陪我了。当我过年时满怀期待地回到家，迫不及待地想要重温少年御风而行时，它在一次低声呻吟之后便彻底地喑哑了，我这时候才看到车子下面一摊机油，而机油箱里却是满的机油，这意味着机器里的机油全部漏出来了，这似乎已经超出我对摩托车坏的认知了。它确是耗尽了最后一滴心血，无法再为主人服务，才撒手西去，确实是了无遗憾了，这比摩托车修理铺的师傅指着我看的那些八成新的摩托车要更有意义得多，也许这样的结果对我对它都是最好的了，我轻轻地抚摸它那已经残破的坐垫，最后再用目光擦拭着它的车身。我不得不承认，其实我在它年轻时亏欠得太多，如果那时不是一味地透支它、使唤它，而是勤换机油，多保养，也许它不至于这么早地就离开我，我只是在它已经是病入膏肓之时，急忙补救，但其实为时已晚，如同人类的“子欲养而亲不待”，人生最苦涩的便是后悔熬成的毒药。

人生中的遗憾其实何止这辆摩托车，对亲人我们应该及时行孝，不能过于任性，透支他们的爱，到了无亲可养、无爱可爱时才懊悔不及，而对于理想呢？其实也是如此，当年我驾驶着摩托车追风时，有一个问题并没有搞清楚，那就是摩托车的速度连风的尾巴都抓不住，更罔谈梦了，当然铆足了力把贫穷甩掉还是可以的。这是我后来到了苏南开着第一辆买的二手小汽车悟出的道理。

那辆黑色的小轿车现在不知在谁的手里，它到我手里时间并不长，四年左右的时间吧，当时购买时，并没有仔细考量，只是迫切地希望有一辆车，因为到了苏州太不方便了。购买了这辆性价比并不是太高的轿车，而且隔三岔五地就要去维修，因此认识了好几个修车的师傅。但不可否认，它也是我在苏州那段时间最重要的伙伴。回想刚来苏州时，出行都要走路的日子，腿就有一种抽筋的感觉。每次回家时更是大包小包十几个拎来拎去，那时候儿子还小，随行也有一大堆的必需品，每次总是在公交车售票员不耐烦中、公交车乘客的目瞪口呆中穿行，就好像一个行军的家庭。每次不得不自嘲地说："东西太多了，太多了。"有时还互相假装埋怨："叫你不要带这么多，叫你不要带的，你看看现在……"旁边的人赶紧劝说："谁家都是这样的，有孩子不容易……"这种尴尬自从有了车子后自然就不存在了。每次在高速上行驶时看到前面的车里也塞满了东西，我也总是会心一笑，心想这哥们儿也是和我们一样的吧。

这辆车虽然不耐看，倒是很皮实，空间也宽敞，速度也很快，1.8升的排量，油门一踩，速度就上来了，每次绿灯亮了，我总是第一个冲出重围。我在城市里左冲右突，御风行进的时候，这略显笨重，样式老旧的雪佛兰景程在车群里还是比较显眼的，用那个卖二手车的人话说："你看到一辆和你一样的车，

你都要惊奇半天。”说明这车的市场占有量相当少。但是毕竟属于中型车，高配，底盘低，性能不错，所以其实也勉强属于不好看但实用的车，我有时觉得它特别像我，我初到苏州也是一样的灰不溜秋。甚至我总能感受到来自一些“土著”异样的目光，就连当年那所农村学校的门卫也一样，总用一种异样的眼光看着我，他们像大老爷一样坐在门岗里，抽着“红中华”，说着苏州话，跷着二郎腿，审视、议论、睥睨着。我当时买车，他们还围观，似乎觉得不可思议。也确实是的，我是在买了第一套房子之后不久，买了这辆车子的。对于一个外地人而言，这似乎已经超出他们的认知范围了。我便在这样的目光和议论中开着我的那辆黑色轿车夺路而出，突出重围，最后也算是蒸蒸日上。

这辆车子和那辆摩托车都属于我的患难之交。前者是贫穷生活的见证，为我保驾护航，难以割舍；后者是奋斗岁月的帮手，为我冲锋陷阵，难以忘怀。如果不是妻子一直没学会开车，那辆车子我其实是真舍不得卖呢！一万块钱转眼就没有了，那份情怀也因此褪色不少。车对人不离不弃，人对车却往往是始乱终弃，这也是无奈之事。

二十多年前，一辆小面的，载着我由县城驶向乡镇，那天寒风凛冽，路边的树叶一路追随，终至放弃。年轻司机轻松的口哨声，烙进了一个怀揣梦想的年轻人的灵魂，这份情怀，直至今日才算是了结，然而生活中啸声还会再起，梦想永远在路上。

龙抬头

（农历二月初二）

二月二日

唐·白居易

二月二日新雨晴，草芽菜甲一时生。

轻衫细马春年少，十字津头一字行。

龙抬头，农历二月初二，又称“春耕节”“农事节”“青龙节”“春龙节”等，是中国民间传统节日。“龙”指的是二十八宿中的东方苍龙七宿星象，每年仲春，代表龙角的角宿就从东方地平线上出现了，这时整个苍龙的身子还隐没在地平线以下，只是角宿初露，故称“龙抬头”。这一天，最重要的习俗是剃头，民间普遍认为，在这一天剃头，会使人红运当头、福星高照。

发下眉梢

学校在班会课上抽查学生的仪容仪表，我突然想到自己上初中也有类似的经历，那时候的标准是看前面的头发有没有超过眉梢，后面的头发有没有过衣领，其中只要有一项不过关，就要扣分，也就要回家理发，顺带挨老师批评。我老家开理发店的是我家的邻居，比我大几岁，我小时候跟在他屁股后面玩，他小学回去后到镇上跟一个师傅学了几年手艺，然后就在村里开了一间理发店。

二十世纪八九十年代正是理发店生意爆火的年代，他也成了村里的时髦青年，剪着流行的发型，店里聚集着俊男靓女，我们这些上学的青瓜蛋子，看得直眼馋。难怪那个时代有很多年轻人把理发师作为自己的终极理想，幸好我当时只是眼馋，并没有心动。因为我那邻居现在也已经不拿理发剪了，改行做建筑工人了。

说到剃头，如果有机会我一定还会到老家的四岔河街，再去那间剃头铺子，那里我只去过一次却终生难忘。时间是近三十年前，和我父亲一起去的，父亲在那里包草，经常光临那里，评价是那个师傅剃得太细致了。我去过一次才真正领略到什么叫细致到极致。所谓细致是需要时间作保证的，那位剃头的师傅给我剃头，把我剃睡着了，等我睡醒了，他还没把我的头剃好，但已经开始掏耳朵了，等他剃好之后，我已经无法估量时间了，有种半天下来的感觉，就是很漫长，漫长到我忘记我是来干什么的，我好像不是来剃头的，而是来看表演的，来欣赏这位老艺人表演的。还有一种更奇妙的感觉就是我觉得我的头好像不是我头了，这世上还没有换头的技术，但如果能换头，大概和这种感觉也差不多吧！我感觉到我的每根头发都被老师傅拾掇过了，无一例外。剃了头，浑身上下感到舒服无比，仿佛从里到外洗了一遍澡。老师傅慈眉善目，一看就是那种特别有耐心的人。如果他还健在，剃头刀肯定也拿不动了。这样的剃头匠很多年前少见，但是倒也不是没有，但现在肯定是难觅了。

严格意义上，老师傅的职业名字叫剃头匠，现在那发廊里师傅的名字都是高大上，有叫首席设计师的，有叫总监的，还都起了英语名字，“理发店三巨头”是 Tony（托尼）、Kevin（凯文）、Allen（艾伦），虽然他们干的都是同样的工作，但区别还是有的。剃头匠是中国民间的古老职业，手艺精湛，历史悠久。最早应溯及汉朝，到了南北朝，便有了专业的剃头修面工匠，那时还没有剃头匠这一叫法，将剃头（刮脸）从业者称之为“待诏”，并逐渐发展上了规模，形成了一个社会必需的行业。因为《孝经》中有“身体发肤，受之父母，不敢毁伤，孝之始也”。有了这样的古训，那剃头匠们能做的事就很有限了。

剃头匠们的发展过程其实是和中国近现代史紧密关联的，清王朝倒台后，时兴剪辫子，紧接着，那散乱的头发太难看，这下，剃头匠终于有了用武之地了，以前只要一把剃刀就能解决问题，所以叫剃头匠，现在十八般兵器什么剪刀、发剪都登上了舞台。不过还是一样，大部分剃头匠还只是停留在走街串巷的阶段。这种上门服务是不是这些老一辈艺人做活如此细致耐心的原因，就不得而知了，但肯定有这方面的因素，毕竟上门讨活儿干，服务态度不好，就没活干了，是个很简单的道理。

社会变革是大事，但见微知著，大事往往可以在一些小事身上窥见一斑。头发就是这样一个很有趣的所在，二十世纪八十年代，改革开放，各行各业都在破冰，但有的顺利，有的艰难，有的漫长，有的短暂。理发开了好头，从原先千篇一律的头型，到后来的百花齐放，加上当时影视业带来的影视明星效应。仿佛在一夜之间，人们发现了头发这个未开发的新大陆，于是剃头匠变成了理发师，烫发、染发有了，“中分头”重出江湖，“三七分头”“郭富城头”风靡一时，更离谱的“叔叔阿姨头”也扰乱世人视线，红发、黄发不久也惊世骇俗地横空出世，这些自然都是理发师的手笔，所以由“匠”变成“师”倒也不是完全没有道理。每个乡村都有这样几个理发店，理发店在神州大地遍地开花，而且因为其易入行、很新潮、较轻松、能赚钱、人自由等特征，在那个时代成为很多年轻人不上学之后首选的职业。

那个时代，有两个地方的味道是特别让我着迷的：一个是澡堂，一个是理发店，都是温暖的，在空调还没有普及的年代里，这两个地方就约等于空调房了。当然比空调房要好的是，里面有一种烟火气，洗澡堂里味太浓了，理发店里味是刚刚好。那股各种护发用品长期积累形成的味道，犹似那茶杯里的茶垢，也似百年酒厂酒窖里积累的酒引子，都属于那种越陈越香的一种。只要理发店一开张，茶壶里的水开始烧，那暖暖的、香香的、夹杂煤炭气息的味道便如一张密密的网般地盘旋在屋内。

理发师大部分的手指都是颀长的，男、女都是这样，大概粗手指的人像我这样，天生就干不了这活儿吧，在人的天灵盖上作业的事，着实马虎不得。又是动刀，又是动剪，而且极锋利，心静不了、手忙脚乱的人，恐怕成事不足、败事有余。你如果仔细看理发师们理发，就发现那也是一件极享受的事：首先是那速度极快，理发师手上的速度都是极迅速的，即使像文章前面的那个老师傅，他是细致，但可不是慢。当然每日面对的都是同样的作业对象，久而久之，熟能生巧，倒也是可以理解。但看着那理发师一手拿着推剪，按照头脑里储存的图样，进行修剪的情景，还是很惊讶的。而且剪的顺序也是在变化着的，如果头发多的人，先用牙剪打薄头发；如果鬓发较长，或者后面的头发较长，那就先把那里的头发推掉；头顶上主体部分的头发，一般用推剪和平剪，使用平剪时一定要注意，用中指和食指夹着，捋直了，再下剪，否则，剪下来的头发是不齐的。我说的这些还只是皮毛，实际操作情况要复杂得多，尤其是那种特殊的头型，应该更是如此。但无论怎样，这些动作、工具使用，都是在极短时间完成，手脚确实是要麻利的，而且关键是那理发的客人也不是都很配合的，像我这样易睡觉的，或者易动、坐不住的，都会直接影响到理发师的动作，所以理发师的动作，不是僵化、一成不变的，他是根据客人身体姿势的晃动而选择的。哪里好剪就从哪里下剪，全凭理发师经验权衡，旁人只看到，那青丝如雪般纷纷下落，最后拾掇得干干净净、焕然一新的头型出现在镜子里。但中间其实包含了多少理发师的机智、瞬间的选择，或者是及时的改变、应急的救场等，又有多少人知道。好的理发师那手是有生命的，如蝴蝶在花丛中采蜜，轻盈而曼妙。如清风拂过山冈，草木肃然。又如琴师抚过琴弦，缓疾适意、愉悦轻松。

我是比较念旧的人，一般找准了一位理发师，以后经常会找他理发，我对店内的环境没有什么感觉，装饰得再豪华似乎和我没什么关系，但是那双手和我头部是否贴近，这一点我还是很在意的。所以对于街面上很多豪华的理发店我很少光临。也去过一两次，关键的是那些发型都很新潮，但并不适合我，而且，那些年轻人的手，很浮躁，我找不到丝毫理发的感觉。最讨厌的是那些前台，又是让办贵宾卡，又是找什么级别的师傅，又是什么名目的发型，各自什么价码。一件简单的理发的事，偏偏要搞得和头发一样名目烦琐，实在受不了。当然我也舍不得我那原本不多的钱。

理发是人最放松的时候，好的理发师，其实也是聊天的高手，那些高级发廊里的所谓总监什么的，大概也是抓住了这个诀窍，所以能让那些情感空虚的顾客愿意一掷千金去理个发。当然都市人物质条件极大丰富，服务行业顺势而动，提高服务质量，获得较高的报酬，这无可厚非。这也如我所说，理发店是时代的风向标，这一间间装修时新的发廊，一个个打扮入时的理发小哥满面笑容对光临的客人："先生（美女），欢迎光临。"这也是一个追求光鲜时代的体现，繁华在LED那流光溢彩灯光中扑面袭来。我们生活在一个前所未有的时代，但我依然怀念三十多年那位老师傅的手，软软的、轻轻的，我在那"咔嚓咔嚓"声中酣然入梦。

二月二、龙抬头，孩子们去理发啦！

社日节

（农历二月初二）

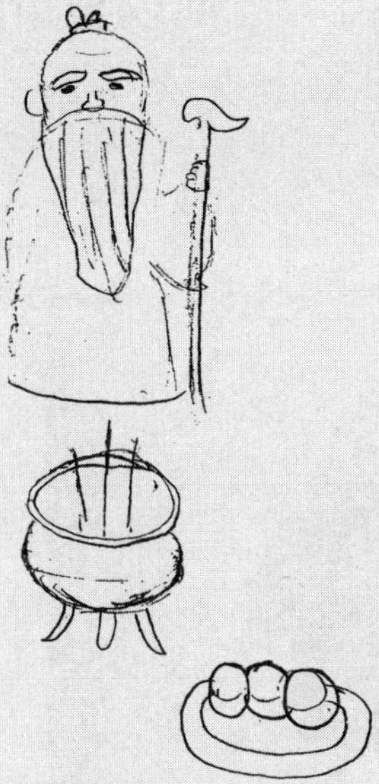

社　日

唐 · 王驾

鹅湖山下稻粱肥，豚栅鸡栖半掩扉。

桑柘影斜春社散，家家扶得醉人归。

我国的社会形态在相当长的一段时期内是典型的传统农业社会。因此人们对土地有着极其深厚的感情。社字从示从土，“土”是土地，“示”表示祭祀，那么，“社”就是祭祀土地。而重点祭祀的那个日子，就是“社日”。

社日分为春社和秋社。古人会在社日这一天聚集在土地庙或田间地头，燃香烧纸，献上酒肉、糕点等供品，祈求上天保佑土地肥沃、庄稼茂盛、六畜兴旺、五谷丰登。在祭祀仪式中，人们还会敲打锣鼓、演奏音乐、表演舞蹈等，以示喜庆和感恩之情。

何以笙箫默

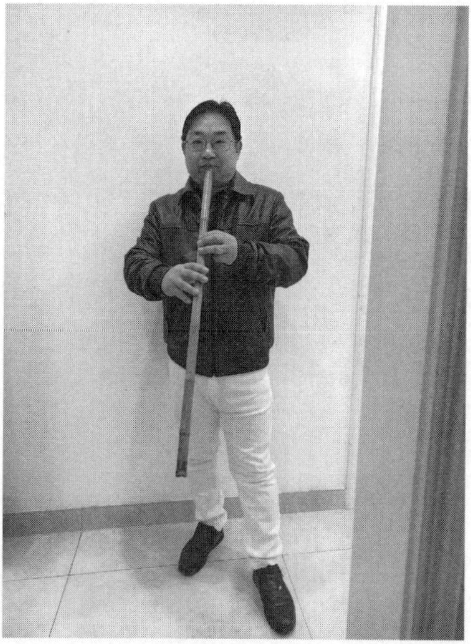

倚在窗台一角的那支箫，已经沉默了很多年了，沉默得使我觉得自己已经近乎忘记它的存在。它是近三十年前，由我一位滨海的同学帮我购买的，多少钱确已忘记，应该不贵，但确实来之有些不易。还记得它到我手里时，身上闪动着的光泽在阳光下直晃眼，那灰色纹路，仿佛那龙纹一般，我忍不住用手握住它在空中甩了几下，然后又想在手里把它转起来，结果差点儿掉落。

同学笑了："原来你不是买了吹的，是买了耍的。"

我微微一笑，才想到自己确实是不会吹箫，买它的原因是因为武侠小说里侠客们经常喜欢以箫为兵器。

箫这种乐器不同于其他乐器，其他乐器会与不会，总归是可以吹奏得响的，箫很矫情，不会的人，吹都吹不响。我这个箫买过来后，同学们都当这是稀罕物，一个个抢着吹，结果只听得一声声“噗、噗”的闷响，吹的人再次憋足了气，用足了力气，结果还是只有“噗、噗”的闷响，最后只得放弃。从这个角度来看，箫确实有点孤傲，不近人情。

有人让我去请教一位名叫杨卫华的同学，一聊才知道我俩竟然都是一个乡镇的，后来我俩也成了要好的同事兼兄弟，多年之后先后调到县城实验中学，再是先后到了苏南教学。我第一次听到那箫的声音便是从他嘴里吹出来，声音喑哑、如泣似诉，确乎是我想象的那种感觉，当时在宿舍三楼上，人来人往，正是同学们下晚自习的高峰，但是那声音还是能够穿透所有的嘈杂和喧闹到达耳鼓，直抵心底。

学了几天，我掌握了基本音的吹奏技巧后，剩下的便是自己去独自面对这支箫了，首先是可以吹奏得响了，虽然不够连贯，但是那声音还是从箫管里呜呜咽咽地出来了。因为声音不够好听，便经常独自一个人找地方去练，班上当时有同学买了琵琶，我想那女生大概受了白居易的“蛊惑”，幻想能够弹出“大弦嘈嘈如急雨，小弦切切如私语。嘈嘈切切错杂弹，大珠小珠落玉盘”的声音，我则是受了武侠小说的影响，我以为有了箫，便可以行侠江湖，仗剑拔箫，白马长衫，快意恩仇。

现实中我们都一样，必须在一吹一弹中和那不成调的声音作顽强的鏖战。一招一式，把诚意累加；一分一秒，把工夫叠加。而所有的风花雪月、浪漫情调都得潜藏于内心隐蔽的角落，省得不小心漏出来，空惹得别人笑话。这种感觉和建筑房子非常相似，人们只看到建起的高楼大厦，住进去的人当然更是幸福感爆棚，快乐指数飙升。但是对于当初一块砖一块砖砌墙的工人而言，他们却很少从中获得快乐。最初吹奏乐器时我们就像那码砖的工人，在重复单调的劳动中，一次又一次摸爬滚打，和那不成调的乐曲做极限缠斗，确实是乏味而没有成就感的。

然后到了班级迎元旦晚会，我吹奏了古典名曲《满江红》，这是目前我作为吹箫的乐手所登的最高级别的舞台，没有红毯，但不缺少掌声。同学们亲自见证了从“噗、噗”到如怨如慕、呜呜然的箫声是怎样练成的，当然还不至于“舞幽壑之潜蛟，泣孤舟之嫠妇”，但至少演奏时场下确是鸦雀无声。我耳朵里已经有了空闲去听自己吹奏的乐调了，虽然手还是有些紧张，气也没有调匀，有些音还是没有吹奏得很圆润，但那感觉还是有了，岳王爷的北伐功亏一篑，我的青涩的箫声倒也很应景，只不过那种悲怆的情感，我确乎无法让它喷薄而出。对于少年而言，那是一个追梦的年龄，箫声是他打开美的殿堂的一把钥匙。

一曲奏毕，少年的繁华落幕。

箫声是来自我内心的声音，似山泉呜咽，如青烟袅袅。参加工作后，偶尔晚上会拿起箫来吹奏一曲，许是年轻的心根本无法和那箫声产生共鸣，当然更多是我的水平无法支撑我对乐音审美的要求，寥寥几声便草草收尾。其实也是，那时正值青春，精力旺盛、豪气干云，箫里诉说的万千情愫，曲里藏的悲欢离愁，年轻的心能懂得多少。箫便慢慢地沉默了，然后跟着我东奔西跑，有很长一段时间它一个人躲在老家某一个角落。后来儿子学钢琴，我想起它，找到了已经落满灰尘的它，带了回来，然而当我开始吹奏时，早已没有当初的感受了，技艺固然是生疏了，但更与当年不同的是，我觉得那箫似乎已经没有办法承载我内心的情绪了，它的声音依旧青涩，吹奏的人却已鬓发斑白。我一声苦笑，我们终究是无法合拍，当年是你太成熟了，成熟得我无法驾驭，而现在却是我丰富了，丰富到我的心事你已无法放得下。箫便放下了，似乎放下的是曾经的梦。其实这人世间，和梦相见是最痛苦的事，更何况是在现实中。抚着箫，我似乎触摸到那股梦的温度，有我的，也有我的同学们的，他们不知还记得自己的梦吗？

今天是“春社”日，陆游在《游山西村》里写道“箫鼓追随春社近，衣冠简朴古风存”，这仿佛说的就是我们曾经的村庄。还记得小时候春社日对于村庄而言，是年的尾巴，是春的开端。

农民们会在晚上点燃秫秸秆在庄稼地走上一圈，从远处看，整个庄稼地里特别壮观，就像一条条火龙一样盘旋在田野上空，那种情形，我想什么“虫神”“瘟神”早就被吓得无影无踪了。农民们还用布包了石灰撒在地面，一个个白色的实心圆在地面上似娃娃的笑脸，石灰粉自然也有消毒的作用，我们的祖先并不完全是思想化祈福，其中也有无数劳动者传承下来的经验智慧，只不过我们聪明的祖先给它加了一些形而上的外衣，使之更易流传罢了。

花船、花担、舞龙灯，走了一班又来了一班，孩子们是队伍后面那活泼的尾巴。那时候村庄是热闹的，甚至是拥挤的。看着那些男人涂脂抹粉，扭扭捏捏竟然丝毫没有违和之感。箫声中是我们最真挚的祈祷和最朴素的期盼。然而这还是很多年前的事了，现在过完年后，村庄里的青壮年大部分都进城打工或者回城上班去了。村庄空荡荡的，犹如早春脱空的棉袄，那种暖和厚实感也随之消失，单薄成了主调。人和土地之间关系慢慢变了，以前人与土地厮混在一起，耳鬓厮磨，气味混杂，日久生情，现在一年只见这么一两次甚至都不相见，当然就如陌路人了。如人间食性之男女，没有生理上的接触，何谈精神上的契合。一个生产队的田地合并成了这么两三家，都开始机械化作业了，人和土地是“雇佣关系”了，原来的关系自然就疏了、淡了，于是笙箫在村庄沉默了也就可以理解了。

再就是请春社酒，这个习俗好像是唯一被保存下来的，多年前我刚来苏南的时候，几个好友特意把请春社酒提前，为了赶在我回苏南前大家能够聚聚，后来也逐渐淡了。吃吃喝喝是中国人所放不下的也不会放下的，但人能不能聚全这就难说了，在杯盘之中，在觥筹交错之间，迎接春光的到来，门外那春光已经迫不及待地在召唤，人们在酒意满脸中，披着衣推开门，迎着风，走进春天，也是美事一件。

陆游在《游山西村》中描绘了一个山清水秀，民风淳朴，古风犹存的小村庄。张浚北伐失败，陆游被罢官回山阴老家，到此时游山西村已经过了数年，这几年陆游罢官闲居在家，他一定思考了很多，这首《游山西村》应该就是他思考的成果，如果你只把它看成是一首写田园景色的诗歌，那你就可能看得浅了，其实如果你仔细比较陆游笔下的山西村和陶渊明笔下的世外桃源，你就发现竟然惊人地相似。“山重水复疑无路，柳暗花明又一村。”这和渔夫偶遇桃花林，然后从那极隐蔽的小口进入发现桃花源的过程是一样的。“莫笑农家腊酒浑，丰年留客足鸡豚。”这个当然是对标桃花源里的热情招待渔夫以及桃花源中物产极大丰富的情节，当然你如果觉得这都是巧合而已，那么如何理解“箫鼓追随春社近，衣冠简朴古风存”这一句呢？作者为什么要强调这个古风犹存的特征。这和《桃花源记》中“男女衣着，悉如外人”，《桃花源诗》中“俎豆犹古法，衣裳无新制”如出一辙。所以陆游和陶渊明其实也是一样的心境，理想在遭遇现实的抵触之后，转向文学作品去开疆拓土。在没有新的社会结构出现之前，中国历代文人，都喜欢把上古时候的社会形态作为一个完美社会的雏形。这就是陶渊明的《桃花源记》和陆游的《游山西村》的由来。世外桃源是一种自治的社会模式，但是这样的社会却反常地人人安居乐业，彼此和睦相处，这是怎么做到的呢？秘密武器就是古代的礼法，陆游的“箫鼓追随春社近，衣冠简朴古风存”和陶渊明的“俎豆犹古法，衣裳无新制”就是“礼法”的象征。这也体现了儒家思想中的一个核心，那就是“以礼治乱”。在礼法的探求道路上中国古代的读书人的探索精神和牺牲精神是可敬的，可谓是以飞蛾扑火一般的意志前赴后继。

何以笙箫默？笙箫切莫再默！

——发表于《师道（人文）》2024 年第 9 期

花朝节

（农历二月初二、十二、十五、二十五）

春别应令诗四首（其一）

南梁·萧绎

昆明夜月光如练，上林朝花色如霰。

花朝月夜动春心，谁忍相思不相见。

花朝节，简称花朝，也称“花神节”“百花生日”“花神生日”。节日期间，人们结伴到郊外游览赏花，称为“踏青”，姑娘们剪五色彩纸粘在花枝上，称为“赏红”。各地还有“装狮花”“放花神灯”等风俗。旧时江南一带以农历二月十二日为百花生日，这一天，家家都会祭花神，以祈求花神降福，保佑花木茂盛。

打开春光的玉兰花

那一株二乔玉兰花惊艳了校园。

不惧寒冷的玉兰花率先打开了被东风之神幽囚的春光。在风中招展的花枝如同一支符笔，点点触触、挥挥抹抹，解开一季的符咒，春日便在日渐浓郁的春光里伸展手脚，渐入佳境，浓妆登场了。

那一簇簇长途奔驰而来的春光，在那些玉兰花瓣上竞相追逐，一绺绺午日的光束直射在这方寸之地。如同母亲亲吻那顽皮避让的孩童。花枝攀升到二楼后，已然成为这块天地的女王，向下睥睨众生，向上对周围的高楼丝毫不遑多让。那探出栏杆的花儿们争相在春光里寻找属于自己的那面小镜子。好奇地端详着、打扮着，风吹过，那“哗啦哗啦”的声音岂不是它们在小声议论，如小女生萌动的小心思在春日里正蓬勃。

边上飞奔着七年级的小朋友，春光成了孩子灵魂里的催化剂，他们很多都化身为追逐春风的少年，捕捉着那氤氲在校园上空的花香。二乔玉兰肩上是元代顾瑛的《泊阊门》：“枫叶芦花暗画船，银筝断绝十三弦。西风只在寒山寺，长送钟声搅客眠。”一春一秋、一喜一悲，一静一动，花不语、人痴痴，钟在鸣、乡茫茫。此风和暖，彼风萧瑟，文字是打通人类情感和自然物象的天然通道。学生继续嬉笑奔跑着，释放着一冬被紧紧束缚的活力，偶有孩子在花间、诗牌间停留，不知有几缕书香、花香会被有缘的孩子触碰、捡拾到。

那只有一树的花，却开出了整整一季的气势。蓝天似乎只笼罩在这二楼拐角处的上空，看来蓝天也是一个“颜值控”，也被这满树的流光溢彩所吸引。天井里那一树的热闹和茕茕孑立的树干对视着，惹得空中几只黄莺都蠢蠢欲动，大概它们把那些在风中翩翩的花儿误以为是同类，想要热情地打个招呼，最终还是按住了躁动的心，故作矜持，摆出一副清高的姿势。玉兰花继续跳着妖娆的舞蹈，春光才是它要找的对象。二乔玉兰花的花瓣狭长如汤匙，仿佛一群仕女正品尝着春风、春雨、春花这些迷人的芬芳。那形状其实也像莲花，毕竟外轮的几片是白色的，但它不比莲花那样清冷素雅，而是多了几分人间的烟火气。看那美丽的紫红袍，曼妙的舞姿在那红纱白衣间迷离成一道道红丝，在暖阳里调和成手机里的心动剪影。

二乔玉兰是法国人用白玉兰与紫玉兰杂交培育而成的，纯洁与浪漫天衣无缝地衔接在这小小精灵身上，确是巧夺天工的杰作。兴许是迫切地想要展示它这身与众不同的外衣，所以二乔玉兰花总是在叶前开放，看来它是骄傲的，有资本何必要别人来衬托呢？走到天井里抬头仰望那光秃秃的树干，突然有一种膜拜的冲动，而周围的那些花树，枝叶葱茏、异常繁盛，绿叶已经帮它们赚足了养分，打好了基础，只差净水泼街，黄土垫道了。花朵却还是犹抱琵琶半遮面，是故作姿态，还是底气不足，只有自己明白了。

一日在二楼拐角处遇见一棵率先打开春光的花树，它用一束束紫红色的花朵向你致敬，这时你应该是一种什么感觉？会是一种什么感觉？每天上完课间操后，总是看到几位女老师，在二楼栏杆旁，拿着手机围着这棵二乔玉兰花树拍照，还招呼着走近的要好的同事一起来欣赏，惊异、赞叹、称羡溢于言表。这大概是二乔玉兰“花生”中最高光的一段时刻，“人面桃花相映红”，人间之绝美也莫过于如此了。

我们是一群最早迎接春天的人，四季的气候变化都映在我们的日历中、眼眸里，我们从青春芳华走向鬓发染霜，不过瞬息，那一树繁华、那伸向蓝天的花枝是我们每个人的追求。一树繁花却也有凋谢之时，蓝天依旧高高在上，所以这棵抬头遇见的玉兰花树，如此焦灼地在这里守候，莫不是对我们的鼓励和奖励？

再次有这种震撼的感受则是一个星期六的傍晚，我到学校来拿东西，从那个拐角处匆匆而过时，突然感到有些异样，当然可以肯定的是这时候的光线本来就已经暗淡了，但是几周以来，每日从这棵二乔玉兰花树身边经过，即使不定睛细视，即使不驻足停留，我对它的一笑一颦也如数家珍。我停住脚步，转回身走到它的身边，发现曾经满身繁花的玉兰花树，现在却是一身落寞。在二楼俯视，地面上到处是凋谢的花瓣，在暮色中恍若星辰一般散落。周遭没有风，风吹花瓣的浪漫我没有看到，我只看到落红遍地的一幕。我便又赶紧走下楼去，在那方寸之地，夕阳已经早早离去了，夜晚还没有到来，清冷的光线隐约在天井的上空，在那二乔玉兰树的下面大片大片地都是花瓣。那些白色花瓣俨然是天鹅掉落的羽毛，还仿佛是那青春骄傲的梦。我的心里有些黯然，不是我矫情，而是从未如此近距离地观察这么多的花瓣，古诗里的“满院落花春寂寂”真实场景再现。而且正是一个寂寞的傍晚，我似乎感受到落红的情绪，那种哀伤如潮水般在这个小天井处翻涌。

古人写落花的诗句无限多，但真正地表达对落花同情的竟然少之又少，诗人们要么就是借花写人，人是忧伤的；要么就是感叹时间流逝。时间难道不是刽子手吗？有什么感叹的？就事论事，落花无疑是伤感的，它们如此短暂地就走完其一生，曾几何时，在枝头那么骄傲，那么动人，给春天伴奏过那么多天籁绝响，可现在这地面就是它们的坟冢，最可怜的是，这地面都是水泥，它们的"尸骨"还得被折腾到垃圾箱、垃圾车，辗转多次之后才会回归黄土。犹如人贪恋生命一样，花儿也是一样地贪恋春光啊！更何况还有那么多人的关注和赞美，它们怎会愿意就这么仓促地结束自己美丽的生命呢！

龚自珍诗中说"落红不是无情物，化作春泥更护花"，"落红"不是"无情"的，但"时间"却是"无情"的。岁月无情，在这一棵树上是极其清晰地验证了。这时我才理解，在那仅有十几天的时间里，它为什么会不遗余力地开花、开得那么艳丽，开得那阳光也为之失色，在它高傲的背后，隐藏的却是时日无多的悲壮。从这个角度看，这棵二乔玉兰确也是一棵活得极其明白的树，无情就无情吧，"流光总是把人抛，红了樱桃，绿了芭蕉"。其实我们每个人在岁月的长河里也无非一朵花，开花的时间也就这么短短的数十年，人如果站在时间的维度上去看待生命的话，人一辈子的时间只在俯仰间。

花也有花的尊严，能够像这棵二乔玉兰一样地活着，其实也是一种幸福。活得那样荣耀，走得那样灿烂，即使是无声无息地离开，但在这方天地里依然是惊天动地。

“一花一世界，一叶一菩提。”我蹲下身来，捡起一片花瓣，褪尽繁华，以及后天加诸身上的颜色，这些花最终还是以素面归回大地，“质本洁来还洁去”。恰如人一样，赤裸裸地来、赤裸裸地去，人世间诸多的荣华富贵、功名利禄，带不走，无法带走，也无须带走。手里的花仿佛是一个微观的世界，我自己也在恍惚间登堂入室，在花的世界里徜徉。花的结构其实很复杂，花给自己盖的这个房子精致、素净，花梗为柱，花托为窗，花瓣为墙体，花萼和花冠是瓦。那些最柔嫩的花蕊则是屋内的主体。花儿终其一生都在对这间小筑进行装饰、打扮。“庄生晓梦迷蝴蝶”，庄周看着蝴蝶，突然想不明白，到底自己是蝴蝶还是蝴蝶是自己呢？恰如此时我的迷糊，我是花呢，还是花是我？还是说我和花其实都只是一个幻象而已？李商隐最后似乎明白了庄生梦蝴蝶的人生偈语，人生无非就是一个情境更逼真的梦境而已，所谓爱恨情仇也只是这个世界的一个记忆而已。我轻轻地抚摸那花儿，花瓣的清凉从指尖直抵我的心间，一股清香也仿佛随之前往。有人说，看花，看山水，要把花和山水的精神收到自己的眼睛中来。我这时更胜一筹，已经把它收入到自己的灵魂深处了。

我回到办公室拿起自己写的书，把那一片花瓣夹在书中，希望它的芳魂能和我的文字永远相伴。

五月槐花香

现在的孩子对于槐花肯定是陌生的。

春天伊始，苏城到处是花的海洋，到苏城十多年时间了，我也似乎第一次感受到苏城的春天竟然是这样的美丽。有时候会想，这到底是因为这么多年我没有注意观察呢，还是这几年苏城的城市绿化建设渐入了佳境呢，抑或两者都有呢？没有答案，但是确实来苏城的前些年一直忙于生计，奔波在外，没有心情看是一个方面。原先生活的老镇一直处于拆迁之中，城市建设在我走了以后也才算有了些起色，则是另一个方面。这么一想心里也算释然了。于是每次开车出行，那车道两侧的各种颜色的花儿，便拉成一条流光溢彩的锦带，而我恍若在万花灿烂中向着花带之源头进发。不过在这些花里，我一直没有找到木本植物刺槐的花朵。

其实这是自然的，槐花的颜色大多是白色的，太过于素雅，无法和这姹紫嫣红的花相比。当然这些还不是最重要的，最重要的是槐花树名叫刺槐。而这刺槐浑身长满了刺儿，实在让人无法亲近。而我的故乡，很多年前却到处长满了这种刺槐，所以每当到暮春夏初之际，乡村里到处都可以看到那好似顶着一树白雪的刺槐，兴许知道自己平时的面目过于狰狞，所以在这难得的季节里，抓住这难得的机会，刺槐迫不及待向人们献着殷勤，一股劲儿地把最美的花都掏出来献给人们。在乡村的五月，能够和槐花媲美的花还真是不多，桃花、梨花自是多姿，不过都已凋零，唯一可以和槐花争一日之长短的是那漫田遍野的菜花，但可惜的是此时的菜花已经结籽，早过了开花的时节了。如果抛开对刺槐的情感态度来看，槐花确是很惊艳。槐花和刺槐叶几乎一般无二，都是成串的，还记得儿时小伙伴们用刺槐叶做道具玩石头剪刀布的游戏。各摘一串刺槐叶，先对好叶片数目，多的先摘掉部分，然后再玩石头剪刀布的游戏，谁赢了便摘掉一片，最后谁先摘光了便赢，赢者的奖励便是刮对方鼻子。但对于槐花我们可没这么干过，毕竟对于那一串如铃铛般活泼而可爱的槐花，这样做太煞风景了，更何况那白生生的花儿，实在是招人喜爱，它既不像仙人掌花那样薄如蝉翼，又不像丁香花那样娇小柔弱，更不像杏花那样在粉白间摇摆不定。它是纯正的、朴素的、又是健康的、大气的，增之一分则肥，减之一分则瘦。这样的花儿确实是适合在乡间的，只有在那里人们既不会计较刺槐满身的刺儿，也不会计较那色彩的单调。而且人们还开发出槐花的多种作用。对于小孩子尤其是女孩子，槐花可以满足她们爱美的愿望，摘一串扎在书包上，插在纽扣上，挂在钥匙串上。在那个没有饮料的年代里，孩子们的味蕾也没有闲着，孩子闻到了槐花的香气，想到把槐花当作茶叶来使用，也就是把槐花放到水瓶里，那时还没有水杯，正常就是家里大人喝酒剩下的空瓶子，有白酒瓶也有啤酒瓶，如果瓶子上再有点花纹或者颜色，那简直是奇货可居了。尤其是那绿色的啤酒瓶子，倒满了水，再放几片花瓣在里面，白色的花瓣在那绿水间时隐时现，可不就像戴上墨镜看远处的青山绿水，可不就像上古神仙用法术把大千世界困于一方结界。用瓶盖塞住，过一段时间打开真的是花香四溢。喝上一口，那带有香味的水便沿着咽喉一路奔驰而下，清凉、甜香把初夏的暑气都刷得一干二净。对于槐花的利用可不止这些，槐花是可以生吃的，在槐花开的季节，有人将其摘下，然后把这种营养价值、药用价值都很高的槐花做成饺子馅包到饺子里，或者直接拌到米里煮饭吃。就像在我们平凡的生活里加入一点佐料一样，别有一番风味。

这样的槐花对于现在的孩子当然更是陌生的。

不知为什么，我还是非常希望能够在我生活的城市里看到刺槐，闻到槐花的香味，看到那在初夏的阳光下玲珑的槐花。是的，刺槐是有些面目可憎，一点儿也不讨人喜，它拒人于千里之外，它不像楝树那样像个老好人，甚至低下身姿供人攀爬，它只对欣赏它的人敞开胸怀，它确实是满肚子的不合时宜。这真是一种外冷内热的好树，只可惜世人往往只重外表而忽视内在的价值，如果人们有能够正确对待刺槐的审美价值，那么也许我们生活中就会多一些像刺槐一样的君子而少一些整天靠巧舌如簧、阿谀奉承而钻营取巧的伪君子。而那白白净净的、天然去雕饰的槐花，同时具备审美价值和实用价值的槐花，会成为装点城市的一种独特的颜色，它不靠巧颜令色来取悦别人，也不靠蝇营狗苟来谋生。这样的树才具有一往无前的勇气和魅力，这样的树才配得上一座蒸蒸日上的文明城市。

我在翡翠湖畔竟然看到很多棵刺槐，它们成群结队在这里肆意生长，那白嫩嫩的、质地肥厚的槐花在这人迹罕至的山麓处集体向我招手，那一瞬间我竟有种他乡遇故知的感动和拥抱的冲动。对面来了几位看湖的游客，那几根树枝横七竖八地挡在路中间，我知道这是它们的地盘，也许它对我们这些不速之客的到来感到不高兴，也许它是和那些人设的钢丝围栏一样想要挡住人们探险的脚步。但是我还是把那几根挡路的枝条理顺了一下，路一下子开阔了许多，有女士经过时注意到那开得正灿烂的槐花，用手机和那刺槐的树枝合影。我想那棵刺槐一定很高兴，人和树都一样，获得别人的认可都是一件幸福的事，但情绪是一种双向流动的抽象体，只考虑自己的情绪体验，又哪能赢得别人的情绪流入呢？这也是我这棵“刺槐”混迹城市多年的感受，我多么希望他们能懂。

我站在斜坡上等待着家人，旁边都是一些刺槐，这些树没有人管理，确是生长自由，它们在这里啸聚山林，占山为王，长得又矮又弯，没有一棵有成材的样子，而且那树枝上的刺儿又长又硬，更是让人退避三舍，这种树大概率只能用作烧火，现在也没有人烧火了，只能自生自灭，一旦这里被开发，它们被连根拔起是早晚的事。我想起童年时故乡的那些刺槐，个头又高又长，很多家具都用这种木材打制。这样的刺槐多希望孩子们能够熟悉一些。不指望他们忆苦思甜，也不指望他们能够像对待其他花儿一样对待槐花，只要他们能够在心中给槐花留下一点空间，像我们当年一样，把那美丽的槐花摘下一串，放入人生的瓶中，让那清香化解心中的戾气，不要把一些缺点毛病像刺猬的刺儿一样地全部伸展出来，其实刺猬能够伤害的也只有想亲近它的人，而能亲近它的人除了自己至亲之人还有谁？这山中的刺槐，有美丽的花儿，也有优秀的木材基因，本可以走进千家万户，在高楼大厦中装点着人们的生活家居，获得万千点赞。但过于放任自己，在青春里以张扬为名放纵自我，最终落得寂寂无闻，一事无成，有一天在烈火中痛哭流涕，那就晚矣。刺槐耐水湿，能够抵抗腐朽，这在木材中是一种难得的性能，对于刺槐而言，刺儿其实也是一种动力，没有人帮助自己，缺少依附，便会迫使自己独立面对生活，只需多一些自我拘束，多一些对美好的渴望，多一些向上拔节的劲头，未来一定可期。刺槐的刺儿其实树干上很少，它多存在枝条上，如那些幼时顽劣的孩子一样，成长之后，它们顿时一日千里。那些幼年的刺儿诚如孩子们的个性，其实还是保留一点好。不要像很多人一样在社会的打磨下变得浑圆无棱，更不要在时间的消耗下被安逸销蚀；在日益激烈的竞争压力之下，以躺平、摆烂的名义自行剥离、卸除。

我还得再赞美那一串串如流苏一般灿烂的槐花，花开了总是要给人欣赏的，但刺槐天生地难以亲近，在这样的环境下，开的花所承受的压力自然就有些大了，开还是不开，是敷衍开还是认真开呢？这是开花的态度，更是一种对待生活的态度，即使生活投我以荆棘，我仍然报生活以鲜花。做好自己是在今天这样一个

时代里，我们一直需要互相告诫或者自我提醒的座右铭。其实那一株株绿树红花就是最好的自然物语。刺槐更是其中的典型，被坚硬而不近人情的钉子所困，却仍能对路人报以微笑，这样的花怎能不爱，为什么不爱。这样既娇弱又坚强的性格也应该成为很多在生活中摸爬滚打的女孩儿们的人设。正如带刺的玫瑰一样，这些钉子对于那些对美没有虔诚之心的伪君子而言，它就是阻拦索，可以防止美被践踏和亵渎，但对于真正爱美之人而言，这些钉子是一个试金石，只有无畏钉子的人才配拥有这世上最朴素、最纯真、最健康的槐花。

来吧！在此盛夏之日即将到来，那累累硕果即将上市之前，我们摘下几串槐花，用那清幽如兰、淡雅如梅、甜醇如桂的香气来打开这由春到夏的季节通道！为所有奔行于四季之下的人们提神醒心！

植树节

（公历三月十二日）

种　树

唐·于鹄

一树新栽益四邻，野夫如到旧山春。

树成多是人先老，垂白看他攀折人。

中国古代在清明节时就有插柳植树的传统，中国历史上最早在路旁植树是由一位叫韦孝宽的人于一千四百多年前在陕西首创的。植树节是全球性节日。一九七九年二月第五届全国人大常委会第六次会议根据国务院的提议，正式通过了每年三月十二日定为中国植树节的决议。二〇二〇年七月一日起，施行新修订的《中华人民共和国森林法》，明确每年三月十二日为植树节，植树节正式被写入法律。

银杏叶铺满江南的繁华

一

植下一棵树，便是签下一份协约。

对于江南这块造化青睐的人间红尘地而言，银杏树则是它和造化签下的一份有关繁华的协约。

江南和银杏的缘分在晋朝左思写的《三都赋》中就被记录下，左思在书中提到"平仲"树这种南方的树种，后来有人做注，说这种"平仲"树，果实是银色的。明朝李时珍根据南方的树木特点，他认为这种"平仲"树，就是江南一带的银杏树。因为银杏树枝叶阔大，体态端正，雍容古朴，故名"平仲"。到了宋朝"平仲"才叫银杏，在民间则有一个非常俗气的名字，叫作"鸭脚"，因为那叶子，像鸭子的脚掌，连着蹼。当然它的命运却不俗，因为它成了贡品，宣州用绛纱做囊，承载新鲜白果进贡给皇室，一时使其声名鹊起，这份"协约"名满天下。在岁月长河里，是江南成就了银杏，也是银杏成就了江南。

千年前，如盖下一枚金黄的印章般。机缘巧合，有这么一棵或几棵银杏树落根于江南的一隅之地。走近角直古镇保圣寺内那矗立着的三棵银杏树。在三位已千年的银杏树面前，你不得不敛声屏息，在岁月的威压之下，任何人间的辉煌业绩都必须低下高傲的头颅。达官显贵、豪绅巨贾、专家文豪都没有例外。在阅世千年有余的浩瀚面前，这些只能算是吹过的毫末烟尘。自认渺小有时不是谦虚，而是一种清醒，尤其是在这三棵千年银杏树面前，你无论是看一眼、摸一下都一定是如闻黄钟大吕之声，又如醍醐灌顶。

这时秋风之中片片银杏叶簌簌落下。仿佛是应和秋天这场萧瑟而唯美的大戏。它和那些已经先期降落的同伴们如同和尚做法事的铙和钹一样，以天地为距离“咣咣”对撞，于是梵音鸣响，满城金黄四起，如同现代工艺中的拉丝一般嵌入到姑苏的空气之中。“南朝四百八十寺，多少楼台烟雨中。”这座寺庙建于梁天监二年（五〇三年），南朝那些皇帝喜欢兴修寺庙，结果成了历史的笑柄。普通人信佛、施舍钱财，有积善积德之说，然而皇帝信佛，这个性质就不一样了，“上有所好，下必甚焉”。皇帝开了信佛之风，便为利己行为大开方便之门。对于皇帝而言，最大的佛应该是人民，而不是虚无的能让自己永享尊荣的泥佛。江南的烟雨朦胧中，皇帝如同走马灯一样地换个不停，说到底这个群体也只是一组人间过客而已，有趣的是他们兴建的寺庙几经兴废，有的却留下来了，而具有长寿基因的银杏树则成为这些庙宇风雨历程最好的见证。这个世上最神秘而巨大的力量往往是无言的，恰如江南这一棵棵的银杏树，无论多少沧桑轮回、岁月更替，都逃脱不了它们如炬的目光，那片片金黄的树叶便是它注视尘世的视线，而那一根根树枝便是它那长长的睫毛。金黄色的树叶继续飘飘悠悠于这天地间，如同一片片金箔一样铺满这江南大地，写成繁华、铺就辉煌。

树下的保圣寺号称是“天下罗汉两堂半”中的“半堂”，为唐代“塑圣”杨惠之所摹，泥塑的像竟然也奇迹般地存在了一千多年。这里有多少的偶然和必然。一九二八年，大殿半边坠塌，半数罗汉被毁，后经蔡元培、马叙伦、顾颉刚等先生的呼吁，公私合力集资倡修，才有今天馆内仅存的九尊罗汉塑像。虽是复原品，但保留了这泥塑技术中的巅峰之作，实属可贵。有道是：不圆满的人生才是完美人生。也算是对这些残破之像的解读了。无

独有偶，那三棵银杏树也命运多舛。其中一棵银杏树腹中寄生枸杞树。而西侧两棵银杏，其一腹中寄生榆树，犹似“怀中抱子”，树心蛀空的银杏用残躯哺育其他的物种，这固然是一种坚强，但更是一种新生。这一切和江南的文化何其相似，绵延数千年的江南文化是中国传统文化中的较为深厚而灿烂的一个分支。它们承载着保存和延续传统文化的重要历史使命。可喜的是无论经历多少兵荒马乱，战争浩劫，江南文化历久弥新，如今更是焕发生机。恰如这三棵千年银杏一样，长成参天巨树，根根分枝也是如盘虬卧龙一般。在午后阳光照耀下，仿佛被一个巨大的光晕笼罩住一样，具有神性的光芒。这几棵古老的银杏历经千年的岁月，是如此的气宇轩昂、傲然立于天地之间，那围绕的枝干如同古代名臣的冠冕绶带，象征着功劳荣耀，让人为之侧目。它们在一千多年里如神灵一般默默守护着甪直古镇，每年夏以青绿、秋以金黄奉献了一波又一波的秀美、壮丽给人们，甚至还在它的腹部包容了其他物种，完成了生命的涅槃。这种古朴、昂奋、包容的善良与激情也成了老镇坚守的文化传统。

那棵完好无缺的银杏树干修长，色泽鲜艳、树枝遒劲有力，叶子密密匝匝，像一串串金色的铜钱，诠释江南这块土地的繁华。而在我的老家也长着两棵银杏树，这两棵银杏树存在的价值一直是让我纠结的问题。在我们儿时摘楝树果、戴柳条帽、喝槐花茶的时候，便耳听得一种树叫银杏树，也称之为白果树，据说那白果能卖钱，在物资极为匮乏的二十世纪七八十年代，有这样的一种树，树上结的果可以卖钱，这对于老百姓而言不啻传说中的“摇钱树”了，然而这样的一种珍贵而神奇的树在儿时、在我的家乡却是只存在于想象之中的，因为我们从未见过。而据老辈儿人讲，这种树在江南到处都是。在他们年轻时，到了秋冬季，他们就会组团到江南去捡白果卖钱，也是一笔不错的收入，我想这大概也是我父亲在多年之后要种屋前这两棵银杏树的原因吧。我们都有这样的一种情结：儿时渴望而得不到的东西，长大以后无论如何时过境迁，都会想方设法去得到，哪怕彼时一切都已发生了变化。比如说这银杏树，我父亲种植它的时候，当然是寄予厚望的：结白果，成熟卖钱。然而银杏树，经历三代人才能看它开花结果。而且它还有雌树雄树之分，雄树是不结果的。我父亲大概不太清楚这个区别，因为我们家门口的这两株银杏树就是公的，而且让我父亲更想不到的是，银杏树现在已经不值钱了。这也是我母亲一直耿耿于怀的原因：曾经有人出价每棵两千块钱购买这两棵树，但是他们当时没有当机立断卖了它们，大概是对这两棵树的价值期望过高。这是很多年前的事了，那时的四千块钱不是一笔小数目。可是终究他们错过了这个机会，那时父亲还在世，现在他已经过世很多年了，而从此以后这两棵树再也无人问津，它存在的价值只有观赏和将来的某一天作为砍伐的对象。可是我装修房子时，家具打了很多，都是用木板制作，城市里确乎已经没有它们的用武之地了，所以它们只剩下缅怀和观赏的功能了。当然这两棵银杏树其实还有一层别人不太理解的作用，那就是从另一角度证明了江南曾经的繁华。我们老家为什么以前很少有这种树？因为人烟稀少，因为贫穷，因为存在年代并不算久远。我所在的村庄历史不过百年，哪可能有什么动辄数百年的银杏树呢？而在华夏文明发展史上，江南这块膏腴之地则一直是人丁兴旺、经济发达。人们在居住地种植银杏树是一件再平常不过的事，而在漫长的历史长河里，留下这么几棵千年古树是再正常不过的事了，至于百年古树多得更不要说了。

二

我所在的苏州城古来多银杏，明代文震亨，也就是文徵明曾孙，他在《长物志》中写道：“银杏株叶扶疏，新绿时最可爱。吴中刹宇及旧家名园，大有合抱者，新植似不必。”可见在明代，苏州的银杏树就已经很常见了，而且都有些年头了，文震亨甚至认为都不需要种植了，可见多到什么程度了。根据苏州市二〇一五年古树名木普查资料统计，全市百年以上的银杏古树多达六百二十五棵，是苏州古树中保留下来数量最多的树种，其中超过五百岁的古银杏树有一百二十棵，散落各地。这些银杏树散落于姑苏城，就像一颗颗黄玛瑙一样，秋风便是那根线，当西风之神驾临，这串精美的饰品便会呈送给他。它们还像一根根金黄色的腰带，配上青灰色的长袍，优雅而朴素地随着西风落叶踱步而行。在空气中飞舞着的那些银杏叶便是它们代表西风之神向人们发出邀请的信函：休言三月花，还看碎金叶。于是空气也沉醉于这一年之际中最为弥漫的金黄季。你开着车、行着路、独行、推着童车、上班途中、下班归来、谈项目过程中，抬头举目便都可以看到银杏叶的身影，而且那不是稍纵即逝的，它们很有耐心，甚至都有些喋喋不休，填满你的呼吸、充斥你的心胸、塞满你的生活，那在阳光的照射下，明晃晃、金灿灿、黄澄澄的银杏叶，既是一种诗化的写意也是幸福生活的招引，更有一种禅意的启示。“满地翻黄银杏叶，忽惊天地告成功。”（葛绍体《晨兴书所见》）满地翻飞的银杏叶会让你顿悟：成功是一件很美好和值得庆贺的事，哪怕天地也未能免俗，它们也会为之狂欢、炫耀。

银杏叶优雅奇特，别具一格，极似折扇。这是不是一种偶然，还是身处中华大地的一种必然？江南大地到处是摇着折扇的风雅之士，这是不是也预示着一种文化的兴盛？许多银杏树都落户于寺院，从而被保留了下来，这原因当然是因为寺院在漫长的封建王朝里，其实也属于富甲一方的，所以银杏树自然更容易被保留下来。除此以外还有一个原因则是银杏叶本身是富有哲思的：它的边缘分裂为两半，然后又在叶柄处合并为一，这种形态象征着“一和二”“阴和阳”“生和死”等对立统一的哲学辩证。它提醒人们认识到万事万物的对立面同时也是彼此的一部分，从而实现和谐共存。这大概也是寺院偏爱种银杏的原因吧，当然也不排除它的长寿特质是每个人都希望得到的祈福。这些在风中飘飘荡荡、晃晃悠悠的银杏叶，在人们的视线处缓缓降下，好像一张张哲思的揭帖从空中飘下，赐予有缘人，让人怎能不沉思，不喜欢，不迷醉呢！

不要说圆通寺的千年古银杏、也不要说定慧寺、文昌阁的百年古银杏，就是我所居住的科技城，一处新建的城区，在我们每天散步的诺贝尔湖公园，也有一条银杏树大道。巧的是这条林荫大道正处于我们一家人每天傍晚散步的必经之路上。每天踩在这软软的银杏叶上，有种特别惬意的感受，生活的疲倦也仿佛会消融、被吸收。“落红不是无情物”，看来这些落叶也是多情为人着想，牺牲自己铺就金黄色的地毯，既让行人赏心悦目，更要吸纳都市人心中的荒芜和寂寞。

如今的苏州仍然处处银杏，但早已不是如其先辈们为了几颗白果、为了木材而存在，而是回归树木存在的本源——净化环境、供人欣赏。银杏树仿佛也进入物种的“养老期”了，这当然还是得益于社会经济的发展。我再次想起我老家的那两棵银杏，想起母亲耿耿于怀的四千块钱，不由得莞尔一笑，四千块钱已经不值得一提，但是两棵银杏的未来还是可期的，我更希望它们也能像曾经的江南道一样存在千百年，让后人铭记，如果有那么一天，至少说明我的家乡也曾有被银杏叶铺遍的繁荣，也是被这银杏树祝福的一个区域了。

角直太远，其实离我咫尺之地的镇湖万佛寺内就有棵古银杏树，树龄也接近千年，树下有石塔名为万佛塔，为宋代遗物。古银杏紧靠石塔的西南角，生机勃勃，亭亭如华盖，昼夜为石塔遮风挡雨。两者相依相伴、不离不弃、相濡以沫，颇像人间的绝美爱恋。那一片片如心形的银杏叶日夜覆盖于石塔之上，“我欲与君相知，长命无绝衰。”千年的相守引来人间无数善男信女的膜拜。这人世间日益凉薄，而精神的期待却愈加充盈。

“北新关前银杏黄，小船风起大船凉。只愁日日秋风顺，吹杀楼头新嫁娘。”（《北新号子》）数百年前一位名叫毛奇龄的诗人，站在明代杭州的码头北新关，看着码头上那巨大而众多的银杏树，还有岸上悲痛欲绝的新婚夫妇，为之而感慨便写下了这首诗。杭州北新关和苏州浒墅关一样，都是明代运河上著名的钞关。运河上船来船往，商贾云集，物欲横流。银杏树也见证了爱恋的繁华落幕，这是不是那些树空心的原因呢？

也许是，也许不是！

——发表于《苏州杂志》2024年第5期

孤独的楝树

一

我一直认为我故乡的那些楝树是孤独的。

这个想法有点莫名其妙，而且似乎也不太对。乡间的树常见的有柳树、刺槐树等。柳树枝软，而且有称之为“洋辣子”的虫子，一旦沾到身上，又疼又痒。刺槐则浑身长满了尖刺，这些都是孩子们躲之唯恐不及的存在。而楝树则有一身泛青并稍有凹凸感的外衣，这层外衣使得孩子们即使和楝树零距离接触也不会有丝毫受伤，而且它的树干足够粗、足够高、即使高处的树枝也足够硬。这样算下来，能够陪伴孩子们一起玩耍，被他们当作玩具，而又默默无言地保护着他们的，便只有这乡间无处不在的楝树。如此看来，楝树应该是乡间最热闹的、最受人欢迎的树种。

但我仍然有这种莫名其妙的想法。

那是一个还没有空调，电扇也经常因为停电而用不了的时代。但暑热是一直存在的，河水和树荫是大自然赐予我们最好的避暑工具。河水里待的时间久了，会冻坏肚子，泡在水里也不现实。树荫下就完全没有这些顾忌，安全而惬意。乡下的树能够担当这个职责的唯有楝树，因为楝树下从来没有虫蚁，也无蚊蝇。长大后才知道它的叶、花、果、种子、树皮等均富含防治害虫的楝素、生物碱等成分。甚至蚊虫叮咬时，摘几片楝树叶，将其揉成汁，涂抹于被叮咬处，即可止痒消炎。

很多次我躺在树下的塑料薄膜上，地面上的凉气透过薄膜，以某个点为圆心不断地在我背后画圆，很快背后已是如卧水床，凉气袭人，这时一阵凉风袭来，全身暑气一扫而空，流火炎阳，也会离身体远去，我可以补上夜晚没有完成的梦。一觉醒来，蝉儿还在那儿无谓地喊叫。我无法揣摩蝉声中的七情六欲，但还是可以听出它的情绪高涨，如果理解为它在控诉似乎也不对，因为蝉的肢体并没有逃离和飞奔。它只是安静地趴在那儿，像极了我现在的状态，唯一的区别在于我很沉默。想到这里我大声吼叫了几声，那声音有点声嘶力竭，但效果不显著，几只麻雀惊得从树上飞起，但又很快落到树上，它们连离开树枝都懒得离开，周围更是一片寂静，家家户户这个时候孩子都是当家人，因为大人们要么在午休要么就已经到田间劳动了。这样算下来，寂寞和孤独似乎找到了出处，是树下的人而不是树。

“一年树谷，十年树木”，过去人家建屋，总是喜欢在房前屋后种几棵树，等这些树长成材了，家里的孩子也快要成家立业了，正好砍了做家具。人们首选的树当然也是这楝树，楝树是一种优质的木材，它纹理细腻有光泽，硬度适中，外形高雅，并且耐虫蛀。它犹似那民间故事里的田螺姑娘，也是那上得厅堂、下得厨房的贤惠女子。楝树还有丰收、美满、吉祥、美丽等寓意，但我的乡亲们可能没有这么多的考虑，如果有的话，只能是它在盐碱地带可以存活，因为我的家乡有很多盐碱地，这种贫瘠的土壤几乎寸草不生，虽然经过我的乡亲们几代人努力，这种土壤得到了改良，但是三十多年前仍然是随处可见这种小土块，像大地上的伤疤一样东一块西一块的，极醒目而又极不和谐地散落在乡村的各个角落。而楝树的生命力极强，尤其对土壤要求没那么挑三拣四，在酸性土、石灰岩地区都能生长，甚至在岩石堆、悬崖峭壁上都能成活，这点盐碱土对它而言自不在话下。当然也有可能这树都不是屋主人有意栽的，而是那些楝树果落地生根的结果。总而言之，有这么几棵楝树从小屋建成后就陪伴着这一家人：它们枝头抽芽了，表示寒冷的冬天已经结束了；它们叶繁花开了，表示炎热的夏天开始了；它们叶黄果青了，表示收获的秋天来临了；它们叶落果熟了，表示秋去了，冬天又来了。就像装了一个报时的四季摆钟在院子里，是不是一件很惬意的事情？当然对于楝树而言可能就有点遗憾了，因为它们就很少有机会像堤坝上那些成片的大叶杨一样，成群结队、呼朋引伴、占据一方天地啸聚山林。它们更像它们的主人一样，日出而作，日落而息，生活有规律，老老实实过日子，踏踏实实讨生活。除此以外便是陪伴它们的小主人，过着它们寂寞且无聊的日子。它们提供的最为有效的武器便是它们结的果实——楝树果，楝树浑身都是宝，当然也包括这楝树果，现在据说可以采摘卖钱，但对于孩子们而言，他们口袋里掏出一把楝树果，可不是囤积卖钱，那是他们的“子弹”，是进攻时必不可少的装备。“噼里啪啦……”，楝树果在空中互相追逐的岁月也是孩子们最意气风发，无忧无虑的时光。

再见到楝树已是多年之后了，那时我已是一名高中生，校园的西南角和东南角长着很多树。那些树多年之后成为我们青春相册里最为坚实的背景，其中就有很多的楝树，在校园里、在离家很远的地方和儿时的玩伴树相逢，倒也别有一番情味，很多次学习空暇之际，我独自一人来到小树林，找到一棵楝树，斜倚、沉思，脑海里闪现了最后一次爬树的尴尬情景。

在从那棵楝树跳下来之前，我是把自己当作电视剧里的那些武功高强的大侠的，如果是现在的小孩子的话，那就是把自己看成是超人了。我从树上往下跳的时候，幻想着落地时的潇洒和轻松。然而事实是我被打脸：落地时带来的巨大反冲力让我气血上涌，头脑里只听得“嗡”的一声。其实我还是幸运的，因为我跳下的这个高度足以让一个小孩子骨折了，幸运的是我落在树下面的一堆荒草上，而且落下的时候，我被一根伸出的树枝钩住衣服缓冲了一下。这使得来自地面强劲的冲击并没有继续，我愣在树下足足有几分钟，树上的几只麻雀被我惊着，边埋怨边嘲笑地飞走了。我回头看了一眼那根树枝，抚摸着脊背上那道凉飕飕的血痕和已经被撕烂的背心，怏怏地离开了，如同一位被父亲保护后又被呵斥的孩童一般，后怕而又不甘心，但从此我再没爬过树。

现在我抚摸着那熟悉而又陌生的树身，摩挲着那苍老的容颜，树皮上沟壑纵横，如干涸的河谷；如被刀削斧刻的疤痕；如被封印的虬龙的鳞片。我试着像儿时攀爬时一样，张开双手搂着树身，却觉得树皮硌着身体很不舒服。我想再用力把两腿攀上去，发现完全是不可能，我究竟是过了爬树的年龄还是少了那份锐气，抑或两者都是。我突然似乎为我连日来的失败找到了最好的借口，内心竟然有一种轻松感：是啊！爬什么树呢？有什么好爬的呢？摔下去可就惨了。我懊丧地用手掌拍着树干，也在拍着自己的脊背。然而就在我准备回头的刹那，我内心的血性和不服输的基因突然迸发了出来。当我回转身奔向那青春的战场时，我照单全收了楝树的孤独，但我从此再没觉得寂寞。

二

关于楝树的树心有两种截然相反的说法：一种自然是好的，说楝树有“佛心”。《西游记》中唐僧师徒在通天河畔晒经的树就是楝树。楝树因得道于佛祖经文，故具有“佛心”。另一种说法则不太妙，说楝树是被诅咒的树！传说朱元璋落难时曾在楝树下休息，结果被落下的楝树果打在头上，他一气之下说：“你这坏心的树，会烂心死过年。”结果诅咒应验，之后苦楝树在过冬之际、春节之前整棵树都会枯萎败落，树心几乎要腐烂，半死不活。

我父亲曾经从农场承包了一大批树，就是把农场里的那些长在大圩上的树砍了运回来卖。某一个清晨，我在梦中被嘈杂的人声吵醒，揉着惺忪的双眼拉开大门一看，嗬！场上全是横七竖八的树，有刺槐也有杨树，但大多数还是楝树，这些不久前还在海滨顶盐风、迎寒露的堤坝守护神们，现在一个个在那里或坐或躺或倚，如同卸下身上的盔甲正做着马放南山、刀枪入库前准备的士兵们。离开了它们前半生浴血奋斗的战场，它们很迷茫、很惆怅，甚至也很悲伤，但它们还是坦然地接受命运的安排。来到这样一个陌生的集散地，等待着它们生命的第一次分配。

我于是见到很多树的树心，一两棵树也许并没有那么触目惊心，但是若干棵树的树心袒露在你面前还是很壮观的。而且这些楝树的树心有些真的是腐烂的，真如传说中被朱元璋诅咒了一样。诅咒一说当然只是民间传说，树心腐烂是一个不争的事实。有拒虫作用的楝树也免不了虫蛀的结果，还是让人颇多感慨。心是最脆弱的部分，无论坚硬的树干保护得如何严实，也无法确保树心不受伤害。我看到一棵树，树心几乎被掏空了，只剩下一堆齑粉，那树干由于经年的坚持，还摆出倔强的造型，然而一阵风吹来，那齑粉便随风飘散。转眼间，树心中间便只剩下一个黑漆漆的窟窿，犹如老妪那缺失门牙的嘴一般，又如命运的眼神死死凝望着你。我在大脑里复盘这棵树曾经挺立的样子。树心日复一日地被虫子咬噬着，而树干却连眉头都不允许皱，皱不了，皱了也没有人围观。同情和可怜无论在哪个物种的世界里都无法作为成长的养分，默默地吞下所有的苦、坚强面对一切。更何况树生存的姿态就是站立、挺拔。这种孤独和忍耐让我第一次对楝树产生敬意，因为这又何尝不是“佛心”的体现呢？

在之后的很长一段时间里，我总会看见我父亲手里拿着一把钢卷尺，和来买树的人在那木头丛中选择、测量、计算，然后看到一棵棵树被运走，它们有的坐着拖拉机走了，有的坐着船走了，还有的坐着小三轮走了。看着它们一个个离开，我仿佛一个送走自己出嫁女儿的父亲一样，百感交集：欣慰有之，伤感有之，失落亦有之。我对它们的形体特征以及最后的归宿如数家珍。那棵最直、最粗、最长的楝树在到达我家的第二天就被邻村的一位老板买去做主梁了，这次没有讨价还价，有的更多是一种迫不及待。那棵有小半截长残的树，没有让我们指着它议论太长时间，也被一个儿子要结婚、家里有木匠在打家具的乡亲挑走了。当然一番讨价还价，这次是少不了的。转眼间，那些品相还可以的，直的、粗的都被挑走了，场上剩下的犹如潮水退回之后的那些鱼虾、田螺。挑来挑去说不定还能淘出点宝贝，但大多数犹如狂欢之后的残羹冷炙。但即使那些不入眼的树木棍棍最终也都被挑走了，有一棵弯得像弓样的树也随着一艘船的离开而消失在我们的视线处。最后一个“出嫁”的当然是那位空心的“老闺女”。每个来的人看了都直皱眉，也几乎都会调侃它两句，但没有人表示出对它的丝毫兴趣。就在我们都对它失去信心的时候，它的“意中人”竟然出现了。那是我父亲的一位战友，他不是来买树的，是来访友的。当这位做艺术品的朋友，在场上看到那棵异常突兀的空心树后，啧啧称奇，然后一拍脑袋，哈哈大笑道：“这真是缘分！”最后在我们诧异的目光中，朋友扔下一沓远超我们对它估值的钞票，酒也不喝，在拖拉机屁股的青烟中一溜烟地消失了。我们家门前的场上又恢复了往日的宁静。那些楝树、槐树们仿佛匆匆而来，又匆匆而去。犹如人生过客，又似红尘百态，贫富危困、嗔痴怨念、幸运落魄依次上演了一遍。值得高兴的是这些树木都有了自己的归宿。那位“老闺女”竟然获得最好的结局，用它制作的名叫“时光隧道”的根雕获得大奖，真正地进入艺术殿堂。

三

其实每一棵树都有一颗“佛心”，它们无论生前还是身后都在以不同的方式为人类服务，生前护堤固土、吸碳吐氧，身后贡献身体的一部分，以人类需要的形态，融于人类的生活，这是树的宿命。从生命形态而言，它们是孤独的。无言地生存，无语地被肢解，无怨无悔地存在着。人们对它们除了索取就是索取，如果树有表达能力，它们也许会通宵达旦地倾诉人类的无情和贪婪，但终究它们只能无言而孤独地和人类共生存。

它们虽孤独但并不寂寞。因为它们是人类最忠实的仆人和最长情的陪伴者。那批树里有几棵上佳的木材被我父亲留了下来，找木匠打成了雕刻精美的餐桌和八张古朴的桌凳。它们都被涂上了红漆，如今经年的红漆仍然透露出一种厚实的凝重。父亲虽已离世，当年的话仍在我身边回响：

“将来我的孙子也知道这些桌凳是爷爷留给他们的遗产。”

楝树什么时候从我生活中消失，已经不得而知了，正如有一天我突然发现，楝树竟然在我们生活中到处都是。一切都好像很玄幻，但却又明明就是事实。有一点是肯定的，在我的家乡，楝树是几乎看不到了，包括曾经独霸一方的大叶杨、散落如珍珠般的杨柳、豪横如雄鸡似的刺槐，均已不再成林。首先是建房时再没人会提前栽树，也没有闲地来栽树。其次想要打家具，直接去买，既经济又实惠。这是一个讲究效率的时代，谁还愿意“奢侈”地花十多年时间去等候一棵树长大。人类对树的索取变得更势利、更极致，只要它的身后躯，无视其生前活。人类和树搭伙相生相伴的日子一去不复返。犹如相爱千年的恋人一朝之间分道扬镳。不是感情不和，也不是移情别恋，而是时代变了，我已经等不及看你长大，迎你回家。

在我们的生活空间里树的存在价值主要就是“观赏”。所以大量观赏性花木进入我们的生活成为一种常态，甚至乡村也是一样。而我的那些曾经孤独的楝树终于不再孤独了，它们笔直的树干、特有的拒虫药效、四季常青、流苏般辉煌的紫花使它们受到园艺家们的青睐。在我居住的这样一个新建的城区，沿着路两侧，林立着很多楝树，不同于老城区两侧的梧桐树和银杏树，另有一番情趣。我应该是感到快乐的，他乡遇故知嘛。徜徉于人行道一侧的小树林中，穿行于城市的繁华和乡村的宁静时，我总情不自禁地抚摸那沟壑纵横的树皮，我早已过了攀爬的年龄，也失去攀爬的冲动，但经过它们身边时仍然不可抑制地想起一幅画面：

一个少年一跃而上，腾空而起，扑向树干，身体如同有吸盘一样牢牢吸附在上面。紧接着又如同壁虎一般手脚并用，瞬息之间便爬到楝树顶。他在树顶快乐地喊叫着，远处是村里清澈的河流，这些都是他的伙伴。

枇杷籽结千千枝

枝头的枇杷在阳光下笑意盈盈，身上黄袍裹着那圆鼓鼓的身躯，外形颇有《果宝特攻》中卡通人物的憨态，内里却俯视着大地，睥睨着众生，对那些垂涎欲滴的采摘者保持一种必要的矜持。那金黄的太阳和同样金黄的枇杷们晃得下面的枇杷采摘者们睁不开眼，但当然阻止不了他们对枇杷的热忱，采摘者的锲而不舍、痴迷沉湎和枇杷的高高在上、姿态臃肿在这片空间拉成一条狭长而绚丽的光谱。

我也曾经是这采摘者之一。

每当枇杷成熟的季节，东山著名的白玉枇杷上市了，满大街都是挑担叫卖的果农，那吆喝声虽很普通，甚至并不响亮，但是酒香不怕巷子深，白玉枇杷的诱惑对于尝过它的人几乎是难以抗拒的，所以很快被一抢而空。

对于枇杷，唯有爱你才能说出口！

对于枇杷我的记忆并非来自采摘树上的枇杷，而是来自枇杷罐头，时间还要推至我上小学五年级的一次发热，由于口干舌燥得厉害，母亲特意去小店里买了瓶枇杷罐头，不可否认那罐头真的很上头，如一发精确制导的导弹，把头脑里那些从外太空过来的飞碟、稀奇古怪的飞行器全都打掉了，天空刚才还是光怪陆离、热闹非凡，突然平静下来，黑漆咕咚，我头脑清明，打起了呼噜。这种酣眠的爽快三十多年后仍然顽固地停驻我脑海里。以至于我从此在所有罐头里只对枇杷罐头情有独钟。但直到我吃了这白玉枇杷之后，才不得不承认，罐头终究是罐头，无法和新鲜的枇杷相比。

枇杷的滋味说到底，很简单，就是甜，甜得像蜜。当然这只是个习惯性比喻，因为蜜如果和枇杷比起来其实显得甜而过腻了，它不似枇杷那种天然而清爽的甜。如果把甜味比成风的话，那么蜜的甜是六月的热风，而枇杷的甜则是那夏夜穿堂风。如果把甜味比成动人的音乐，那么蜜的甜是叩响心扉的钢琴曲，而枇杷的甜则是那高山流水的古筝曲。如果把甜味比成美丽的女人的话，那么蜜的甜是那宴会上盛装的美人，而枇杷的甜则是那一袭白衣戴着面纱擦肩而过的女子。

和这白玉枇杷同样让我难忘的则是那次吃枇杷参与的活动，那是到苏州之后参加的一次教研活动。枇杷是主办学校放在桌上的水果之一，我去得比较早，所以能吃到这滑如脂、甘似醴、味若兰的枇杷。在老家每年参加教研活动的机会都要积极争取，很渴望出去参加活动的，到苏州后参加活动的次数很多，渐渐也就没啥感觉了，但那次的参加活动听课的感受和枇杷一样让我教学的“味蕾”大开，那次我还被点名评课，在众目睽睽之下完成了在苏州的首秀，也算一次刺激而心跳的经历了。

这白玉枇杷的味儿不是上头而是上心。但是这水果中的珍品价值可不菲，对于刚到苏州立足未稳的我而言，也只能如那蒹葭美人，停留在渴望和回味的层面上。

枇杷，仰望成了我最习惯的姿势。

枇杷的味道确实是太诱人了，我想这种想法很多吃过枇杷的人都有，所以我经常看到枇杷上市的季节，小区里的那些还很弱小的枇杷树也会有人攀爬，人们在上面苦苦采摘那虽是“黄袍加身”但小得可怜的枇杷。而我当时要比他们幸福得多，因为在我的屋后就有一棵高大且年代久远的枇杷树，我所住小楼年代久远，斑驳的墙体犹如一个久经沧桑的老人的容颜，而在这经年累月的风霜里和它相伴的则是这屋后的枇杷树。

这棵树边上就是学校的操场，每天从晨操到最后一节体育课，它都是默默地关注着，因为它长得高大、粗壮，那洞察世事的沧桑颇令人有一种膜拜感。所以有些语文老师甚至把语文课放到树下讲，我便是其中一员。书声琅琅，师生交流，引得行人驻足，鸟雀敛声。这是一幅何等美好的教育图景啊！

虽然这棵枇杷树真正的主人并不是学校，它是隔壁的一棵枇杷树伸过来的，但这又有什么要紧呢？隔壁是原吴县中学老师的宿舍，其实算起来也是一家，我们这所学校，原来就是吴县中学。这棵枇杷树的主人没有人知道，因为从来也没有人来宣示主权、呵斥那些采摘者。从它长的位置看，并非有人特意栽植，更像是一颗无意遗落土中的枇杷籽，在自然界的阳光、水、土的作用下，顽强生长的结果。正因此，我对于它的主干无缘接触，虽然我无比渴望能够抚摸它那并不俊朗的树干，以及它那粗壮的小枝。枇杷树和白杨树、松树是不一样的，白杨树和松树是不计一切代价地确保其主干的生长，一旦有旁枝斜出、离经叛道，就避免不了遭受剪伐的命运。而枇杷树则没有这些讲究，反而它的那些不听话的枝条疏密横斜，自有景致，并且在收获的季节都可以献上一捧各有千秋的果实。枇杷树的树冠呈圆状，向内收敛，颇短，特别像一个巨大而内收的伞盖，笼罩并荫庇着这方寸之地。甚至连我们这围墙之外的邻居也受到它的惠泽，它的茂密的绿叶之下更是学校那些顽皮孩子们的世外桃源，他们在下面追逐打闹、玩得不亦乐乎。

枇杷树自然是可以结枇杷的，但在我的意识中，这只是一棵枝叶茂盛的树，对于它结果实的能力，我一向不太注意，毕竟这只是一棵貌不惊人的枇杷树，没有惊人的基因、没有光荣的历史、没有惊艳的当下。第一次品尝它的果实已是到了苏州几年之后。那次我正准备一节市级公开课，挑战作文中的虚实相生这个堪称天花板的课题，试上五六遍，仍然不满意，冥思苦想也理不清头绪。理论生成和写作实践的契合，教案的架构和起承转合的融合，学生的配合、时间的配比等都无法达到自己满意的状态。随着上课时间一天天地临近，我终日陷入一种焦虑的状态。这天回到宿舍，母亲端来一盆黄澄澄的枇杷放到桌上说道："后面的枇杷树结的，还不错呢，挺甜的。"我满怀疑惑地拿起一颗剥了起来，随着那一层黄外套被解开，惊为天人的果肉便呈现在眼前，还没有尝到，那甜味儿便直冲鼻官，撞开尘封的味觉，口舌生津，轻咬一口后我连连赞曰："还是这江南的水土好，这野生的枇杷也不比那白玉枇杷差嘛！"说到这里，我突然如醍醐灌顶，作文课为什么不能上第二课时呢？为什么要走别人的老路呢？我把第一课时中学生写的作文处理成第二节课的素材，这样不就解决之前担心的所有问题，正所谓一步通、步步通，思路变通之后，所有的问题都烟消云散。第二天上课时，教室里挤满了人，大概是因为我这节公开课是作文课的原因吧。我的创新之举，使得之前所有的壁垒被打开，一节行云流水般的公开课如往日一样精彩纷呈。当我把经过修改后的学生作文片段展示出来时，学生们明显为之精神一振。我又请他们朗读自己的涅槃之作，并在讲解基础上生成理论，一整套虚实相生新理论体系最终以板书生成在黑板上，此时我眼睛里只看到无数的手机被举起来在拍照。当堂写作中，练习材料有唐寅的文化材料，有夸父的神话材料，还有《射雕英雄传》的武侠材料。课堂中会意、欣赏、羡慕等情绪如彩带飞扬。我更是结合学生的内容即兴完成结尾的串接语。最后在教师的掌声和学生的鞠躬中完美收官。课后我和我青剑湖的兄弟杨卫华聊天，他们学校的一位年轻教师激动不已，连声称赞。那一次公开课让我印象深刻，更让我印象深刻的则是那一盆枇杷，它让我明白一个道理，教学不要迷信权威，要学会走自己的路，有些枇杷再好吃，终究不是自己盆中的菜，而适合自己的、能够为自己所用的才是最好的、最有效的。从自己的教学实践中思索出来的理论往往更实用。正如我家屋后这棵枇杷树，它没有权威的光环，也没有舌灿莲花的口才，但它坦坦荡荡地立于天地间，吸收着日月精华，最终也修炼成造福一方的精魂。

这次经历之后我发觉我和枇杷树的关系似乎有着一种神秘的默契。每当我教学思路梗塞之时，我便会走到它身边，默默地和它交流，然后仰望明月、思索古今，再次坐在桌前灵感便会涌上心头。那段时间我的在核心期刊发表的多篇文章便得益于此。儿子有一次咳嗽了很长时间，吃药、输液都不见好。母亲摘了几片枇杷叶子，加糖熬制了枇杷汁，竟然起到了神奇的效果，那硬硬的如皮革般的叶子，披针形，却是外表高冷，内心热情。教学做人都是这样！牢记初心、不忘本才是根本！

枇杷树，我感谢你！

离开老学校已经很多年了，那里现在正在进行工程建设，那棵枇杷树当然也早就被砍伐了。但并不妨碍它一直在长我的心上，而且一天天地茁壮成长。每当我在教育教学中身心俱疲之时，我便会屏息凝神，放空思绪。这时脑海里便投射出这样一幅画面：

枝头的枇杷在阳光下笑意盈盈，黄袍裹着那圆鼓鼓的身躯，屋后那棵高大的枇杷树，悄然耸立、果实的醇香引来空中的鸟雀啄食，它无怨无悔；引来了一群嬉笑的采摘者，哪怕弄断了它的枝条、扯下了它的叶子，它也坦然接受。

我也曾经是这采摘者之一。

——发表于《师道（人文）》2024 年第 6 期

长在梦之边缘的杏子树

我一直纠结于这篇文章写还是不写。写的原因是我确实对这棵杏子树的印象深刻，不写的原因则是这件事本身也确实没什么写点，连那棵杏子树都没有几个人知道，我甚至怀疑那家的主人大概也忘记了。

一句话就可以介绍完我要写的内容。小时候，邻居家有一棵杏子树，我有一段时间经常去摘杏子吃，就这件事。吃的次数应该并不多，时间也谈不上多长，后来那棵杏子树就从我的记忆里消失了，至于是那棵树没有了，还是我后来不去摘了，就不太清楚了。但很奇怪的是我竟然一直忘不了，四十多年后的今天，我回忆起这件往事，还能感到杏子香甜而酥软的果肉在我的舌间缠绵。我再次重温那股味道，那股让人瞬间忘记春夏秋冬的味道时已是四十多年后的事了，我在超市里买了一些价格不菲的杏子回来，当然就是冲着回味当年的感觉买的，当我在餐桌边慢慢地剥着那杏子皮时，此时窗外江南这座城市的正变得灯光璀璨、流光溢彩。我的思绪便不断游离于现在和过去之间。

杏子的皮和肉算是夫妻情深，双方已经交织成你中有我，我中有你，那剥下皮扯下肉的杏子赤裸着身体立于我掌心之中，那肉的质感已经顺着皮肤把信息传递给大脑中枢神经。我轻吮了一口，一股清冽的味道迅速占领了口腔，但我仍然不得不承认一点，这还是比不上当年邻居家那棵杏树结的果实的味道。当然我也不得不承认这可能更多的是一种心理感受。准确地讲它们不是同一个背景下杏子的味道。一个是在没有零食的年代里摘取的果实，那种愉悦、充实、饱腹感是独属于那个时代的幸福。剥离那个时代谈味道就失去意义了，而手里的杏子固然饱满、硕大、诱人，在城市的灯光下甚至有熠熠生辉的感觉，可是它和手边的树山黄桃、山东红富士苹果、贡梨相比较而言，没有太大的区别。另外杏子含有酸性物质，吃多了对牙齿不好；富含糖分，对于血糖高的人也不好；还有过敏体质的人最好不要吃。即使杏子被现实拉下神坛，可我还是执着地想念着我那童年记忆里的杏子。童年留下的记忆和确立的梦想一样，也许很青涩，但一定很顽强，从一而终是它们的长项，朝三暮四是它们所不齿的行为。

我对这种莫名的心理感受似乎有着一种执念，正如这若干年前吃过几次的杏子竟然在四十多年后还隔三岔五地占据我思维的内存一样，我的梦里还有一个常客，那是一段路，一段铺着青砖的狭窄的小巷。那青砖的铺法现在是没有的了，青砖不是平铺而是块块侧立着，这应该是二十世纪五六十年代甚至可能更早的一种铺法。这一段小巷，不算平坦且比较老旧，两侧还有一些老房子。那应该有一段稍陡的坡，而梦中的我则是从下往上走的。奇怪的是每次总是走那么一段，就像电影的一个片段，没有头尾，不知我是从哪里来，也不知我是到哪里去，很多次我在梦里进入这个片段，曾多次试图把它走完，就像看一个电视连续剧，总是希望能够看个结尾，然而结果总是徒劳无功。我就走啊走，眼前一片灰白色，没有任何参照物。我犹如盲人一样在虚空中行走，不同的是没有拐杖，丝毫不觉得吃力，我几乎可以确信，这就是精神行走的方式和感觉。

就像那棵杏子树，无数次我拼命在脑海里回忆相关情景，然而却只记得它不高，在邻居的屋后，除之以外，再无其他更详细的印象了。记忆有时也和人一样，越是得不到越是想念。像这种片段的记忆，实在说不出它有多大的意义，但就是死死抓住它不放，特别像我们青春时，看到一个倩影，在那个荷尔蒙蓬勃而又内心胆怯的青春期，没有勇气去追求但又会念念不忘，在这种不舍和不见的犹豫中竟然就把它刻在记忆里。记忆一定也是一个见利忘义的家伙，比如就对那个杏子黄澄澄的颜色和软糯糯的味道一直念念不忘，其他无关紧要该扔的早就扔到时间的长河里了。而那段小巷我就不太明白它究竟是中了哪门子邪，一定要栖身在我脑海里的隐秘的角落，平时它就蛰伏在那里，无声无息，让你忘记它的存在，但是到某一个时间点，它就会偷偷出来溜达溜达。

梦是现实的过滤器，过滤掉现实中不如意的那一段，恰似文章结构一般，掐去废材开局的头，去掉那藏藏掖掖、无法示人的尾，留下那无限悬念的中间，我梦中的那段小巷大概就是这么来的。我后来无数次去复盘那段路程，最后大概得出结论，那是我第一次到镇上留下的印象，太过于模糊则是因为我那时太小，也就三四岁吧，可能还要小。虽然我后来在镇上学习、工作了十多年，我也试图找出那一段小巷的原址，但终究是白忙一场，按照我的理解应该是老街上的一段，但其时，所谓的老街也已成了一条弄堂，连那条路都变了模样。我哑然失笑，为自己的行为而笑，去寻找梦境里虚幻的一段实在没有太大意义，沿着梦境的那条小巷子，继续往前走，一直走到梦境的藕花深处才是正经。大概是我有了这样的心理暗示，所以有很长一段时间，我的梦里再没有出现这一段路，而现实中我也确实沿着老镇的那条巷子一路向北，到县城，再漫溯至江南，一路地奔波，一路地劳碌，一路地孤独，一路地迷茫，在苍茫天地中披一身忧伤，然后也会时而摘取路边果树上的杏子。

突然在某一天，那段路又出现在我的梦里，我在梦里显得有些不知所措，我在那青砖铺就的小巷子里徘徊，不知是向上还是往下，那应该繁华却是空寂的小巷子，就像一个巨大的省略号，我不知应该如何去填、如何去回答。我耳边听到外面繁华的喧闹，但那些却离我是如此之远，我看不见也摸不着，这里只有我和这条小巷子，而且它是如此的如影随形，每一步都像是踏入了时间隧道，穿越回某个莫名的年代。悲伤和失意就像轮回交替一样，如蛆附骨，无从躲藏、无法躲避，我在梦中都能够听到自己的呻吟声和无助的喊叫声。有种说法是梦中那道白光你不能走到尽头，因为那个尽头可能就是你人生的尽头，那么问题就来了，走还是不走呢？我的灵魂在思考但似乎灵魂的脚步从未停止过，我在这死循环般的纠结中终于从梦中醒来，于是一身虚汗，一身疲惫。梦是现实的真实反映，我知道这是我内心真实的写照，人到中年，到底该走向何方，我其实很迷茫，年轻时的梦，有的实现了。没有实现的也已经离我越来越远。剩下能抓住的是少之又少。可是留下的时间和机会却也越来越少，到底应该如何做，坐以待毙不是我的风格，奋起直追，似乎又缺少了年轻时的那份豪情，未迎战先有三分怯，我苦笑摇头，这哪像我。生活的安逸不断地扭着她的小蛮腰诱惑着我，我在犹豫着！

幸好现实中还有那一个杏子在等着我，我只要一闭眼，那软软的质感，甜香的味道，就会穿越时空的轨道一路奔驰而来，直刷我的眼睛、鼻腔、口腔、舌头。然后一种幸福的眩晕感就如潮水般铺天盖地淹来。我一直把这个杏子也归于梦的一部分，虽然我人是清醒的，但不可否认，这个杏子和梦境中的那条巷子是有着异曲同工之妙的，它们都是对现实生活剪辑的镜像。杏子对于那个年代里的孩子而言，不啻一顿饕餮盛宴，这是一件多么幸福的事儿，这大概是它能够牢牢盘踞于我脑海某个角落的原因吧。大脑是一台精密的仪器，它对这些能提供幸福指数的元素怎么可能轻易放过。它早就把这些放在桌面上，让你抬头即可看见，让你从中获取力量，提取能量，随时可以充满活力回归。于是我坐在那棵屋檐下杏树的枝杈上，晃晃悠悠，看着那路上来来往往的人们，对面就是一片农田。再往后就是如冰糖葫芦一样一家挨着一家的农户。杏子肉在我嘴里被咀嚼吞咽，果肉的滋味甚至来不及多品味，杏子肉便下肚了，这才惘然若失，味蕾连反馈也省略了。就像我们那仓促的青春，在匆匆的追寻和展示过程中，进度条就到头了，大脑搜寻青春的回应也只有一段让人无助的忙音。

电话无人接听，电波却不会停留；青春已被耗尽，时间却继续奔流。我便在这梦中小巷的指引下，在记忆中那美妙的杏子的提示下，按着灵魂提供的密码，一点一点，一滴一滴地把努力汇聚，一块一块地把梦的七巧板拼凑。梦是灵魂的底片，底片上的那一丝丝纹路就是阳光奔驰十万八千里、穿透现实而打向梦境的三叉戟！操起生命赐予的三叉戟，挥击眼前的雾瘴，直指心之方向，聆听最柔软处叩响的摩尔斯密码，遵循天道人心。突然有一天我悟到，也许那小巷子的尽头就是那一棵矮小而粗壮的杏树，那些活泼而珍贵的杏子正在那枝头笑吟吟地看着奔跑着的我！相信到达的那一天便是我从梦里那条路走出的那一刻。

那时没有束缚，没有压力，只有内心深处的平静与安宁，而我的灵魂也会迈出六亲不认的步伐。

有一种“活着”叫大叶杨

一

在乡村里，大叶杨不同于楝树、柳树、槐树等树种。它远不像那些树种一样，东一棵西一棵，很随性地生长在乡村大地上。它们更像是一支正规军，排列整齐、军纪严明、使命感极强。它们正常出现在河堤上，而且是那种新挖的大河的河堤上。近来在我老家旁边新建了一条省道，省道要经过北面的江界河，这是一条相对比较深而宽的河流，河岸的一侧多年前种植的大叶杨，随着这条路蓦然出现在我们的视线中了，每次开车从旁边经过时，总有瞬间时空错乱之感。恍然重新回到三十多年前和父亲一起在海滨的日子。

和家乡难得见到大片大叶杨树林不同的是，在农场这些大叶杨则是随处可见，只要有堤坝就有树，只要有树基本就是这种大叶杨。每当步入一片大叶杨的领地时，总有一种庄严肃穆之感。它们那一个个笔直的站姿就让你不得不顿生景仰之心，甚至你会觉得连那树下的杂草、灌木也是笔直的。这是不是传说中潜移默化的影响呢？东倒西歪的树干、横七竖八的枝条、肆意纵横的藤蔓在这里是很少的。树林整体是有序齐整的，即使那些鸟雀们在树枝上做的窝也都是有点气派的豪宅。因为大叶杨枝头较高，它的枝杈一律向上，而不是张牙舞爪一般向四处伸展。所以鸟雀们要想做窝，只能做在那很高的枝头，而枝头上的空间也不是很大，这就增加了做窝的难度，所以一般小的鸟雀不会选择在那儿做窝的，太费劲了。所有的树林都是“横柯上蔽，在昼犹昏”的，大叶杨树林自然也不例外，但还是有些不同，因为树干整体的高度高于其他树种，所以树林里光线就优于其他树林，这便少却了很多压抑和阴森感。再加上大叶杨有光滑而银灰色的树皮，使得在这样的树林里，即使在黄昏之时，也仍然会丝丝光亮透进来，这一点似有若无的光亮，即使加上点树干的反光也的确是微弱的，但对于在树林里行走的人而言，不啻指路的火炬。

事实上，即使“月上柳梢头”，在那人烟稀少的海滨，在寂静的树林里你仍然会碰到“人约黄昏后”——那三三两两扛着农具回家的农民们。这些人大部分是租种农场田地的农民。他们刚从田里归来，“晨兴理荒秽，带月荷锄归”是属于陶渊明的浪漫，对那些农民而言只是生活的常态。他们扛着锄头、拎着铲锹，身躯佝偻但不失挺拔，疲惫但并不失干劲，应该是这清风明月下最美的风景，但他们的“审美”还停留在那被反复侍弄的禾苗身上。这时鸟儿们早已归巢，对于这些不速之客，鸟儿们似乎也已经习以为常，有些短暂地表示不满之后，便又很快地进入梦乡，其余的则不予理睬，树林里还是一片木讷的平静。远处农场队部次第亮起的灯火，如一条隐隐约约的丝缕，在夜风中飘舞着，模糊而又清晰。那里是他们期待的港湾，也是他们期待的温暖。老婆和孩子们是他们对抗这块盐碱地最好的养分。

这些人其实并不是农场的职工，他们来自五湖四海，其中来自附近乡镇以及盐城北三县也就是滨海、阜宁、响水的人比较多，也有来自连云港的，甚至还来自更远省份山东、河南的人。这些人用他们自己的话说都是来“讨生活”的。他们中的大部分家庭条件都不是很好，条件好的谁愿意到这荒无人烟的地方吃这狗不嚼的苦呢。一句“讨生活”道出他们内心多少的无奈和辛酸。从某种角度上，这黄海之滨的农场成了他们的第二故乡和庇护所。在20世纪末很多人南下广东做“淘金者”，其实还有这么一些人东下海滨“讨生活”。这些人靠着吃苦耐劳的精神，大部分人最后也脱贫致富了，毕竟种上百亩田，利润还是可观的。他们中有一些头脑比较活泛的混成老板挣了很多钱。“祸兮福所倚，福兮祸所伏”，在这“山穷水尽”之地，“穷途末路”之时，他们最后“柳暗花明”“绝处逢生”，岂不奇哉、乐哉。生活就是这样的有趣，前脚给你一个耳光，后脚又赏了你一块糖。

大叶杨是一种耐寒、耐盐碱、快速生长的杨树品种。这大概也是它们被选择大规模种植在黄海之滨的重要原因吧。它们脚下的土地，圈的是龙王爷家的，准确地说是人类从龙王爷嘴里夺下来的骨头。因为在多年之前这块土地还是汪洋大海，后来由人工围海造田得来的。虽说现在有了挖掘机这样的大型机械，在围海造田工程中便利不少，但其中的风险一般人未必知晓。涨潮时，人如果跑得慢自然早就下海去陪龙王爷了。即使费了九牛二虎之力，驱龙入海，围堤成形，也还要防止龙王爷不甘心，凶猛反扑。海水暴涨之时，完全有可能功亏一篑，多年心血毁于一旦。大叶杨正是这样应运而出。它们是护堤固坝的好手，正好帮助这些滨海生民们维护来之不易的家园。这些还远远不够，它们脚下的土壤其实是极其不易种植庄稼的。泡在海水中亿万年的土壤已经是每根血管都充满了盐分，这种盐碱地要经过几代人的改良才能成为良田。而在这之前大叶杨则承担了改良土壤的重任。它们年复一年、日复一日地做着挡海风、改土壤的脏活儿、累活儿。它们不仅没有怨言，而且还把这些转变成自己的养分，让自己长得更加粗壮、高大，成为海滨一道道海风无法越过的屏障。龙王爷最后不得不退避三舍让出自己地盘，这些名叫大叶杨的勇士功不可没。

很多年前有一个少年骑着一辆幸福 125 的摩托车，风驰电掣般地穿行于大叶杨树林中那高低不平的羊肠小道上。午日的阳光透过丰茂的枝叶投射到他的身上，外面暑气四溢，而这里却清凉如秋，少年哼着不成调的歌，手里拧着油门，马达发出舒畅的声音轰鸣着。在他的面前，不断有鸟儿被惊起，从草丛里直飞向树顶，两侧的灌木丛被车子分开又合拢上，鼠尾草、延龄草争相拍打着车轮和消声器，似在驱赶又似在挽留，很快摩托车开到树林的尽头，少年用脚撑着地面，看着面前突然断了的路，那如犬牙交错般的大圩让他有些不知所措，失去大叶杨遮蔽的阳光突然肆无忌惮、火力全开地直射向他，他不得不伸手遮阳光看向前方，思索着前方的路在哪里。

二

大叶杨再次被谈起是前年，走亲戚的小姑丈指着我家门前公路两侧的大叶杨，说了一个生财之道："你们晚上用透明胶带反过来缠在树干上，到了第二天早上，每棵大叶杨上可以抓到几十只蝉，我们那儿一个夏天靠这个能卖几千块钱呢？"大家赶紧附和说："你们海边的人真会想法赚钱……"当然也没人当回事，原因有很多：我们这里大叶杨很少，而且没有人专门收蝉。还有一个很重要的原因，我们这里的人赚钱思路比较窄，没有他们活泛。他们是谁呢？其实可以理解为"第二代移民"。从方位上来讲，他们是邻近海边的几个乡镇的农民，但大都是从西边乡镇移民过去的。为什么要说他们是"第二代移民"呢？因为他们的上一代，其实也是移民，虽然他们移的距离也就十几里路，有的范围只是在本乡内，但终归也是为改善生活，举家搬迁。移民的主要好处就是田多，越往东移田就越多，小姑丈家的田比我们这里一般人家的两倍还要多，田在农业社会里是安身立命的根本，这也就能够理解，一代代移民们为了田地如同候鸟一样不断迁徙，在一个又一个陌生的地方垒灶砌房，开垦荒地讨生活了。

无论哪一代移民都是极其苦的，当然他们也是极其能吃苦的人。我家到我小姑丈家有二三十公里路。在交通工具极为发达的今天，驱车二十分钟左右到达；而这个距离在自行车的时代需要两三个小时。我小时候和我小姑最亲，父亲、母亲整天忙于生计，就把我扔给小姑，是小姑把我带大的，所以我人生最初的痛苦来自小姑的出嫁，我的痛苦来自我知道从此以后我将不能常见小姑了，而小姑的痛苦则来自她更清楚地知道，她将不能常回家。因为她即将去的新家是一个在那个时代极为遥远的地方。那个地方是真正意义上的海边，到很多年以后，那里成了麋鹿的家乡。我们现在需要花钱买门票看的珍稀动物，而他们每天干农活儿抬头便可以看到。

那里不仅遥远，而且极为荒凉，我上小学五年级的那个暑假便是住在小姑家的，对于我这个大侄子，小姑是极为亲近的，她当年对我年幼的表妹说得最多的一句话是："我将来有你军哥哥养，不要你养。"小时候表妹比较顽劣，小姑说的当然是气话。那个暑假我亲眼见证了什么叫荒无人烟。以至于多年之后当年那里的情景仍历历在目。首先是那里连个像样的路都没有，有一段很长的路程竟然要从沟渠里走。今年的暑假我因为办老家的房产证，阴差阳错地开着汽车又走到了那一段路程。那一段沟渠现在是麋鹿路的一段，省道标准，标准的柏油马路。除此以外是住户很少，几幢低矮的茅草屋散落在田野中间，小姑丈家兄弟比较多，三幢丁头府一字排开，小姑家是最里面一间。站在门口的晒谷场四望是天地相连，一眼看去除了田野还是田野，这就是《敕勒歌》中的"天似穹庐，笼盖四野"。"风吹草低见牛羊"的景象倒是没见到，但对小姑家养的几只绵羊印象特别深刻，那几只弯着角、卷着毛的绵羊"咩咩"地叫着，构成我童年时代对"海边"最新奇而清晰的记忆。而这一切在短暂的三十多年之后都消失了，在我奔驰着的汽车两边有很多房屋，别墅当然是趾高气昂的，即使瓦房也是气宇轩昂的。当年小姑家的老屋现在已是庄稼地了，他们也早搬到北边的农庄线了，在和小姑丈的交谈中我惊奇地知道，现在连他们当年赖以发家的田地都已经租给别人种西瓜了，当然是以比较高的价格了，而他们也成为新的打工族：有的帮助管理西瓜，有的到保护区打工，也有的到外地打工。当年穷得只剩下田的人们现在也不需要种田了，但田给他们的巨大财富仍然持续着。这大概也是这里的人们都普遍富裕的原因之一吧，当然最为关键的还是他们吃苦耐劳的精神。以前他们是整天在田里忙碌，而现在他们是整天在外面赚钱，小姑丈每次通电话都是在工作中，今天挖树、明天在林场干活儿，大后天被叫去保护区埋打架死亡的麋鹿尸体，反正没个停歇的时候。就像一只麻雀一样一年四季忙着啄食。在离他们不远的几条大圩上都是成排的大叶杨，它们就像小姑丈一样笔直而木讷、朴素而敦实。那里是我童年时最喜欢去的地方，那时候这些树比我高不了多少，在海滨呼啸的风中东倒西歪，看起来是那样的弱不禁风，但是因为沿着大圩密密麻麻地种植着这些大叶杨，所以看起来还是颇有气势的。想不到多年之后，它们都已经成了气候，当年的孩童现在已年近半百，而这些大叶杨大概还算是少年吧，这是不是“我出走半生，归来你还是少年”呢。大叶杨自是默默无闻，而我也在凌乱的风中整理着自己的思绪。

在离大叶杨不远的地方则是小姑的坟冢，在我上高二的时候，在他们全家筹备新房子的时候，小姑不幸去世，而在她去世前我还在酝酿写一封信寄给她，但信却永远停留在那个秋季，得知消息的那个晚上我彻夜难眠，冥冥之中感觉小姑就默默地站在我身旁……这是一定的，我们是心灵相通的。我把灯关上，把手伸在空中，感受到那个世界的温度。我额头的伤疤在那个夜里隐隐作痛，我知道那个世界的小姑哭泣了，我额头的伤疤是她一次感冒后，让我坐在一位邻居自行车的前杠上而出的事故，在王港河桥上她自责地准备跳河自杀。死亡就这样以一种极为猝不及防的方式在我人生记忆最为清晰之时、情感最为敏感丰富之时烙在我的心头，从此以后，只要相关的人和事被提及，我的泪腺便会立即被拉开闸门，毫无办法，伤痛在这件事上我完全失去免疫能力。小姑坟前那片大叶杨是我每次经过时必注视的地方，在我进城工作、去苏南生活，甚至有一次交了女朋友，我也把她拉到小姑坟前，那位姑娘当时没有惊愕反而安慰我，至今让我想起仍然十分感动。我在注视着那个世界的小姑，她也一定在注视着这个世界的亲人们，不知她看到曾经贫穷的家乡现在如此富裕，看到她的女儿现在嫁到城里，一家人幸福美满，会做何感想？想到她临去世前还在四处奔波，为她的新房子筹钱、购物。劳碌而好强的性格是她的优点，也是她的弱点。唉，恰如这树林中的一些大叶杨，它们也没有迎来最后灿烂的朝阳，在某一个寒风凄厉、风雨交加的夜晚，折了。但它们仍是这个大圩上不可或缺的一员。在移民的路途上，那些过早离开的人们，他们的足印早已填满了那泥泞的道路，不应忘记，也不会被忘记。

“一定的！”你听，那是大叶杨集体的回答！

三

大叶杨注定是一种和楝树、柳树、槐树不一样的树种，楝树可能是由于一颗楝树果的机缘而在陌生的土地上安家立业，柳树则也会因为一次偶然的插枝而生根发芽。但大叶杨一定是群体性搬迁。从这个角度，苏北地区有很多家族也算是大叶杨一般的家族，都是从远方迁徙而来，这是一个异常漫长的过程。有一种普遍的说法叫“洪武赶散”。现今大多数苏北人都把睡觉戏称为“去苏州”，一念成梦，梦里一念成真，无论现实如何残酷，皇权如何苛刻，总不能不让人做梦吧，现实中也许可以阻止回故乡的步伐，但梦里任谁也不可以，一个流传至今的戏言，流淌的是数百年来多少代移民们最大的心愿。

为什么会发生“洪武赶散”，一个在我儿时仍然流行的词语也许可窥一斑。我们小时候如果有小孩子尿床，便被大人戏称为“洪水漫天”，而且小时候每当发大水，大人总会说洪泽湖水要漫过来了，要灭朝了。当时就很奇怪，印象中洪泽湖离我们很远，我们为什么如此地恐惧它，还有，无缘无故一个大湖的水怎么可能就漫过来呢？这种恐惧其实是缘于明朝初年发生在苏北的一场洪水，洪水正是来自洪泽湖，那场洪水之后，尸横遍野，对水的恐惧从此便刻在基因里了。而这场洪水之后，则又出现新的问题，那就是苏北人少了。人少了，自然赋税也就少了，而苏北作为产粮造盐的主要地区，也是朱元璋称王的主要根据地，这样肯定不行，怎么办呢？朱元璋把目光转向了富庶的、人多地少的江南。这块张士诚的地盘让朱元璋在攻打苏州时吃够了苦头，那就把这些当年支持张士诚的江南百姓们送到苏北开荒种地，造盐经商，这样一箭双雕，既瓦解了江南的“拥张”势力，巩固了朝廷在苏南的统治，又开启了苏北的重建工程，保证了苏北对朝廷的税供。这就是明朝历史上著名的迁徙——“洪武赶散”。

一代代传递危险的信息，这是动物的本能，一个地方如果出现了一种灭老鼠的药，倒下第一批后，之后的老鼠都不会再中毒。人类也不例外，口口相传的也往往是那些对种族的生存具有威胁的人、事、物。正如我的祖先口里的“洪水”。但是奇怪的是在我的家乡对于“洪武赶散”的始作俑者朱元璋，人们并没有表示出什么怨恨，反而是流传了很多神奇的谚语。比如说“朱洪武扫地——各登原位。”“朱洪武火烧庆功楼——一窝端”等。这些谚语反而更多的是对朱元璋神化的赞颂，这究竟是为什么呢？

迁徙这件事，其实历朝历代都有。历史上的永嘉之乱、安史之乱，都使得战乱中的北方人大规模自主迁徙到南方。清代著名的湖广填四川，以及后来的闯关东、走西口、下南洋也是有名的移民潮，大部分的移民都是在自愿的基础上，出于谋生的目的而迁徙。即使是洪武赶散，也是有一定的政策扶持，在其后期政策也相对温和得多，老百姓有条件的是可以回去祭祖的。

移民们也许在当时会对朝廷有些怨言，但最终这一切都会随着生活的安定而渐渐消失。“铁打的土地，流水的人”“树挪死，人挪活”，这些朴素的道理老百姓还是懂的，迁徙的过程，背井离乡固然很痛苦，但是也蕴藏着巨大的机遇。尤其对于贫穷者而言，重新洗牌，是一次千载难逢的机会。正如那些大叶杨，当它们被移植到一片新的土地上，土地固然贫瘠，但阳光、空间、水源却都是成倍于从前的。

在苏北这块土地上，与龙王爷相伴的地方，数百年前，这些从南方富庶之地移民过来的人们，带来南方先进的生产技术、理念、雄厚的财富，这些都给这块土地注入巨大的生机，也使得这块土地拥有了和龙王爷一争高下的实力。就如那些长在河岸边的大叶杨一样，它们有群体的力量，有着笔直挺高的基因，也有着耐低温、喜水、喜光照的特点，这些和苏北的自然环境很契合，自然发挥了成长较快的特点，它们在海风中不屈地生长，它们拥有比其他杨树都宽大的叶片，它们近乎贪婪地吸收着阳光、雨水，拼命地向蓝天、大地伸展。而那些迁徙而来的生民们很快地在这块土地上扎根，繁衍发展，他们的勤劳、智慧、吃苦耐劳使得他们在这块新的土地上建立了新的村落。他们的后代也就是我的祖辈们继续乘胜追击，继续向东发展移民，向龙王爷要土地。在今天，盐城是江苏最大的一个市，但有谁知道这个“大”其实更多的是先民们战天斗地，几代人、数百年如一日地开垦拓荒和龙王爷长期拉锯战的结果。

移民们一代人吃了几代人的苦，劳劳碌碌一辈子，白手起家、万事艰难。在社会地位上要低于原住民，在情感上长期处于无所归依的状态，痛苦和煎熬是他们日日夜夜进补的汤药。但如果从一个家族的长期繁衍发展来看，他们在潜移默化中改变了家族的基因，在家族中刻入了勤奋、吃苦、韧性、谦卑的优良基因，而这些最终会使他们的后代人才辈出。年末的一个夜晚我驱车回老家，再次从那片大叶杨树林身边经过，在 226 省道如同白昼的路灯照耀下，那些大叶杨们依然是那么的精神、斗志昂扬。这条省道从我的故乡穿过，乡村的宁静被打破，这块土地在国道、省道、高速公路的加持下，未来可期。岁月静好之下，遥望

大叶杨树林的尽头，那些在泥泞土地上艰难跋涉的先民们，在漫长的黑夜里终于为我们守候来了黎明。

四

在苏州大叶杨很少，满目苍翠的绿林中多为出身高贵的银杏树，或名声不凡的梧桐树，它们作为行道树装点着繁华的都市，犹如灯塔般的存在，照亮了这片大地。它们姿态不凡，本身也自带深厚的文化底蕴。它们成为城市的一张张名片。

无数个白昼，它们提供阴凉给从树下开着车一闪而过的都市人，即使人们很忙，忙着赶路、忙着赚钱、忙着生计。当日暮低垂，人们匆忙地穿梭在城市的大街小巷时，这些行道树上斑驳的树影，就是他们疲惫生活中的一丝宁静之源。在这些行道树之下，孤独的孩子们找到了他们的避风港，迷茫的年轻人找到了解惑之道。

这种善解人意的行道树，自然是我向往和喜爱的。可是我仍然依恋和怀念着我那海边的大叶杨。

那在海边和海风鏖战着的大叶杨，它们对城市的繁华没有任何概念，因为离城市太遥远。离它们最近的是和它们共存共生的却是无边无际的大海。龙王爷对它失去的土地一直是不甘心的，日夜想要夺回来，而这一排排的大叶杨则是他要突破的一道屏障，这道屏障看起来弱不禁风，但却难以逾越，而且它们的成长速度很快，越来越像一座绿山，问题是如果是山，龙王爷还就真的可以淹没它，但是对于这些以站桩著称的大叶杨，却是束手无策。

“你想淹就淹吧，可是你走了，我还在。”

那些大叶杨仿佛在嘲笑龙王爷的无能，又好像在对着大海宣誓：“绝不离开阵地，阵地在，树就在；树在，阵地就在。”这大概是我一直对大叶杨情有独钟的原因吧。我喜欢大叶杨的这股狠劲和韧劲儿。

若干年前我有个发小说过让我当时感到无比绝望的一句话“三代修不到一个城旮旯”，那时我还是一所农村初中的老师，也和很多老师一样渴望调到城里去，也为之付出过很多努力，但似乎都徒劳无功。有时候夜深人静之时会想，我大概会在这里工作到退休吧，最为孤独和寂寞之时，便会抬头看看屋后窗外的一棵大叶杨。宿舍边上竟然长了一棵孤零零的大叶杨，这也是一件很奇怪的事，它和周围的那些树格格不入，开始不显山不露水，在那些乡里肆意横生的树木之间，显得那么的文弱。但它那笔直的树干却是乡间的其他树种所缺少的，它们没有大叶杨这么自律，总是长得歪歪扭扭，粗壮倒是挺粗壮，但是不高、不直，不合乎匠人们的用料要求。这棵大叶杨渐渐地长成了气候，在那片小树林里显得有些出类拔萃。每当我的目光游离到那些绿叶之间，大叶杨总是向我招手，而我便能够安抚自己的心绪，坐下来做自己喜欢的动画课件，备自己的公开课。

数年之后，刚过年不久的一天，我突然接到教研员的电话，说县城实验初中想借调我，问我愿意不愿意。就这样多少老师梦寐以求的进城梦，毫无征兆地砸在了我的头上。这时我才知道，所有的夜以继日地努力，其实都是有回报的，我这才明白，大叶杨一次次用它那宽大的叶子安慰我那颗浮躁而功利的心是有目的的。走的时候，天气已经转暖，大叶杨长得更粗更直了，我离开的时候强忍再去看它的欲望，因为我知道，我不是它送的第一个，更不会是它送的最后一个。

十多年前初到江南，阴差阳错，我又被调到了一所农村初中，从苏北到江南，从城里又回到了乡下，兜兜转转又回来了。虽然江南的繁华近在咫尺，但城乡的差距永远都是存在的。我有时候也很惊诧于自己的折腾劲儿，“三代修不到一个城旮旯”，你这一代就到了城里了，怎么又折腾到江南乡下呢？这里当然没有大叶杨，但是故乡大叶杨的影子总是在某个特定的时刻会进入我的脑海里，这时那在海风中挥舞着叶子的大叶杨仿佛在告诉我，我的血脉里流淌的就是奔波、折腾的基因，我的先祖们当年出发的地方，他们做梦都想回来的地方，我没有理由不为他们圆这个梦。这时我才明白为什么我第一天到了江南，睡在那个老旧的宿舍楼里时是那样的安详，因为这里才是我祖先的根，我的血脉和这里的山山水水是相通的。

没有大叶杨的日子里真的很孤单，江南乡下的夜，总是那么静谧，那么深邃。每当夜幕降临，我独自坐在空荡荡的房间里，看着窗外灯火阑珊，听着夜莺的歌唱，在繁华中感受着一份落寞和寂寥。校园是一所历史相当久远的寺庙改建而来，自然是有树的，而且都是历经沧桑的古树，数百年的银杏就有两棵，操场边上长了很多楝树，每棵都有两三人合抱那么粗。在这样的树面前，人往往不得不低眉敛目、内视自己，审视自己的每根纤毫。

现在想来在那段没有大叶杨的日子里，确实是我人生中最为失意、孤独、郁闷的一段时间，我像一棵被移植到异地他乡的大叶杨，是那样的格格不入，我所倚仗的在这里没有用武之地，我所擅长的在这里没有人欣赏，我所不会、不屑的在这里大行其道。我再一次遇到了当年在农村初中的瓶颈期。屋后的那棵大叶杨再次莅临我的梦乡，给我以指点。我瞬间明白一个道理：与其回避莫过于迎难而上。当我闷着头创作时，写论文、写散文、小说时，当我在这座曾经让我无比郁闷的老镇身上寻找到无数的素材时，我才恍然大悟：所有出现在我们生活的痛苦，其实都是带着考验使命的。

今年过年时，我带着我的女儿，踏上了去往江界河畔大叶杨树林的旅程。只见226省道上车水马龙，繁华非凡。一如既往。大叶杨树林中的寂静无声，而在一旁的羊圈中，几头山羊发出“咩咩”的叫声，仿佛对我们的到访表示不解和疑虑。我缓缓地摩挲着那光滑如玉、青白相间的大杨树树干，抬头凝视着那高耸入云的枝杈，犹如时光倒流，回到了远隔万水千山的海边时光。

那时每当我躺在一棵大叶杨下，都会感受到无比的安宁。在这里，阳光透过柔软的树冠洒落下来，如同天使挥舞的羽翼，为整个世界带来温暖与希望。此时此刻，一切喧嚣与纷扰皆已远离，只剩下内心深处的宁静。平原上的昏黄光线，仿佛在渐渐褪去，只留下一片夕阳余晖，让人心生感慨。

今天是大年初七，人日，也被称为“人胜节”“人庆节”“人七日”等。传说女娲创世，在造出了鸡狗猪羊牛马等动物后，于第七天造出了人，今天一年天气晴朗，预示着这一年人口平安，出入顺利。很多年了从来没有哪一年在老家待过这么长时间，也从来没有享受过如此厚实的安宁，我知道这份异常的安详既来自这故乡的大叶杨，更来自我日趋成熟的内心，那是我在没有大叶杨的日子里所练就出来的。

远处夕阳打来一圈圈光晕，传来了宇宙的辽阔和空寂，如同河里的涟漪，洗涤了尘埃，送来了温馨，带来安实。

——发表于《奔流》2024 年第 8 期

上巳节

（农历三月初三）

采桑子十首（其六）

宋·欧阳修

清明上巳西湖好，满目繁华。争道谁家。绿柳朱轮走钿车。

游人日暮相将去，醒醉喧哗。路转堤斜。直到城头总是花。

《周礼》郑玄注：“岁时祓除，如今三月上巳如水上之类。”上巳节，俗称三月三，是中国民间传统节日，上巳节是古代举行“祓除衅浴”活动中最重要的节日，人们结伴去水边沐浴，称为“祓禊”，此后又增加了祭祀宴饮、曲水流觞、郊外游春等内容。上巳节是中国真正传统意义上的情人节，新婚夫妇回娘家拜父母。人们在这一天祭祀月老，男女约会、相亲等习俗还保留在少数民族地区。

春到同里

一

到达同里古镇时，戏台上唱得正酣。戏台前已经聚满了人。想要挤进去已不现实，于是我远远地以戏台为背景开始拍照片。等前几个班级拍完之后，才占得一席空地，拍班级全家福。拍完之后，学生分散活动。戏台上远望去红红绿绿在闪动“叮叮当当”“咿咿呀呀”，模糊中辨得是生、旦角在表演。戏台上方匾额依稀可辨是“四海升平”。台上戏者演绎古人的恩怨情仇，台下的观众偷得浮生半日闲，而四周正是世俗的名利场。众生相或现实或虚幻，或有形或无形地正以不同的形式次第登场。时空在这一瞬间进行交错，同一块土地上故事平行上演。远处弯弯曲曲的河流静静流淌，全然不顾空气里被塞满的繁华和热闹。

几艘游船载着游客驶出，沿着河道蜿蜒前行，寻觅的江南风韵如期而至。一个桥洞又一个桥洞接踵而至，如同人行天际穿行于一道又一道彩虹，又似翻开一页又一页的纸面泛黄的书卷。正午的阳光热情地射到涟漪轻荡的河面，但是先得透过两岸参天古木那密密匝匝的叶子。河水便似打着饱嗝般把那一道道光辉反射至石岸、房屋、门扉以及人们的脸上。

同里四面临水，八湖环抱，是一座名副其实的水城。水城对于今天的人而言是个稀罕词儿，毕竟我们现在是以陆路交通为主，出门便是硬化路面。但往前推出一百年，中国大地上，水乡、水城到处都是。现在的水城某种意义上成为一种宣传的噱头，而对于水乡的人而言，水就是他们的生活。河面上游船在花钱坐船的游客大呼小叫、一惊一乍中渐行渐远，而摇着橹的同里人见怪不怪，一种生活常态某一天会成为赚钱和经营的方式，这大概也是他们没有想到的吧。和同里人手里摇着的乌篷船一样，同里河面上的四十九座小桥也没有想到有朝一日它们会从一种工具升格为一种文化。升格为文化的还有导游嘴里介绍的同里的习俗。

"同里旧俗，凡镇上居民喜庆婚嫁，新郎新娘均须在鼓乐声中，坐轿过桥，都要从这三座桥……"导游用手在空中对着面前的太平桥、吉利桥、长庆桥三座桥画了个圈说道，"上面走过，称之为'走三桥'。另外在六十六岁生日，午宴后，长者也都会手拄竹杖，走此三桥以图吉利，称之为'六六大顺走三桥'。更重要的是小孩子走此三桥，也会成绩好！"

三桥在正午阳光的照射下瞬间如同多了一层神性的光辉。几位游客赶紧过去"走三桥"了。导游站在桥边，手里的小旗子迎风招展。麦克风里传来"刺啦刺啦"的声音和缓缓流淌的河水形成共鸣，河水似乎也在点头附和着。一轮一轮的游人绕着圈在转，自成风景。春光游离于这一方空间，烘托出一派祥和的氛围。冥冥之中似有一种力量，俯视虔诚的芸芸众生。对面的嘉荫堂楼上的西厢房一扇窗户，可以遥

览这“走三桥”的胜景。朱漆斑驳的排门上一行行簪花小楷。经年累月的气息混合着书香素雅，让人恍若隔世，梳妆台前一坐，怨男痴女浮现眼前。两侧短窗上的《西厢记》一页页翻过，崔莺莺、张生咿咿呀呀的唱词“碧云天，黄花地，西风紧，北雁南飞。晓来谁染霜林醉？总是离人泪”尾随而至，悲楚如潮水般奔涌而来。这时那一角的天空才让人梦魂归位，春光正在窗外横冲直撞，把手从这逼仄的空间里沿着窗户伸展开去，和那四溢的春光握一握手，瞬间四壁春暖花开。

其实对于桥，我儿时的记忆并不太美好，甚至还有一种莫名的恐惧，童年时我二叔就骑车从桥上坠入河中，所幸的是坠入地是河滩，最终未造成太大的人身伤害，究其原因是桥的破旧，加上两边没有栏杆，才会有那种事故发生。等年龄渐长之后，对桥的恐惧自然也就没有了。但是却发现一件很奇怪的事，仿佛是一夜之间我们身边的桥尤其是大路上的桥似乎都消失了。这些桥和新修的柏油路已融为一体，现在的钢筋混凝土具有超强的结合力，上桥不会缓慢如蜗牛，下桥也不会疾驰如飞。一马平川带来的则是无声的陌生感，与之相伴的还有某些记忆的消失，它们再不会在你走过一座桥时如潮水般涌向你心头。

这些恐惧和失落在同里的这些小桥面前是没有的。这一座座如从画中搬下来的小巧玲珑的桥怎么会有害人之心呢？它们和那潺潺的河水相依相伴、彼此凝望，成一道道悠然的风景。同里的桥都有悠久的历史：最古老的桥是南宋诗人叶茵出资建造的思本桥；最儒雅的桥是被称为“读书桥”的普安桥；最雄奇的桥是泰来桥以及与之对应的俗称“赌气桥”的中元桥；最传奇的莫过于古镇百姓为迎接太平军，一夜之间修建的乌金桥；最小巧的是环翠山庄荷花池上的独步桥等。从宋元时的武康石到明代的青石再到清代的花岗岩，近千年的古镇记忆便封存于这一座座小桥之上。一级一级地步行而上，石阶上的凹凼便是那独属于桥的皱纹，我们用脚掌去探测那一痕痕皱纹深浅，往往却是额头首先感受到那一圈圈年轮的温度，因为一步一步弯曲着身子，不自觉地我们都已经走成三叩九拜的模样。在同里，小桥似乎更符合桥的人文内涵，那一幅幅或摹景或写实或描形或绘神的对联犹如一块块铭牌。使桥们如诗人、似学者、像长者、仿智者，有了生命。所以啊！小桥流水在这里对旁人而言是一种隐藏于生活里的诗意，而对同里人而言却是一种漫溢诗意的生活。

二

回到广场时，戏台上已空无一人，但周围喧嚣依旧，给人一种错觉，那空旷的戏台似乎原本就是那样，如结界一般遁于尘世烟火之中，我围绕着那幽深的戏台转了几转，才发现藏在戏台后面的一个小门，小门和周围的围墙融为一体，我蹑手蹑脚、敛息凝神地顺着后台那狭窄的台阶走上前面的戏台，眼前顿时豁然开朗，有种柳暗花明之感。压制自己欣喜的心情，我站在戏台的中央，手掐兰花指旋转一圈，想象万众瞩目，或者惊异、嗤笑，然而周围来来往往的人群没有人、哪怕一位朝我这站在戏台中央的突兀之人看一眼，这时几抹红蓝从我眼前一晃而过，那是我自己班上的学生，他们在蓝色的校服里面穿了红色的班服，我大声喊着那几个学生的名字，然而声音也如泥牛入海。学生们自顾自地笑着走着，只有一个学生，似乎听到什么，转头看了一下，没看到什么，便继续向前走去。我立于这十方世界的结界之中哑然失笑。这岂不是我一直苦苦寻觅的地方吗？于喧闹中取一丝宁静；于繁华中得一方恬淡。

对于中国古代的文人，这闹和静仿佛是太极中的阴阳鱼，是他们生命中互相纠缠的冤家。一方面他们“学成文武艺，货与帝王家”，儒家的主张“修身治国平天下”让他们积极入世，在喧闹的尘世繁华中以振兴国家社稷的名义修炼；另一方面，政务的烦琐、势力的倾轧又会让他们不胜其烦，疲于应付。封建皇权下伴君如伴虎，一不小心则会陷入万劫不复的地步。这个时候一处山水、一座丘壑便成了安顿他们的理想所在。巧的是在同里，竟然有一动一静、一进一退的两座园林。

《左传》中的那句话“林父之事君也，进思尽忠，退思补过”是“退思园”园名的由来，也是当年园林主人任兰生自明心迹从慈禧那里全身而退的护身符。这句话据说是任兰生的官场好友左宗棠、彭玉麟给他出的主意。这是一个很值得玩味的官场案例。事实上后来经过尚书崇绮和内阁学士廖寿恒两位大员仔细侦查的结果，任兰生被弹劾的两大罪行均查无实证，《清实录》也有相应的记载。那么问题就来了，既然是清白的，任兰生为什么面对慈禧的责问，却不辩解，甚至还说出“进思尽忠，退思补过”这样似是而非的话。

这实际上是一种“以退为进”的为官之道，也是深谙官场险恶的智慧。因为有没有贪污这事终究是可以查清的。退一万步讲，即使确有其事，无非削职，但是在这个离光绪亲政只剩下四年左右的敏感时间点里，触怒权力欲极其炽烈的慈禧是一件极其危险的事。其实说白了，对于慈禧而言，有没有贪污和贪污多少并不重要，重要的是你是否忠诚，是否听话，这一点很重要。而任兰生引用的这句话，就是最好的表忠心的话：“贪污的事你教训的有道理，都是我不对，我甘愿受罚，我一定会做好我自己，在朝廷做官，我自会尽忠心，如果退居民间，我也会积极弥补自己的过失。”试想，话说到这个分儿上，任谁都不好再责怪什么了。从这个角度上看“退思”倒是一句“以退为进”的智慧之言，而事实上也证明了这一策略的正确性。三年后，也就是“退思园”刚刚落成的这一年，山东巡抚张曜、安徽巡抚陈彝、两江总督曾国荃联名保奏，在籍刑部员外郎孙家恽等二百余名凤颍六泗地方绅士也联名吁请为任兰生复职。当地士民还专门筹集了八千两银子，为任兰生重新捐道员一职。朝廷也正好借这个台阶下，同意起复任兰生，由安徽巡抚陈彝重新安排其工作。这样朝廷的权威得到了维护，臣子的忠心和清廉也都得到证明。此次弹劾最终以一个皆大欢喜的结果画上句号。

从另一个角度看，也不排除无端被弹劾的任兰生心生退意。所以用“进思尽忠，退思补过”间接达成自己归隐田园的愿望。这样就相对合理地解释他回家斥十万两银子构建“退思园”的理由了。称为“退思”更多是一种掩护，其实内心已经厌倦这种“如履薄冰、如临深渊”的生活了。当然有人问怎么解释他三年之后的复出呢。一方面从任兰生结交的好友看，前有左宗棠的出主意，后有曾国荃的力荐，可见其人品是过硬的、能力是强的，否则不会入这清末两大能臣的法眼。这同时也就可以解释他复出，并不是他个人的要求，而是这样一位能臣干吏，朝廷并不打算让他赋闲。加之任兰生从小饱读圣贤之书，深入骨髓的教育自然是积极入世的。所以退居田园三年的任兰生重新披挂上阵，万民于水火的灾情终究还是让他无法做到“退思”，这一年黄河决堤，皖北大地上，到处是他飞马冒风雪、驱洪水的身影。区区数月之后，他的生命“尽忠”之途便画上休止符。他所营建的“退思园”最终也没有再迎来它的第一任主人。那一夜同里大雨滂沱，“退思园”里草木皆缟素，似乎在为春天的离去而哭泣。

回到“退思园”，这种进退的矛盾也随处可见。面积六千多平方米的面积，可谓是小。从门的细节来看，与普通人家的大门，宽度、高度都差不多，没有那种门前蹲着两个石狮子、门上挂着镏金字写的匾、门上刷的朱红漆的排场。这些是非常符合园主人“思过”的主旨的。但是进入园区却发现山、亭、台、阁、廊、坊、桥、榭、厅、堂、房、轩，这些江南园林的造景元素一应俱全，让人目不暇接。这是一种内秀也是一种内敛的表现。恰如园主人，虽迫于无奈而选择归隐，但满腔报国志、一身治世才让其无法做到真正退隐于江湖。

园林自然离不开水，同里本就是江南水乡古镇，退思园就是这样的一座贴水而建的园子。园子以水为中心，建筑、假山沿水边布置，建筑多贴水而筑。水在园林中往往是以线索和配角的身份出现，而像退思园这样的完全以水来唱主角的建筑风格，并不多见。园主人对水的喜爱，是一个江南人体内的基因影响，但更多的是源于园主人对人生的感悟。水能滋养万物，自然也可以安放主人那惶恐而受伤的心灵。水是至阴至柔又是至阳至刚之物，这种进退之道、切换之法只要领悟千分之一，也足以自保。退思园中的有一景叫“闹红一舸”，为一船形建筑，临水而建，船体呈迎风破浪状，船头红鲤成群，颇具象征意味。但终究这只是一个建筑而已，犹如一个石化般巨鲨，不管怎样心怀大海，现在也只能沉寂于此。细品之下能否感受到园主人内心的纠结：出世和入世的纠结，进和退的彷徨，莫不集中于此。

退思园是退的文化，而咫尺之遥的珍珠塔园则是进的典范。我两次去同里，但可惜的是两次都与这鼎鼎大名的园林失之交臂，未能进园。戏剧《珍珠塔》的故事，主人公方卿，在我的记忆里要追溯至童年时代，那是我所能记得最早的关于戏剧的记忆，咿咿呀呀、红红绿绿、叮叮当当的戏曲片段中夹杂的是清晰的故事。故事中嫌贫爱富的势利亲戚，逆袭成功的方卿，最终迎来了金榜题名、洞房花烛、以德报怨的完美结局，这几乎包含了那个时代下层百姓所有美好理想的全部元素。我想我的奶奶在给我讲《珍珠塔》的故事时，那殷切的眼神里几乎已经把她孙子想象成状元郎的方卿吧。方卿逆袭成功的事例对于苦难生活中的他们是那催人奋进的梦想。一人得道，扬眉吐气的那些朴实而又艰涩的梦想啊，哪怕只有一时半会，何尝不是他们活下来的勇气和动力。对于百姓而言，当官的苦处他们不知道，也无须知道，出人头地已是他们梦想的天花板。世人笑贫趋炎的白眼已让他们喘不过气，哪还有空去想其他的呢。可惜若干年后，我没有成为那万人瞩目的小方卿，只能在紧闭的珍珠塔园前聆听一位艺人拉的《珍珠塔》的曲调中缅怀那往事。艺人应该是一位二胡爱好者，弦弓松弛，烤漆脱落的二胡在艺人的手里吟唱着苍凉的曲调。他似乎并不知道我的存在，头顶的藤萝在风中摆动着，周围空寂得有种荒凉的感觉。那时而低沉微弱、时而缠绵悱恻、时而如丝如缕、时而荡气回肠的曲调在春寒料峭中左冲右突。我一时有些惶惑。

三

当我站在同里陈去病故居前和那门前的湖水对视时，我突然哑然失笑，这里竟然就是十年前我初到同里的地方，那次我和年幼的儿子、母亲从同里的南门进来，信步就走到这里，当时有几位居民在临湖的凉亭里休息，我们也坐在凉亭里聊天，感慨这闻名遐迩的江南水乡古镇名不副实，殊不知其中的一个景点——陈去病故居，就在身边。

“去病”这两个字的辨识度相当高，古今唯霍去病和陈去病两人而已。陈去病原名庆林，正是仰慕霍去病之“匈奴未灭，何以家为”高义而改名的。门前的这如弯月一般的绿湖，目睹了这位生于苏州平江路庆林桥旁的遗腹子——陈去病是如何一步步走上寻求救国救民之路，最后在晚清的革命风暴中涅槃并敲响清王朝丧钟的。

春光犹如一位被造化御用的摄影师，扛着它那身价不菲的摄像机，把那镜头的光晕打到此刻这方寸之地。湖面的垂柳摇曳着身姿，掬水相庆。一只白鹭从空中滑翔而下，在阳光下掠成一道神迹。我和我的学生们徜徉在浩歌堂、百尺楼、绿玉青瑶馆，犹如户外那穿越春光啭喉的鸟莺们，为了寻找陈去病故居，几分钟前我带领学生们穿越古镇，从北向南逶迤而行，午后的阳光追随在我们身后，学生们在蓝色的校服里穿了红色的班服，犹如朝阳在蓝天戏耍的模样。

这些生于二十世纪十几岁的学生们自然无法理解旧居的这位十九世纪末出生的主人，更无法理解二十世纪初中国面临的亡国灭种的危机。殊不知，在一百二十六年间、两甲子多的光阴里，华夏翻天覆地，乾坤扭转。一个民族从任人宰割、仰人鼻息到今日的一言九鼎、举足轻重，其中有数不清的先辈的努力，而这浩歌堂的主人则是这众多降凡尘救人世的“文曲星”中重要的一位。他是辛亥革命时期最重要的笔杆子，这是同学们不知道的。屋内摆放着一些旧式的家具，还有一个皮箱，学生对这些古物感到好奇，也有一种莫名的兴奋。一群学生拥进屋内，浩歌堂显得热闹而拥挤。浩歌堂面阔三间，完工于一九二〇年，陈去病时年四十七岁，和白居易写《浩歌行》时的年龄相同。此时陈去病担任孙中山护法军政府参议院秘书长等职务，正在为北伐积极筹划。他一生为反帝反清做出巨大的贡献，是著名的社会活动家，也是身体力行的革命者。从二十几岁组织“雪耻学会”到三十五岁发起了有“革命宣传部”之称的反清文学团体“南社”。这些看起来叱咤风云、意气风发的活动，哪一件又不是行走在刀尖上？他一生颠沛流离、经历太多的血雨腥风，目睹像秋瑾这样的好友一个个地倒在血泊中，从清王朝到袁世凯，到护国战争、护法战争，一次次为革命事业不遗余力，抱必死之决心，但一次次又功败垂成，这些都让他有种徒然无功的感叹。这种心态和“朱颜日渐不如故，青史功名在何处”的白居易又何其相似，人过半百之年，功业未竟，华发早生，有谁能感受到他内心的千滋百味？

浩歌堂正厅匾额上有“孙文题”三字，我指着匾额对学生说，孙文就是孙中山，这些手迹和这浩歌堂共度无数春秋，

泛黄的纸张被封印在玻璃之中，如同那些被封于琥珀中的历史风云一般，挂于岁月的墙上。斯人已去，但无法忘怀的是陈去病那份“唯有胥涛若银练，素车白马战秋风”的豪气以及“只恐中朝元气尽，极天烽火掩神州”的忧国忧民之叹。

刚才在我们彷徨之际，一位衣着素净、仪态从容、气质儒雅的阿姨主动过来询问我们。在得知我们是找陈去病的故居时，她高兴地说，我带你们去，我就是陈去病的外甥女。我和学生们都很惊讶，也很高兴，跟着她沿着河边前往，学生们欢呼雀跃地跟在后面，河水仿佛也在应和着。阿姨很健谈，说她的女儿是优秀老师，在震泽，阿姨笑着说她要她女儿写写她舅舅，我说我是作协会员，可以协助。几分钟的路程我们踏着笑声转瞬即至，我荣幸地和阿姨在故居前留影。春风吹拂着我的面庞，我的胸膛里满是阳光明媚。

浩歌堂建成后两年，一九二三年陈炯明叛变，炮打总统府。一九二五年孙中山溘然长逝，一九二七年后蒋介石发动四一二反革命政变。轰轰烈烈的北伐名存实亡，得利的已非民生黎庶。彼时的情景已非陈去病所求，大势也非陈去病所能左右。而后拒绝出任国民政府江苏省主席的陈去病隐居故里，直至去世。这真是“浩歌一首谁能懂，青史两行皆成梦”。“咔嚓”一声，我给孩子们在百尺楼上拍下一张照片，“这是陈去病平时读书写字的所在，其中他的一部著作《百尺楼丛书》中的‘百尺楼’正是这座小楼。”我在心中默默祝愿镜头中这些孩子们将来也有人能够著作等身，更希望他们能够汲取陈去病为救国救民呐喊奔波的精神力量。

我一人坐于凉亭之中，凉亭已经非十年前鲜亮模样，但我对同里的感受却开始鲜亮起来。我看着远方那停留在柳树枝头顾影自盼的白鹭，想起陈去病临终前的那句诗“相识满天下，知己有几人”。那一夜，陈去病应绍兴府校之聘，路经杭州，和秋瑾盟姐徐自华冒雪去绍兴，运秋瑾灵柩至杭州，安葬在西泠桥畔。

那一夜西湖的水好冷，而今天同里的春风正暖。

北京三日

很多年后的今日，我仍然记得那天傍晚到达北京西站的情景：暮色中，一座繁华的都市呈现在面前，人流、车流、穿梭在眼前；鸣笛声、叫卖声形成一股巨大的声流充斥于耳鼓。

黎明破晓，我与众人信步走向神秘的明定陵。这座独一无二的陵墓正是中国明朝第十三位皇帝——那位饱受争议的二十年未曾临朝的万历皇帝的安息之所！当我沉浸在这沉甸甸的历史厚重感之中时，公园门口的导游已然开始娓娓道来。我不由得打起精神，就她刚才的口误，提出了我的疑问，然而导游并未理会我的疑问，继续讲故事。因为讲到精彩之处，被我生生打断，导游的情绪显然受到了影响，她略带不满地回应道："我当然更清楚这些事情啦……注意别走神欧，不然误入禁区可不能怪我！"听到这儿，我不禁哑然失笑，心中暗自觉得这位导游对自己的知识似乎过于自信了些。

随后，导游用其特有的"乾坤大挪移""时空穿越"手法将乾隆陵寝的种种奇闻轶事搬到台前，将观众领入了另外一个世界。当大家紧锁双眉思索之时，导游以一句引人深思的话语收尾："明定陵的诸多神秘奥秘，如浩瀚夜空中闪烁璀璨的繁星，数不胜数！我在这里无法一一为大家剖析，想要更深了解的话，不妨购读《风雪定陵》这本倾注了无数人心血的著作。"至此，我恍然大悟，原来刚才的故事竟是为了推销《风雪定陵》这本畅销书籍罢了。

旅行的第二个重要日程便是游览恭王府，位于北京繁华区域的这座精美建筑，曾经是大名鼎鼎的和珅府邸。与前一位导游相较而言，这次恭王府的专业导览人员更为“怀才抱器”，对于这座名宅中各种建筑特色以及流传悠久的历史掌故都能娓娓道来，令各位游客大开眼界，学了不少的知识。曾经置身其中的朋友们对此肯定记忆犹新，那便是这座建筑的后花园内，康熙皇帝亲手撰写的那个传奇般的“福”字。在导游那如簧巧舌的绘影描形之下，每位游客心中一个共同的愿望油然而生——将这份充满祝福的“福”字带回自己的温馨家园，以便沾点幸福气息。显然，这也是聪明机智的商贩们早已精心策划的，于是，这位精通业务的导游引领我们步入一家满目琳琅的“福”字专卖店，价格从数百元至数千元不等。当然，世间总有淡泊名利者，当此时刻，导游便如同魔术师变换手法般地，从她颈部显露出一串挂饰——“这是我亲自找名人制作的‘福’字，无须花费几千元或几百元，只需区区四十元人民币就行，如此物超所值，便于您随身携带，为您带来源源不绝的幸运祥和……”这时候，导游的意图已昭然若揭，我不禁笑出声，但就在这时，这位得意扬扬推销她“福”字的美丽导游却立刻脸色阴沉地向我责问：“你笑什么？”我连忙收敛笑容，回答道：“以如此低廉的价格购买到如此庞大的幸福，何乐而不为呢？”短短几分钟之后，我听到耳边传来那位导游又在向另一批游客大力宣扬她的“福”字的种种好处。最终，我感到无法躲避这种世俗的诱惑，在恭王府前花费八元人民币购买到了四个与导游项链上所佩戴者一模一样的“福”字，时至今日仍然放置在我的抽屉之中。

第三天下午，那是我在北京度过的最为美好的时光，同时也是我在这座城市的最后一段时间。那天我漫步在著名的王府井大街上，尽情享受着难得的自由与舒适。沉浸在购物的氛围里，我决定要为亲人挑选几样精致的礼物带回去。当我踏入那个有着“新中国第一店”美誉的大型购物中心时，一首优美动人的小提琴曲子瞬间吸引了我所有的注意力。

当我认真地凝视着眼前的景象，不禁沉醉不已。映入眼帘的是正坐在大厅里表演的几位少女！她们身穿优雅长裙，一头乌黑的秀发自然垂下，显得格外迷人。她们手中的乐器各不相同，演奏出的旋律如同天籁。她们或坐或立，让我感受到了她们的专注和热忱。那位拉小提琴的女孩，将颈部轻轻倚靠在小提琴的腮托上，左手紧握琴头，右手轻轻拨动琴弦，每一根手指头犹如跳跃的舞者在欢快地舞蹈；而拉手风琴的女孩子，两手在键盘间灵活穿梭，黑色的风箱在空中翻腾。听着她们演奏的旋律，仿佛置身于仙境，一旁喧闹的人群似乎瞬间消失得无影无踪，这美妙的乐章漫溢在周围，带给每个聆听者无尽愉悦。

突然，美妙的音乐戛然而止，人群中响起热烈的掌声和欢呼声，我环顾四周，发现不知不觉中，周围已经围满了人。原来刚才所有人都沉迷于音乐的完美世界，仿佛心境已然升华。众人情绪渐渐平复，于是纷纷转向这群才华横溢的少女们表达自己的赞赏与敬佩。直到这时，我才意识到，这座繁华的都市中心，人流熙攘的王府井大街，竟然融入了这样一段难以忘怀的音乐旅程……

我站在购物中心的厅堂里良久，最终我没有走进去完成我购物的计划，我怕我走进去之后，购物中心的繁华、喧闹，买卖双方的挑剔、争论，会把我心中的刚刚积存的这一点美好全部驱散，还是让它在我心中多留片刻吧！

长城之行是本次旅行的压轴大戏，“不到长城非好汉”，所有中国人甚至是外国友人大概都有这样的心结：登一下长城，证明一下自己是好汉。当我真的登上长城时，“好汉”二字引发的豪情油然而生，那天，天气凉爽，即使这样，当我登上那烽火台时仍然是汗流浃背，挥汗如雨，在那狭小的空间中却感受到一种凉气，那种凉气很特别，有种血腥味，有股似有似无的杀气，我做了一个横刀立马的手势，这次那好汉之气氤氲于胸中久久不散了。在不知不觉中人已处于群山之巅。我仰首朝天，长呼一口气，飘忽而至的白云和静静流淌的清风仿佛一下子都被吸进了脾肺里，燥热感便大为减轻。

对于“不到长城非好汉”，我的理解可能有些不同，这个好汉大概并非只是指登上长城的艰难程度而言，更是由感受到这座由好汉们建起、由好汉的血肉筑成的巨大的国防工程气势而生。在冷兵器时代，长城对于国土防卫的作用一定是巨大的，也是不可或缺的。在决定战争的三要素“天时、地利、人和”中唯有“地利”是最接地气的，“天时”是可遇不可求，“人和”更是需要一个漫长的过程。“地利”在战争中却是比比皆是，掌握“地利”对于战争经验丰富的将军而言不是什么难事。但“人和”似乎也很复杂，“人和”并非仅仅军民团结这么简单的事，有其更深层次的理论基础来支撑。

想到这里，我手扶垛口向外看去，那绵延千里的叠翠峰峦，那绛红色的泥土，那脚下一块块坚实的城砖，恰似一位位骄傲的好汉，冷峻而热忱，炽烈而执着，睿智而深沉。

长城对于国运的影响一直是一个深刻的哲学命题。“万里长城万里空”是文人给出的一个终极回答。然而这种解答对长城而言却是不公平的，古代的这些帝王都想通过加固长城的方法来使他们的江山永保，可从未见哪一个封建王朝能够善终。但这并不能归咎于长城。决定一个王朝的命运不是长城，而是人心，人心失了，江山自然也就不保了。长城就是长城，这万里长城和它背后的民族一样，并不因为历史的兴亡更替而泯灭它的伟大，它永远是华夏好汉的象征，这才是“不到长城非好汉”的真谛，想到这里，我如醍醐灌顶，长吸一口气，仿佛吞进那天空的碧海青天，胸中一片清凉！

爱在翡翠湖

一

又一个春天到了！

不知那深藏于大山之中的翡翠湖现在怎么样了，被开发了吗？抑或还是那副久藏深闺人不识的模样。

每当驱车经过阳山脚下，看到很多的人从山上下来时，我不由自主地想起那一年我和两个孩子登阳山寻找翡翠湖的事了。

那已是三年前的事了，仍然记得初次在短视频里看到翡翠湖时，被它的美景惊艳到了的情景。那是一个旅客拍了放到网上的。翡翠湖一汪湖水恰似上帝的一滴眼泪，那湖水绿得仿佛不是人间的色彩，更加难得的是这样美景却鲜为人知，难怪会有那么多旅客在那几天疯狂地在网上相约寻找翡翠湖。

那正是春暖花开之时，人们出门欣赏这久违的春光，我和两个孩子当然也是基于这个目的，翡翠湖并非我们最初的目的地，只是在路上被一人问到是不是也去找翡翠湖时，才一下子勾起了我的兴趣。便上网去搜，那似乎被仙子遗失在人间的玉佩玲珑地嵌于山体中间，再加上网友极具艺术性的航拍和富有蛊惑性的宣传一下子便紧紧攥住了我的心。仿佛那九寨沟、马尔代夫一下子附体到了这小小的湖中了，我们一行三人本来没有明确的目标，正好就去寻找这翡翠湖吧，顺便感受一下这久违的春意！

然而这翡翠湖确实很难找，它其实是开采矿石而留下的宕口，由于日积月累的积水形成，并非一个风景区，所以想导航也无法导航，于是我们就一路寻问、一路探索。经过一个已经废弃了的阳山的原矿区时，车已经无法通行了，我们便把车停在路边，下车步行。根据一位当地人的指引，我们推开一个虚掩的栅栏门走了进去，旁边是一个简陋的木棚，我们等于是从某户人家的后花园穿过来了，但这花园很小，且只有一些草。棚子里也没有人，然后一直遮遮掩掩的阳山突然就出现在我们的面前，我这才明白，其实我们早来到了阳山山麓，进入了山中了啊！远处有一条小河隐约于青黄相间的芦苇丛中，如同缠在青山脚踝处的一条丝巾。远处青山缓慢提升，青色的山、绿色的树、灰黄色的芦苇如同那湖水波纹一样，一层层地向上缓慢涌动。在这中间还有好多的浪花，那是些不知名的花树。王安石笔下“一水护田将绿绕，两山排闼送青来”的情境就这样没有任何征兆地被捧送到面前，这真是一股极美的春的芬芳。

在山脚下有一个大叔在田间劳作，山下的田地极不规整，到处是石块，彼此也不连在一起，而是东一块、西一块地分散着，但那泥土黑不溜秋的，似乎比较肥沃，我们还看到一块茶田，茶树并不高，但长得很茂盛，闻名的碧螺春莫不是就这样种植出来了的？同事曾送过我几回自己家里种的茶，口味确实香醇，细呷后齿颊间便是青山绿水、鲜花灿烂。几个月后这块茶田中的茶叶便由茶农们采回家，经过杀青、揉捻、造型等一系列工序之后，便成了爱茶人的杯中茶。我很有去采一把的冲动，后来怕引起大叔的呵斥，遂作罢。

没走几步，孩子们突然大叫翡翠湖到了，我心里也很激动，心想，找了你半天，可算是找到了，走到面前一看，不禁哑然失笑，原来是山间藏在芦苇丛里的一个小水洼子，圆圆的，水的颜色也很奇特，大概是有些什么矿石或者油脂在里面，兴许用手机拍下来就是缩微版的翡翠湖呢。当然这肯定不是，孩子们很失望，幸好还没走多长时间的路，他们兴致还很高。

我们一路继续前行，过了那个假翡翠湖，然后沿着芦苇边上弯弯曲曲的路往前走，一路上行，真正地算是走到了山里了。环顾四周，这里如同一个山谷，我们选择了北边最有可能找到翡翠湖的一条路行进，然而走了将近几百米，却被一道高高的铁丝网拦住了，这里怎么会有铁丝网？我正纳闷，后来看到里面有些建筑垃圾，心里也就释然了，这里是人家放垃圾的地方，自然不会有什么翡翠湖，我们只好折返，还回到刚才的那个位置。向南一眼看不到边，只有对面的这个小山丘，兴许“山回路转”后便是“柳暗花明”呢？我自我安慰，两个孩子又跟着我爬上了这座小山，小山还是有些陡的，爬上去之后，我都累得气喘吁吁了，积攒的力气，差不多也耗尽了。这是一个相对平坦的山头，紧邻的北面，也就在我们刚才去的方向有一座峭拔的山峰，如一把冲天而立的长剑，露出“欲与天公试比高”的豪气，我立在那儿看了一会儿，体力如手机充了满格电，便和孩子们一起沿着山坡向前跋涉，山坡上长着很多半腿高的灌木丛，奇怪的是还有很多人居住的房屋的断椽、瓦砾，再往前走就没有路了，我站立苦笑，敢情我们爷儿仨在这个山头上转了个“寂寞”。儿子指着那远处隐约有人行走的一条山间小道说，可能要从那儿翻才可以到。我看着面前的那座山峰，对能否翻过去，以及山那面是否有翡翠湖，实在没有信心，而且带着两个孩子，可不能有个什么闪失，便决定返程，那个翡翠湖下次再找。

我们便又从山坡的另一侧下坡，这时在左手边却看到一座旧庙，这似乎都不能谈得上庙，那只是在山坡下的一个凹陷的地方，有一间小屋。我们走了下去，看到小屋檐下挂了一个匾，匾上书着“西白龙寺”四个字，小屋锁着门，透过门缝看点香焚烛的设备一应俱全。我有些奇怪，便拿了手机查“阳山西白龙寺”，这一查吓一跳，发现这座寺庙大有来头，它始建于东晋隆安年间，距今一千六百多年。

有古代传说山里发洪水时，白龙会现身显灵，扬善惩恶，救济百姓。百姓为此修建了此寺庙，寄托对白龙的感恩。

二

当我们返回走到刚才的那个路口时，又碰到一批寻找翡翠湖的人，其中还有一个人带着无人机，有了高科技设备就是不一样，无人机从高空俯瞰，发现翡翠湖竟然就在正北面，于是我们又跟着这批人再次向刚才那个垃圾场的方向行进，中途有人还爬上一个比较高的山头，向远处眺望，说是看到了湖，翡翠湖终于在千呼万唤里露出一丝真容。

“人多力量大”，在同样面对那道铁丝网时，一个小伙子直接从那个门张开的狭窄的夹缝里挤了进去，其余人也纷纷挤了进去，不一会儿，就听到里面惊呼：“找到了，找到了！就在下面！”我愣在那儿，想不到苦苦寻觅的翡翠湖近在咫尺。人世间的事就是这么奇妙，你苦苦寻觅的美好往往就在你忽视的地方，大概就是美难得的原因吧，不设置一些障碍又怎么显得它的难得，人又怎么会珍惜呢？恰如我们这一路寻来，寻得好辛苦，方有现在这异于寻常的悸动。看来美好是一位深谙人性的心理大师，也是一位通晓极限拉扯技巧的情感专家。

容不得我再在这里徒然感叹，孩子们听说看到了翡翠湖，也早就激动地溜了进去。我跟着走了进去，果然看到那短视频中的一汪碧潭，对边还可以看到已有很多的拍客、旅客们在水边嬉耍，很兴奋的样子，那边靠近湖水的地方显得平整些，但是那个立面远看上去要比这里可怕多了，这里是个缓坡，而且以土壤居多，但那边真是壁立千仞，而且以岩石居多。这时已是下午时分了，今天的阳光还是很充足的，以往这个时候就有点冷了，现在气温正好，加上身上出了些小汗珠，凉风习习，正是最惬意的时候，那西边山峰缺口的位置，阳光投射过异彩的光晕，一轮轮从多角度地打在湖面上，仿佛是摄影师给翡翠湖补的光。那绿波极有层次感，由近而远逐层变绿，越往远处，越是绿得动人，仿佛古代染坊技师从鼠李上萃取出最纯的绿色。仿佛那虫儿睡在绿叶上，眼里的世界满是深深的绿意。

人们在岸边大声地呼喊，快活的情绪感染了周围的山峦，让它们也面露笑意。不过湖面依旧是波澜不惊的样子，想来这点动静对它而言，无非几块小石子扔进来而已，这片由于人工开采而形成的水潭，它对人的情感是比较复杂的，是人成就了它，但又是人毁了它原先的家园，好不容易经过几十年的天地融合，自我修复，它以另一种姿态重生，现在人们又来打扰它平静的生活了，唉，人类啊！你是让我爱呢？还是让我恨呢？

先行的年轻男女们，性急的已经顺着那山坡下去了，快的已经站到水边开始嬉水拍照了。那坡根本没有路，我正在犹豫让不让两个孩子下去时，他们却已经学着那些年轻人，背对着山坡，用手作支撑，一点点地往下滑行了。我也没有时间再胡思乱想，只好赶紧照样子下去，还好，有惊无险，很快就到了湖边，这时一阵凉风吹来，身上的热气一扫而空，脚下就是湖水，间杂着一些高起的泥土堆，我们踮着脚，一会儿跳、一会儿蹦、一会儿单脚站、一会儿手拉手地集体跳起了“天鹅舞”。好不容易找到了一个平坦的高地，借着边上的一棵小树支撑，站稳了身体，给两个孩子拍了几张照片，女儿还做了姿势，这时候觉得身上有些回凉。加上这里除了那一般无二的水以及一些乱蓬蓬的芦苇以外实在也没有什么可看的，于是便招呼着他们上去了，上坡同样也很困难，沾了满手的泥土，两个孩子乐不可支。回到山坡上，再次回望那翡翠湖，又回到那晶莹剔透，沉静澄澈、翠绿欲滴的模样，一些审美的词语如泉涌般直往上泛。这和刚才下面那“蓬头垢面”的样子简直是天壤之别，原来美是无法零距离亲近的啊！我不禁哑然失笑，这真是距离产生美。

这里本就是一个人工形成的矿坑，里面原有一些残余矿石物质，现在这些矿石在水中遇到阳光的折射，便显现出浓郁的蓝绿色调，这便是翡翠湖的来历。说到底这份美确是在人工和天然的共同作用下才形成的，而这种形成又完全是机缘巧合，采矿者当然也没有想造这么一个湖，几十年前的中国人，忙着搞建设，还没有闲情雅致去打造这么一个人工湖。自然的水、阳光也不会为这个小矿坑而特意“倾斜政策”。天造地设加上人为的无心之过，美就这样形成了。人们在生活中费尽心机、千辛万苦寻找美，却不知美却在这里悄悄酝酿而成，不过终究未能逃脱那些寻求美的眼睛。天地间美的形成有时也讲究一个缘分。对于这方天地，翡翠湖的形成就是天地赐予人类巨大的缘分，而我们这些人能够近距离地欣赏当然也是缘分啦。想起这一路寻来的辛苦倒也值得。不过细想这一路上我们摄取的春意之美早已经是满满的一口袋了，这翡翠湖只不过是那春意画卷中最靓丽的一笔罢了。

我们回家的路上又遇到一批来寻翡翠湖的人，两个孩子赶紧给他们指着路。我想到那座曾经辉煌一时的西白龙寺，据残留的石碑记载在清道光年间僧房达两千多间，现在只有那一隅之地。如果这里还是当年那样香火旺盛，这翡翠湖能否形成倒也说不定了。如此说来美是需要一定的时间作为底蕴的，时间隧道里所安放着的美的法旨千千万，比如说这西白龙寺，谁能说它不美，一千六百年的光阴早已是美得到极致，想到这里，我反倒替这翡翠湖有点担忧，盛名之下，怕的就是其实难副。

所以现在这样挺好：一间简陋的庙宇，安于清净；一汪清亮的湖水，安于冷清；几个有缘人，安于虔诚。美就这样悄然光临，多希望就这样再是一个千年！

三

如果说爱上一个人，从她的一颦一笑开始；那么爱上一个湖，便是从那惊鸿一瞥开始。这么说我对翡翠湖的爱是从三年之前那个春天开始，恰似网络时代的网恋一般，那一次视频的惊艳让我对她惊若天人。

时光追溯到三年之前那个下午，在我的苦苦追寻之下终于得以亲近芳泽，可也许是时机不对，也许是位置不对，更有可能是我的诚心未到，那次亲近并未能真正慰藉我的相思之情。虽然我以文人的想象把我对它的情感注入我的笔中，化成曼妙的文字，但和以往游历的地方有所不同，我的笔这次并未能彻底地缓解我的相思之苦，反而让它更以风姿绰约之态牢牢占据我脑海的一块地盘。

三年之后同样的一个下午，当我把手伸进湖水的那一刻，我的灵魂便随着那清冽的湖水消融于无形，在那阳光的照射下纤毫毕现的水底细石罗列出了关于爱恋的无数种情状。背后飞来几个漂亮的水漂快活地在水面滑行，击碎午后的阳光，散落成一路的碎金。饱蘸绿色的青山促狭地观看着，忍俊不禁是它表达情绪的惯用方式。我把手从湖水抽出，那如珍珠般的水珠滑落，随之滑落的是我数年来的相思之苦，今日终于愿望达成，万千情丝归于湖水。爱是这一汪碧绿湖水，在这块平静的天地间悄悄流淌，没有欲望、没有羁绊，只有天地相伴，日月为媒，山水为证，脉脉不得语，相望于时空之中。或者也可以是那暗通的江河湖海之水，遇山它是无形的顺应，遇沟渠它则是有形的裹挟。在自由和强求中寻求某种自如的平衡，这是水的智慧，也是它赋予爱的权利。

背后陡坡上的无数块青石是我们刚刚攀爬的羊肠小道，也仿佛大千世界的森罗万象，攀爬的男男女女便是这万象本体，红尘的怨恨嗔痴附着在这坚硬又滑溜、锋利且钝挫的嶙峋怪石之上。粒粒细石铺就崎岖小道，这翡翠湖就像一块被哪位人神遗落的玉佩，偶然掉落人间，吸取天地灵气修炼成一位绝代佳人，隔壁就是热闹的科技城，与繁华为邻，自是难得清静。即使那周围的围栏和钢丝也阻碍不了人们寻美的脚步，络绎不绝的人们在围栏和湖水间探寻着路径，山麓那碧绿如玉的茶树，作着指引，恰似那一杯杯明前茶在苦甘之间让茶客细细品味生活的真谛。采摘一把茶叶放于手中，那滑如凝脂的触感让人有种莫名的伤感，一棵茶树，枝繁叶茂，贡献这一茎精华，还要再经历各种淬炼，最终羽化登仙，它和这相伴的翡翠湖一样都是凝结自然之精华而为人类呈上的最美瞬间，也似人间痴男怨女之三生爱恋，历尽千磨万击，方能修成正果。

对翡翠湖的爱让人们不顾一切，在那钢丝围成的刀丛之中，人们小心地行走着，锋利的刀刃在耳畔、脸侧，然而俊男靓女们手牵手、肩并肩地涉险而行，恰似飞蛾在左冲右突中寻找光明的方向，又如一群为爱而行的蝴蝶在百花丛中翩跹。不远处有人把佛光加持的红丝扣在那狰狞的钢丝铁栏之上。爱这东西，是一个倔强的二愣子，你越是拦着他，那就等于在灶膛里强塞了一把玉米秆，变相地火上浇油，激发他以更大的热情和激情去追求。城市的名利浇灭不了人们追求美的欲望，恰似繁荣掩盖不了落寞；忙碌掩盖不了张皇；冷漠掩盖不了爱恋，表面的苍凉反而加重了内心繁花似锦的渴望。

阳光一如既往地洒落在这方寸之地，周围的青山一成不变地拥抱着这片湖水。从荒凉到喧哗，从冷清到热闹，从孤单寂寞到万众瞩目，不离不弃是那它们不变的主旨。每个晨昏，从记叙到描写再到议论、抒情，兢兢业业地完成这一篇小文案，不指望获得上亿粉丝，只求对得起岁月安好。今日如此美好绚烂的翡翠湖，从一个名不见经传的矿坑蜕变成一个极美之地，诠释了美好来自内心的自我修复这一哲理。无论你曾经被生活伤得如何千疮百孔，你都可以依靠内心的强大把自己打扮得风华绝代，当然这需要时间和宁静的伴随。几个顽皮的孩童抓了一把石子扔向水中，清澈的水瞬间变得浑浊，刚才那如镜像般的水底的万物也突然消失不见。我只得把目光投向水面，水面还是那万顷的绿，绿得让人心尖儿都仿佛被涂上绿脂。我站在水中的一块石头之上，举起双臂，迎着午后的阳光，闭上眼，享受那独特的晕眩和宁静。和河风不同的是这翡翠湖的河水没有那种水腥气，它真的很安静，安静得就像一块翡翠，安静得即使这么多人来朝拜，它依然安静地沉睡着，就像传说中的睡美人。

如同围城一般，四周的人从不同的方向、不同的路径都次第地登上湖畔，对面的几块巨石之中也站着些在呐喊欢呼的人们，我们三年前登的那个山头也有几位旅客，可惜山崖下面现在似乎已无立足之地，他们只能远远地观看。其实这水近看有近看的好处，远观有远观的美感，恰似人间的一场爱恋一样，零距离的接触产生美的疲劳是不可避免的事，倒不如退后端详、审视，提高审美价值往往就在这退后的几步间。这也是我离开的心情，希望能给翡翠湖又一个百年，让它安静地睡着，在岁月静好中彼此凝望又何尝不是一种爱的姿态。

在路边上，回望那青山翠峦，竟然有很多人已经攀爬上更高的山顶处，他们已经不再满足于欣赏这翡翠湖，他们向往更高更美的境界，这种欲望使得他们一路攀登直到山之巅，而这对于翡翠湖更是一种解脱，爱到极致，就是慈悲为怀，放开执念，拥抱更阔大的美好。

遥望黄鹤楼

还在孩童时，我对离开某一个心仪的地方便总有一种不舍，这大概是一种与生俱来的敏感。随着年龄的增长，也许是见惯了人世间的分分合合，所以这种感受很长时间没有再出现在我的生活中。上次出现离别不舍的感觉还是在三年前离开武汉的时候，是因为黄鹤楼。

那一次，我和妻子因事到武汉，停留时间很短暂，可谓是来去匆匆。所以连武汉的著名景点黄鹤楼都未能走近一睹其风采。那天我们办完事，才下午一点多钟，因为比原计划要顺利，所以当我们在岳家嘴地铁站那两层深达七八米的地下站台等候时，我突然对妻子说："现在还有些时间，不如我们去看黄鹤楼吧！"

妻不太情愿说："看什么呀？赶快回去吧！孩子们还在家等着呢！"

我说："黄鹤楼对语文老师还是有意义的，这是武汉地标性建筑，来一趟不看有些可惜了！"

妻子不说话，她仍然不太愿意，但是也没有竭力反对，于是我们立刻再次乘着那特别长且高、看上去很危耸的电梯，直奔进站口，在出站口再次遇到那位第一次从岳家嘴站换乘至徐家棚站时给我们指路的工作人员，她穿着紫红色的工作服，带着职业般微笑但又不失自然地在那空旷的候车大厅站立着，如一株在寒冬里盛开的蜡梅，略显孤独又不失温暖地点缀着大厅。我们走到她面前询问："你好，请问从这儿有直达黄鹤楼的地铁吗？"按照我的设想，乘一路地铁到离黄鹤楼比较近的地方再换乘公交车或者打车，在很短的时间就会到达黄鹤楼，然后在那里转一圈，再折回头到武汉火车站坐车回去。然而那名工作人员一句话粉碎了我们的幻想："这里没有直达黄鹤楼的地铁，靠近的地铁也没有。"

我愣了一愣然后又不死心地说："那打车需要多长时间？"

"半个小时左右吧！不堵车的话！"那名工作人员略一思考回答道。

我一听心里咯噔一下，心里默默盘算一下：来回一个小时左右，玩一个小时左右，统共三个小时左右，现在已经快两点钟了。下午五点多钟到火车站再买票就悬了。但是不去心里又实在不甘，于是又问她："黄鹤楼好玩吗？"

那名工作人员笑了笑，是那种很自然的笑，经过几次接触，我们彼此已经有些熟悉，所以她用一种不同于职业性的说话语调和我们聊天："我们本地人很少去黄鹤楼玩的。"看着我惊诧的表情，她微笑着又举例补充道："就像我们去南京一定去看中山陵，但是南京人有多少去过中山陵？"

我听着一想也是啊！回应道："我们苏州也有很多人宁可到其他地方玩，独独不到园林去玩。"

她接着说："人好像都有这习惯！"

"不懂得珍惜眼前的！"我接道。

她看了我一眼笑着说："也没有啦，可能是觉得太熟悉了，天天在眼皮底下，什么时候去看都可以。"

听了姑娘的话，我似乎释然了些。

最终我们还是打消了去黄鹤楼的计划。从地铁出来，走入由地铁转向火车站的走廊通道，我看到了在两侧通道的黄鹤楼的广告牌。广告牌中的黄鹤楼在灯火的照耀下显得格外巍峨挺拔，头顶一片蓝天白云，俯瞰荆楚大地，雄踞于一片青葱的绿色之中。黄鹤楼整体用中国传统的飞檐斗拱形式，层层凌空，琉璃瓦富丽堂皇，远看去仿佛一只只黄鹤展翅翱翔。我回望广告牌中熠熠生辉的黄鹤楼，内心充满了无限向往之情，我知道这一别真的不知道什么时候才能再来武汉登临黄鹤楼，欣赏那日暮乡关、烟波江上的美景，儿时的那种对于离别的隐痛涌上心头。

后来在火车上偶遇一位同乡人，妻子问她有没有去黄鹤楼，她说："接待方统一组织去的，就一座楼，没什么意思。"我闭着眼靠在椅背上休息，耳朵里听着她们两人的交谈，心里是五味杂陈。黄鹤楼名列江南三大楼之一，号称天下第一楼，始建于三国时代的公元二二三年，最初实际只是蛇山的一个哨所，后来不断扩建成一座雄峙江边的建筑。江南三大名楼都是因文而出名，王勃的《滕王阁序》成就了江西南昌的滕王阁，范仲淹的《岳阳楼记》成就了湖南岳阳的岳阳楼。而成就黄鹤楼的诗歌有很多，崔颢的《黄鹤楼》是其中公认的上品，李白的"眼前有景道不得，崔颢题诗在上头"搁笔一说无形之中把崔颢的《黄鹤楼》抬到一个无法超越的高度。但其实李白对黄鹤楼也是情有独钟，他在不同时期写过多首和黄鹤楼相关的诗歌，有送友人的"故人西辞黄鹤楼，烟花三月下扬州""雪点翠云裘，送君黄鹤楼"；有抒贬谪意的"黄鹤楼中吹玉笛，江城五月落梅花"；有搁笔之后回复丁十八的"黄鹤高楼已捶碎，黄鹤仙人无所依"等。当然除这两位外，历朝历代都有文人墨客留下写黄鹤楼的诗篇，其中包括毛主席的《菩萨蛮·黄鹤楼》。这些诗家们的作品再加上黄鹤楼本身具有的费祎登仙驾鹤、仙人报恩、黄鹤献舞等传说成就了黄鹤楼有别于其他两座名楼的多重文化的氛围。当然这些是大多数人并不明白的，时下的人们耳目更多的是被物欲所闭塞。只能看见繁华风景，感受不了寂寞诗情。从这个角度来看，黄鹤楼是孤独的，黄鹤楼没有人们所需要的热闹风景它也从来就不是一个欢娱场所。它千百年来积累的名气也被慕名而来的红尘男女们所质疑和嗤笑。然而无论众生如何迷惑不解，黄鹤楼依然矗立在那里，"昔人已乘黄鹤去，此地空余黄鹤楼。黄鹤一去不复返，白云千载空悠悠。"传说的那位仙人驾鹤离去，究竟是为哪般？希望不是对众生的失望。那座黄鹤楼究竟是一个传说的遗址还是仙人留下的一个偈和悬念，后人至今恐怕仍未能参透。我只能闭目养神，在自己的神游境里登上黄鹤楼。

在清幽的黄鹤楼下，缥缈的白云与厚重的烟霞共舞，仿佛是它们创造出这如梦似幻的仙境。江面上下翻腾，波涛汹涌，滚滚长江水，纵身跃入无尽田野之间，浩浩东去，奔腾着拥抱那绵延不尽的岁月长河。如此壮观的景象，无不让人心潮澎湃，感叹不已！我静静地凭栏远眺，感受着那份久违的诗意。总觉得，在这临风凭吊的时刻，黄鹤楼仿佛化作了一种信仰，一则寓意深远的寓言。每一块石砖、每一片瓦砾，都是历史的沉淀，都充满了故事与传说。而正是这种丰富的内涵，令黄鹤楼成了一座与众不同的建筑，彰显了其独树一帜、非凡的地位与价值。

我想起了黄鹤楼诸多传说中的一个。建黄鹤楼的时候，黄鹤楼倾斜严重，有险毁之势，楔了这头那头歪，急得工匠团团转，结果是鲁班留下的九十九个楔子牢牢楔在黄鹤楼上，使得黄鹤楼才稳定下来。但因为有一个楔子被人误当作废柴烧掉，所以缺少一根楔子的黄鹤楼至今略微有些倾斜，古老的黄鹤楼是现代都市人精神的象征，我们行进在物欲横流、纵情声色的人世间，就如那个把那价值连城的可以四两拨千斤的智慧楔子烧掉的人一样，但只要我们能够善加利用那剩下的楔子，黄鹤楼依然可以屹立于神州大地，黄鹤楼也就不会孤独。

我睁开眼对旁边的妻子说："黄鹤楼，我是一定要去的，不过不是现在。"

"那什么时候呢？"妻子问。

"春暖花开，我们顶礼膜拜之时。"我喃喃地说，眼前又浮现起那俯视"楚中繁盛处"的"天上接行杯"的黄鹤楼。

最美的相遇

一

我是第一次来尚湖，满眼的湖光山色、春花灿烂，满眼的人文景观、岁月记忆，一切就是这样，既在意料之中，又是猝不及防。以春的名义，我们在美的季节做一次美的相遇。

在这里美的相遇有很多，最美莫过于这山与湖的相遇。

尚湖位于虞山的南麓，湖面与十里虞山山水相映，青山绿水在这一方天地里无缝衔接。环顾四周，目不暇接的除了那漫天的花雨之外，周遭还有那浓得化不开的山和水。喜欢喝酒的人知道，白酒辣，一线穿喉，穿肠达胃；黄酒稠，满口醇香，四肢通达；红酒顺，酥麻入口，影动心动。可这些都只是世间的凡品，最美最浓酽的酒还是这自然的山水，它们相辅相成，一路鲜花做料，绿水勾兑、青山窖藏，加上这千年文化发酵，酒成！我走了一圈便有微醺的感觉了，但这还远远不够，美景在前，怎能不买醉呢？于是我和儿子准备乘游船，直接驶入这尚湖来一次酣醉。

随着船的渐行渐远，那岸边的风灯也渐渐渺茫不可见，“七溪流水皆通海，十里青山半入城。”明朝沈玄《过海虞》中的诗句却如青藤一样慢慢攀上心头，二月的春风，在我和那诗意的风灯间建了一座瞭望台，我在春风里把它细细品味，如同一杯东山产的碧螺春，呷一口，满口的春花怒放。

“虞城枕山麓，七水流如弦。昔人肇嘉名，千古称琴川。”

常熟古称“琴川”，琴是琴弦、川是河流，这两个看似风马牛不相及的事物怎么在常熟这个地方相遇呢？常熟城紧挨虞山东南，山上溪水顺山势东流，形成七条小溪，横列似琴弦，流入运河后汇入长江，汇入的运河称为“琴川河”，这就是“七溪流水皆通海”了，尚湖水自然也源于这七条小溪，所以我们现在正泛舟漫游于一根琴弦之上，船后不断泛起的波浪定是那宫商之音。而那风吹涟漪则是轻拨琴弦的呢喃之声。船头矜持而又骄傲地轻扬，水波犹如一条用绿意装点的长毯，又如一条丝滑的绿绸带，从一双纤纤素手中垂下，一路铺展向天边。此时那十里青山正在水之外，对着那蓝天绿水梳洗打扮，不知我这远方的诗客是否入得法眼，得其青睐，施舍一星半点造化之神奇让我一开眼界。

眼睛肯定是不够用了，只能借助于手机的照相功能，对着那湖光山色摁下了拍摄键以便保存更多的美景图片。我们乘坐那游船便如打开一道流光溢彩的时光大门，两岸不同的建筑次第地出现，时而出现一个凉亭，时而远看到一个花式秋千架，时而看到一幢两层古朴小楼。

夹杂在这些建筑间的是水边的树、河上的桥、岸边的花、岸边的石，如最高级的园艺家一般，总是在不经意的地方，以不经意的角度，插入那么几景，使得平凡之地立马变得不俗，颇有画龙点睛的意味。有的地方又起到了穿针引线的作用，几棵树、一两块花圃便轻松地把一大片的景致连在了一起，形成了一段华章，这大概就是承前启后吧？但有时又是那最矫情的描写，泼墨如水，不惜用上最华丽的辞藻，也要极力铺陈这如画美景。建筑为静，人在动，花随风摆也在动，这便是动静结合。空中的鸟自是不怕人的，这些精明的鸟儿们，它们能够猜想出有这份闲情雅致来欣赏山水的人，大概也不会伤害它们吧，因为它们本就是这画中一景啊！赏画者又怎会去破坏画卷呢？它们快乐的鸣叫和那姹紫嫣红的花色交相对映，这是视听结合。你看这些天生的诗人早就帮你把表现手法和赏析语句准备好了，只等主人公驾临。

今天是晴朗的一天，天空中那些光也不甘寂寞，它们在空气中奔跑着、招摇着、腾挪着，我能理解它们那份激动的心情，光也是天性活泼的孩童，这一段时间一直阴晦着天气，让它们压抑了很久了吧。我看到远处学生在乘汽艇。螺旋桨卷起水波在汽艇的后面不断产生巨大的浪花，船舷自然也不甘示弱就着船的边沿玩起撒花的把戏，那汽艇高速行驶，那些浪花便前呼后拥地相随，如同新娘后面的花童，忙得不亦乐乎。学生在汽艇上兴高采烈，大声惊叫，连日来学习的劳累得到了很好的释放，那扬起的水花在空中快活地跳跃着、追逐着、碰撞着，水珠迸溅出了飞奔的快乐，如同太阳晶莹的眼泪。

转眼过了一座桥，面前的景象突然有如“柳暗花明”，仿佛突然从天而降下一块巨大的翡翠，那亮晶晶的是一路追随的光，这时它们在我们船头作引导，似乎深情款款地对我们说：“你若信我，便赠你一个最美的相遇。”

就在这时，那如青绿屏障一样的虞山便出现在手机的镜头中，出现在我们的眼里，果然是“十里青山”，古人诚不诳我也，在远处水汽蒸腾之中，那青山更仿佛是仙山楼阁，于缥缈之中，半遮琵琶，芳容乍现。虞山的地形很奇特，它在远古时因在海边，所以称为“海隅山”，后来沧海桑田，海离它远去了，它因为植被葱茏，山体墨绿，又称为“乌目山”。最后因为吴地的始祖之一仲雍去世后葬在这里，而仲雍又名虞仲，乌目山又被改名为“虞山”。虞山更像一座离山，不属于任何一个山脉，它离太湖也较远，却与东南方的昆承湖、西南方的尚湖交相辉映。范仲淹的《留题常熟顶山僧舍》中，首句“平湖数百里，隐然一山起”便指的是于太湖百里之外平原涌现的虞山地貌。但从另一个角度看，它似乎又是特为庇护常熟而存在，一千七百多年的常熟古城自长江边的福山移至海虞城，即今天城区位置，围以木栅，为县治所在，此后地点历代未再改变。在这里山与水与城确实是不离不弃，一世相遇，生生相知。“水是眼波横，山是眉峰聚”，我面前有一位天仙般的女子，两岸的绿树红花便是她曼妙的身姿，这千亩碧波便是她的凝眸，我想起若干年前，我曾经写过一首诗叫《回眸》，年少的青春最易融于那嫣然一笑之中。恰似现在，年近半百的我依然无法把自己爱的情怀从这温柔之水里脱身而出。而远处的则是一位俊朗的少年，那起伏的山峦便是他那自信而高耸的眉峰，这眉峰似剑，锋芒毕露了；似叶，过于阴柔了。如折扇吧，有棱有角，而且最关键的是有文气，只有这比喻才勉强对得起虞山积淀的文蕴。

常熟上有言子故居，言子，春秋时期思想家，“孔门七十二贤”中唯一的南方弟子，他为后世留下了宝贵的文化遗产，常熟以“学道名邦”闻名于世，自然和言子有很大的关系。下有虞山一派，异常繁荣。有诗为证：“虞山藏书读书乐，铁琴铜剑第一楼；虞山画派王翚创，画祖还有黄公望；虞山琴派严天池，古琴艺术传万世；虞山印派林鹤田，篆刻刀法气宇轩；虞山诗派钱牧斋，绛云书楼胸中载；虞山书法不成派，草圣张旭醉唐代。”“虞山画派”的开山之父王翚被誉为“清初画圣”，奠基之祖是黄公望。“虞山诗派”为清初诗歌创作流派之一，创始人为钱谦益。严天池创立“虞山琴派”是明清之际最为重要的古琴流派。“虞山派微雕”创始人王毅，这个我们更熟悉，就是初中课本《核舟记》中核舟的雕刻者。如此多的丹青、笔墨、诗书、琴刀圣手加持，这横亘在我面前的虞山更值得我去顶礼膜拜。对于我们这些读书人而言，文化才是更美的相遇。

沿着河堤有着很多的花廊藤架，即使隔了很远，也似乎能够闻到花香，定然也少不了蝴蝶和蜜蜂的追随吧。行人结伴而行，人在画中游，这是风景；我们在游船中欣赏风景，我们也是画中一景，也是别人眼中的风景。入画、入景、入境似乎是到尚湖游玩的人得到的额外赏赐。这时如果有一位仕女手持凉伞缓步行于岸上或者几位清秀浣女在水边劳作，那就是一个十足的穿越镜头。不过真的穿越也许还未必有这样畅意而美好的画面，毕竟在中国的古代社会里，生民们更多的是为如何才能活着而努力，生活质量的提高只存在极少一部分士大夫们的精神追求里。那样的美好，幸福指数其实并不高。从这个角度讲，面前的山水从美的角度来看，是完全符合我们所有对美的想象的，自然山水还其本来面目，承载游客们审美情绪之时也为它们获得休养生息的机会，从而使得人和自然之间获得一个相对比较合理的平衡关系。我们都热衷于去寻找美和发现美，其实美这个东西本身就是需要维护的，自然之美维护成本代价更高、更大。只是发现然后不去保护它、维护它，那都是对美的虚情假意，所以在美的前面我们不能做戕美的真小人，但也不能做以爱美之名行伤美之事的假君子。现在欣喜地看到在这片土地上这个平衡点被找到了。这才是人和自然有价值的最美相遇。

二

一切美的相遇都是重逢，三百八十多年前西湖上“江左三大家”之一的钱谦益和“秦淮八艳”之首的柳如是初次相遇，大概也是这样的吧。才华和美貌在西湖碧波之上彼此惺惺相惜，命运的齿轮从此开始发生咬合，情缘的罗盘磁针开始偏移。西湖岸边的绿柳碧草也支棱着耳朵听着那诗文包装起来的情话。

两人再次相遇已经是两年之后的半野堂，那是钱谦益在常熟购置的别居，距拂水山庄约三公里之远。那一天秋风萧瑟，赋闲在家前礼部侍郎钱谦益，却不知道，这看似平常的一天，却迎来他人生中最大的变数，他在棋局中正举棋不定，他是执弈者，但更是朝局中的一枚棋子，负有才名，诗坛盟主，东林党的魁首，这些既是他的桂冠，更是让他成为东林党和阉党之争的重要靶子。两年前他受温体仁、周延儒排挤，削职归乡，一时心灰意冷。这在他不到二十年的政治生涯中，已是第四次解职归乡。而其中有将近十年时间他是闲居在家的，表面原因是父亲去世，没能做到“服满起复”，实质上是在东林党和非东林党人之争的背景下，他因和东林党领袖顾宪成的关系密切而被弹劾。然后就是天启元年（一六二一年），受浙江科场舞弊牵连，辞官回乡。天启四年又受到魏忠贤为首的“阉党”的排挤，再次致仕回乡。虽然少负才名，虽然师承大名鼎鼎的全才孙承宗，也想学老师，以一身才艺建功立业，但奈何造化弄人，经过这么几次折腾，他也不免心灰意冷。庭院中的梧桐在风中孤独地发出悲鸣。钱谦益突有一阵苍凉之感，正准备研墨提笔，这时家人递上柳儒士的名帖，一阵醉人的香气突然袭来，钱谦益看着窗外的菊花，有点愣神，不知是被那花吸引，还是被这股香气吸引。此时的柳儒士正在常熟城北外的一艘船上倚栏而立等待着消息。琴川水哗哗地流着，清澈的河水倒映年轻书生那白皙如雪的肌肤，那镜面一晃，书生仿佛看见的是另一个英气俊朗的年轻书生挥毫作诗的情景。旁边有位貌若天人的女子正在磨墨，那含情脉脉的样子实在是惹人羡慕，想到这里书生觉得心里一阵刺痛。口里吟诗道：“留得春风自憔悴，伤心人起异垂杨。”接着又喃喃道：“子龙、子龙，你为何负我！你为何如此地无情！”

这位乔装打扮的书生正是和有号称“明代第一词人”的陈子龙有过一段情缘的柳如是，恰如这琴川河的水一样，这一切随着陈子龙的妻子打上门而宣布告终。柳如是虽是风尘女子，却也是世间的奇女子，她琴棋书画俱绝，诗词更是让多少名家为之折腰。她也是秦淮八艳中唯一有诗词流传的人。然而这样一位貌美才高的女子却是命运多舛，幼时被强人劫掠，从此和父母再无音信，因为天生丽质，却像一件漂亮的物品一样被辗转贩卖。十三岁时她的第一个主人是秦淮歌姬徐佛。十四岁时她第二个主人是吴江故相周道登，她身份是小妾。不久周道登去世，她被周家妻妾赶出家门，只得重回盛泽归家院重操旧业。

这次相遇是钱柳两人的第二次相遇。当然不是偶遇，这恰恰是柳如是深思熟虑的结果，柳如是芳龄二十，这个年龄对于正常的女子而言都是有点急嫁的年龄，更何况对于一位烟花女子，这已经是快过出嫁的最佳年龄了。在经历与“云间三子”中的宋征舆和陈子龙的失败情缘之后，柳如是大概也是想通了，鱼和熊掌不能兼得，像宋征舆和陈子龙这样才华横溢的青年才俊不太可能娶自己。那还不如退而求其次，选才华弃年龄。这么一想，在西湖有过一面之缘的东林党魁首钱谦益自是不二的人选。而且从前途来看，钱谦益绝对是一个“绩优股”，潜力要远远大于前面两位青年才俊，毕竟他已算是功成名就的人物了。而且柳如是现在正遭受钱谦益的学生谢三宾的纠缠，急需钱谦益的解围。就这样两位当世才华超一流选手，同样孤独寂寞的灵魂和肉体便机缘巧合地结合在一起。不过一个是仕途上的寂寞，一个情感上的孤独。但毋庸置疑这场相遇对于双方而言仍然是最美的。钱谦益当然是爱柳如是的，男人对女人的爱不体现在金钱上，一定是虚假的，钱谦益仅仅用十日，就为柳如是在红豆山庄造了一座精致小楼，命名“我闻室”。取《金刚经》“如是我闻”之义也。这份情谊属实难得。而柳如是当然也是爱钱谦益的，也许这爱不是那么纯粹、有那么一些功利的成分在其中，然而俗世间夫妻的结合又有多少不是权衡利弊之后的结果。这世上有一种纯粹叫初恋，而初恋又有多少走到一起，走到一起之后又有多少不沾上日常琐事的功利。所以从某种程度上讲，这种深思熟虑之后的爱其实也是一种接近爱的情。

从此后两人便在这方寸之地卿卿我我，吟诗作对，如同神仙眷侣。这一年冬天守岁柳如是便是和钱谦益一起守的。正月里她离开钱谦益，两人本来相约着游览西湖，到苏州她就得了病，在鸳湖与钱谦益分手，独自回到松江。在钱柳之间忘年之爱中，柳如是更大程度地掌握了主动权，进退自如，而钱谦益恰是老房子着火——不可收拾。柳如是的离开可能是故意的，一旦不相信爱情的女子都是异常冷静而智慧的，她比谁都知道她需要的是一个名分而不是给她短暂愉悦的老才子。与其有一天她被钱谦益抛弃还不如自己先撤，也给钱谦益一个选择的机会。

两人再次相遇已是到了夏天，这次相遇的动静更大，在松江的一条画舫上，高冠博带的钱谦益以嫡聘之礼迎娶凤冠霞帔的柳如是。文坛领袖、前礼部侍郎的钱谦益大礼聘娶青楼女子，这种全然不顾世俗礼法的行为使舆论一片哗然。我想那湖水一定也是像今天的浪花一样兴高采烈的，这种热闹当然得看，人生难得几回疯。这其实挺符合文人的心性，爱起来便不顾一切，著文正义凛然，行事却恣意妄为，任起性来可把所有的清规戒律都扔到爪哇国去。想来这年近花甲的钱谦益也是至情至性之人。相隔咫尺的陈子龙这天不知有何感想，兴许柳如是就是要做给他看的，“你不是嫌弃我吗？我自有人娶，还比你更有才华，你就懊悔吧！”不可否认的是陈子龙是柳如是一生挚爱，然而无论是过去还是现在，爱又能怎么样？爱不成果，终究是个虚幻，没有名分的爱，就是空中楼阁，如同水中月、镜中花。这一点上钱谦益要远远胜过陈子龙，既然爱了，那就不要顾什么世俗礼法的拘束，他知道柳如是想要一场可以洗刷过去的婚礼，那他就堂堂正正地迎娶，钱谦益家中还有一妻，却敢以正妻之礼聘娶柳如是，你说不爱，那什么才算爱？至于婚礼当天，人们用石头向他们结婚的船上招呼表示“祝贺”。对此钱柳二人只是一笑置之。这样的相遇对于世俗而言是离经叛道，但对于爱情而言，那一定是最美的。情感这东西天生和世俗就是相生相克，世俗讲的是理，而爱讲的则是情之所至，一往而深，彼此投契，便是命中注定。永远无理可讲。

拂水山庄飞熊书院中有琴棋书画印等体验馆，我们一一流连，其中梅圃溪堂也就是琴馆，我和儿子逗留了一会儿，在琴馆有几架古琴，我还在其中一架古琴边上抚琴拍照，故作风雅，儿子说我弹琴弹出吉他的感觉，我不觉哑然失笑。确实是这样的，我虽然年轻时也学过吹箫，但对于音律终究还是门外汉，但这并不妨碍我从那古琴中读到那位绝世佳人的心音。她和陈子龙、宋征舆的相处验证了今天网络上的一句话“始于颜值，忠于人品，陷于才华，败于现实”，现实就是上苍设置的情感密码，是最大的一个障碍。和世俗间的普通女子一样，柳如是在爱情上也一样经历从浪漫回归现实的过程。陈子龙、宋征舆能够给她带来丰富的情感体验和极具浪漫的想象，但无法给她一纸婚书。柳如是感叹世俗之偏见未能让她觅得佳婿，其实，即使她和其中一人结合在一起，在男权社会里，她也逃不了成为闺中怨妇的角色，恰似二月的鲜花难以保鲜一样，陈子龙、宋征舆也未必会给他一个长情的陪伴，陈子龙家有正妻、小妾，心中有天下，宋征舆对母亲言听计从，所以爱情这东西有时候是中看的未必中用，中用的又未必中看。我左手虚按在泛音点上，右手拨弦，只可惜泛音并没有应弦而出，那些琴弦只是一种摆设。事实上自从当年柳如是带着古琴自赎身体，千里迢迢到松江找到陈子龙，却被无情拒绝之后，她便与琴无缘，琴者情也，那张被她砍断的古琴曾是她的最心爱之物，伴随她长大、成长，在她于盛泽归家院里最孤独之时，伴她度过了多少不眠之夜。琴弦被斩断的一瞬间，她仿佛听到了古琴痛苦的呻吟，仿佛看到了鲜血四溅，那一刹那，她知道自己砍断的是自己的最后一缕青春念想。

现实中钱谦益当然不能给她颜值，只能给他“白的发，乌的肉”。但这和一个平静而安逸的生活相比，确实算不了什么。就像某位作家所说，女人的快乐来自崇拜。从这个角度来说，钱谦益和柳如是二人在婚后的幸福指数或许更高一些，因为钱谦益三十岁不到就高中探花，才学渊博。更何况在这尚湖、虞山间的徜徉、吟诗作对，灵魂间的相契的确可以弥补些许岁月间的差距。这样一种文人间夫唱妇随的婚姻生活，是多少文人雅士梦寐以求的生活，古人讲琴瑟和鸣，现实生活中，那其实也如那苍苍蒹葭一样，可望难及。即使如李清照与赵明诚这样的伉俪情深也仍有缺憾，赵明诚在金石字画的收藏上颇有成就，只不过在文学修养方面，两人还是有天壤之别，李清照很多时候依然感到寂寞深闺，柔肠一寸愁千缕。但钱柳两人这些问题似乎都不存在，才学上两人相差有限，情感上两人正好互补，恰似这尚湖水一样，丁奉在《尚湖赋》中，就提到八百公顷的尚湖给予沿湖老百姓丰富的物产，“旱以湖溉，潦以湖承”，这不正是爱情所需要的安逸吗？最美的相遇，最长情的陪伴、最平淡的安逸。钱柳二人在那南国相思树下曾经那么真实的拥有！

如果岁月静流，一切只停留在这尚湖的拂水山庄，该多好。我和学生们流连于这拂水山庄，棋馆（名叫晏楼）里学生们嘻

嘻哈哈地执子围弈，颇有享受那古人清雅风韵的意思。殊不知这棋中乾坤，浓缩的是尘俗博弈的春秋，可惜当年这棋馆的主人虽说是棋中圣手，但在世俗的政治棋局中却是一个失败者。从初入仕途，他就卷入明末的东林党和阉党之争中。崇祯帝自缢后，以钱谦益为首的东林党本想拥戴潞王朱常淓，却被马士英等人先一步在南京拥立福王，先失一着。我看到两个学生盘坐在棋盘两侧，随意地落子间竟然有一个白子已成孤军深入之势，这和当年钱谦益的命运是何等的相似，钱谦益最后在弘光小朝廷如愿补得礼部尚书的职位，然而在一个阉党控制的政权中，东林党的灵魂人物夹在里面，怎么看怎么别扭，更何况这官来得还不太正，坊间流传钱谦益让柳如是向阮大铖移席奉酒，以博其好感。他在《矢愚忠以裨中兴疏》中极力夸赞马士英、阮大铖之流是“皆慷慨魁垒男子也”。其结果可想而知，我看向那孤子，前面是黑棋环伺，后面有白子相追，这典型的就是里外不是人。钱谦益的命运也是如此，阮大铖数次欲置他于死地，而他的所作所为也遭到了清流们的唾弃和鄙斥。倒是柳如是一直伴随着他，当初“冠插雉羽，戎服，骑入国门，如昭君出塞状”，便可见其巾帼不让须眉状，如果钱谦益能做韩世忠的话，柳如是一定是第二个擂鼓的梁红玉。只可惜，弘光朝廷太不争气，不到一年左右就失败下线了，而钱谦益更是软骨头，竟然失节投敌。文人失礼是小事，诸如娶青楼女子这种风流韵事远不会被绑架到道德刑架上审判，而失节才是大事。我看那孤军进入的白子已经淹没在一片黑子的海洋之中了，它自己似乎也已经变了色。而可笑的是钱谦益极尽耻辱的变节行为所换来的也不过是一个清朝的礼部侍郎兼翰林学士而已。

钱柳再次相遇已经是数年之后。我和儿子从棋馆中缓步走出，来到印馆，我脑海里浮现离开时的棋局，那盘棋局竟然被两个小顽童下出了独特的格局，那枚孤子，获得了一口气，后面的白棋接应了上来，不可思议的事发生了，这枚孤子活了。恰似现实中的钱柳，柳如是三番五次写信，加上钱谦益在清廷郁郁不得志，这样，两人再次在红豆山庄相遇。虞山上壮观华丽的“绛云楼”和“红豆馆”，这两座建筑是让钱谦益忍痛出售两本珍贵无比的宋版《前汉书》与《后汉书》而建成的。这两本书是王世贞卖了一所庄园才换到，而钱谦益则花了两千两黄金才购得的。而绛云楼建成后，又增加了大量图书，成为江南第一藏书楼。钱谦益所藏书可与皇室内府藏书相等，其珍本秘籍有唐写本、宋元本、珍稀本万余卷。吴骞在《拜经楼藏书题跋记·读书敏求记跋》提道：绛云未烬之先，藏书至三千九百余部。

此时的钱谦益才算断了仕途的念头，钱谦益在书斋里写给自己的规箴：“永绝仕进之路，进可以收晚节，退可以保全残生。”在经历如此白而黑、黑而白之后终于实现了，可是人世间又多了一个洗不净的无节文人，青史里也留下了一个贰臣的记录。就连他的亲外甥也抨击他是“一个文官小花脸，三朝元老大奸臣”。但明末清初变节的读书人确实不少。士大夫和皇室之间的关系差，多方面因素结合，必然造成士大夫的忠诚度大大降低。

印馆（名叫花信楼）设计真是巧妙，屋顶都是各式各样的高低不一样印章，印章的印面向下俯视，那鲜红的各种书体，如同一个鲜活的生命，当你与它对视时，你似乎能够嗅到那古代的气息，印墙也设计成青田石的模样，再看四周也都是一枚枚印面，一个挨着一个，好不热闹，让你看了既新奇又陌生，当你仔细观察，突然识得其中一两个时，不免得欣喜若狂。那印面似乎也面露喜色。我们每个人在历史的进程上都如同这样的一枚印章，当然大多数人是极其微小的，而钱谦益这枚印章无疑是有一定分量的，殊不知今日他所留下的印记对他来说已是最好的结局，如果不是柳如是，那印面下的评价可能更是难堪。这得益于在他最后的时刻，在柳如是的劝导下，和尚在抵抗的郑成功等人联系。柳如是更是尽全力资助，慰劳抗清义军。钱柳的相遇，始于钱救了柳，终于柳救了钱。不仅是柳氏两次身怀六甲救钱谦益于牢狱之灾，更是柳如是资助起义军的义行，冲淡了后人对钱谦益的反感。

最后当我们停留在耦耕堂的侧馆——书馆里时，那满屋挂着的书画作品，委实让人惊叹。柳如是书画素有“铁腕怀银钩，曾将妙踪收”之称，这后世的很多作品仍难以望其项背，然而一阵风吹来，却让人有种不寒而栗的感觉，我想到了那一夜。

那一夜，尚湖的水定是哭泣着的。

那一夜，不承想腰间的孝带成了结束柳如是四十六岁生命的休止符。二十五年前，二十三岁青丝秀容的柳如是被皓首苍髯五十九岁的钱谦益迎娶回来时，她不知会不会想到今日之悲，这场“才子佳人”的剧目最终真成了“郎去妾相随”了，不过不是死于殉情而是死于钱氏族人争夺财产的恶语相向。屋里一个书画爱好者正在画一幅素描。那一笔一画蘸的是墨，勾的却是精魂。衣袂迎风而起，青丝在狼毫的中锋之下飘然而显。

岁月又回到那个暮色之下的冬日，钱谦益拿着一张诗笺，三步并作两步赶到湖边，舟中的柳如是回眸一笑。

尚湖的水瞬间凝滞！

三

尚湖北依十里虞山风景区，东邻古城常熟，青山、绿洲、碧水、蓝天构成一幅立体山水画卷，拂水长堤横卧湖中，山和水相依相离，一动一静恍若太极图中那两条鱼。尚湖山水固然美，但却无法少得了花的陪伴，一路上樱花铺道极具浪漫，浪漫得让人几乎忘记了身在何处，那些拍婚纱照的倩影更是强调了这种感受。春风之中，远处那俏立的蔷薇和月季，恰似爱人手捧的玫瑰花束。也许当年姜子牙走得匆忙，也许是他本就是为了报答山水的馈赠，总而言之，所有的灵秀，并没有追随他而去，而是继续在这里涵养后人，直至今日。路边随处可见车轴草与酢浆草，那心形的叶片在风中招摇，这是用心在感恩，“尚湖”是唯一以姜尚的名字来命名的地方。苏州这个膏腴之地自古以来得天独厚是有道理的，一个不懂得感恩的人自不会得到上苍之眷顾，地方也是同理。河岸处、垂柳边有三三两两的紫藤花架，那白、紫相夹的色彩如梦似幻，很容易把人带入这诗画之境，又很容易让人难以自拔。如果边上有一座假山，你还会看到假山旁边种植着芍药，那些层叠起伏，成片绽放的芍药正在向你展示着怒放的生命。纤柔的虞美人恰似从一卷古人的山水画走下来的仕女，柔美轻盈又风姿绰约。

我是第一次来到尚湖，但对于姜子牙自然早就知道，而且曾经有过错觉，觉得他曾经在我的老家黄海之滨待过，为什么呢？因为姜子牙的坐骑是麋鹿，这是一种珍稀动物。这种动物在我的老家有一个无人不知、无人不晓的名字叫“四不像”，即“似鹿非鹿，似马非马，似牛非牛，似驴非驴”。在我们县最东边的乡镇有一个麋鹿保护区，八国联军攻入北京后，麋鹿被列强劫杀一空，在我国本土灭绝。据说早在一八六六年后，英、法、德等国的就通过明索暗购等手段，从北京南海子猎苑弄走几十头麋鹿，饲养在各国动物园中。一九八六年，原国家林业部与江苏省人民政府在大丰选址建立保护区。同年，保护区从英国七家动物园引入十三头雄性麋鹿、二十六头雌性麋鹿，共计三十九头麋鹿。这三十九头麋鹿犹如火种一样，在黄海之滨燃起了对麋鹿这一珍稀物种保护之火，现在保护区已有数千头了。

而这麋鹿在《封神榜》里还是姜子牙的坐骑，是“上古瑞兽”。可不是动画电影《姜子牙》中那样萌萌的可爱小宠物。在《封神演义》中，神兽“四不像”开始是元始天尊的坐骑，论资排辈还是姜子牙的师兄，兼具龙之威、虎之猛、狗之忠、鹿之灵，是玉虚宫三宝之一。有诗赞曰：“鳞头豹尾体如龙，足踏祥光至九重；四海九州随意遍，三山五岳刹时逢。”说明其速度是相当快的。

二十多年之前，我和几个好友第一次逛麋鹿保护区，看着那三三两两在滩涂上奔跑的麋鹿曾经有过一刹那的怀疑，这种动物可以作为坐骑？还可以上阵杀敌？事实上，麋鹿并不是像我们所见到的那样温驯，尤其是雄性麋鹿非常高大，两只角坚硬、修长、有力，强悍暴躁，它们比梅花鹿体型更大，更粗壮，成年的雄性麋鹿体重能有二百五十多公斤，每年打架而死的雄鹿就有不少。

后来我还和刘广荣（一位要好的同事）在一个有姜子牙骑麋鹿的雕像的亭子里留影。那张抓住麋鹿角的照片至今还在老家的镜框里保存。时过境迁，我终究还是没有能够抓住麋鹿的角停留在那黄海之滨，而是如腾云驾雾一般来到了江南。几千年前，姜子牙一定是和我一样有过这样辗转的经历，当然比我还要复杂且艰难得多。按照《战国策》中的说法，那简直是太惨了，“太公望，齐之逐夫，朝歌之废屠，子良之逐臣，棘津之雠不庸”，这是什么意思呢？就是说他在齐国时就被悍妻赶出门；然后又跑到商朝都城朝歌做屠户，但生意也根本做不好；后来只能投奔子良氏，但也被人嫌弃而驱逐；最后只能到棘津做苦力，不料这都没人要，无奈之下，只得隐居海滨。后来巧遇周文王，他的人生才开始迎来转折。

全国相传姜尚待过的地方不下十几处，渭水河畔是他和周文王相遇的地方，尚湖是他隐居的地方，尚湖的水是极具灵性的，也是极具魅惑性的。在尚湖，他和最美的山水得以相遇，一位身负绝世之才的人，大半辈子却怀才不遇，而且从家里到社会中到处遭人嫌弃，心性再好的人也需要滋养，也需要一个宁静的地方安放那颗受伤的心。而尚湖无疑是最好的地方，常熟鱼米乡，姑苏天堂地。更重要的是在商周之时，黄河流域打得不可开交时，长江三角洲这个地方相对比较安静。但没有卷入中原的纷争并不表示它和珠江三角洲的那些地方一样，仍是瘴气横行的化外之地。这里天时、地利、人和一样也不缺，只是暂时缺少战争而已，这样的地方怎能不是隐士们的上选之地呢？当然，姜子牙不能算完全意义的隐士，前有狐不偕、务光，后有伯夷、叔齐，那些才是榜上有名的隐士，但暂时的隐居也算隐居，于湖光山色之中，吸取天地精华、舔舐尘世间的伤痕，诚如今天的人闲暇时游山玩水，缓释一下紧张的心弦，也是人之常情，而且往往会有意想不到的收获。自然对那些智者总是不薄，它会以“野马、尘埃”给予他们以开悟的缝隙。我想，姜子牙一定是有收获才会从这绝美之地抽身而去。寻找到那匹能够承载他梦想和理想的麋鹿一齐奔驰向渭水河畔，等待他人生中最美的相遇。

姜子牙人生的一动一静在某一个清晨，完美契合，静是这尚湖的山光水色，而动则是麋鹿给他的速度和力量。从此以后姜子牙人生的太极图开始转动，历史的转盘也终于开始启动，立国五百多年的殷商开始它灭亡的倒计时。而其中的关键人物——姜子牙，此时正驾着那头骄傲而勇猛的麋鹿向渭水河畔奔驰而来。路边的那些雏菊成群结队地怒放着，历史将进入一个风云激荡的时代，贵族、平民以及士子等，恰似这尚湖景区的花一般，争妍斗艳，寻找属于自己的花季和欣赏者。

人类历史上最有意味的美好相遇即将开启！

然而这世间的诸多美好往往都掺杂了海市蜃楼般的缥缈！渭水河畔周文王和姜子牙的相遇也不例外，有很多事往往过于美好，就有图腾的意味在其中，比如说周文王亲自背着姜子牙走了八百步。而后来，周朝的统治也恰好持续了约八百年。如此礼贤下士的君王似乎就一个周文王，再无第二个了。“学成文武艺，货与帝王家”。可是终究读书人有读书人的尊严，他们毕竟不是一个物品。想既拥有施展的舞台又能够有人格尊严，遇见一个明君并得到的尊重，是后世读书人终其一生的理想。在去的那一天擅长卜卦的周文王卜出了所得猎物非龙非螭，非虎非熊；所得乃是成就霸王之业的辅臣。结果就验证了预言。根据历史上的经验，很多事实加上神奇色彩，有了超凡力量加持，往往就是后世文人的人为加工。当然这次人为加工的对象并非帝王，只是一个辅臣，即使姜子牙确非凡人，他被视为姜氏齐国的缔造者以及齐文化的创始人。儒、道、法、兵、纵横诸家，皆追他为本家人物，故姜太公有“百家宗师”之称。但终究他只是一杰出的臣子，后世的读书人为什么对他如此推崇呢？根子在姜子牙的非凡经历上。他是满腹才华被世人嫌弃，直至年过七旬还一事无成。得遇明主，建功立业，青史留名。这难道不是封建时代多少读书人的理想吗？在漫长的封建时代里，贵族、门阀等使得读书人很难得到施展才华的机会，恰似姜子牙的遭遇一般。所以姜子牙的人生完美契合了读书人的梦想。这样一想就可以理解这场美好的相遇究竟是如何出现的，恐怕不是史实而是杜撰。实际上，姜子牙可能就是吕地的一个有才能的部落首领，他和周文王之间的相遇就是为了共同的利益而进行部落联盟共同对付商纣王而已。

然而虚假的美好仍然不失为一种美好，至少在这次美好的相遇里我们看到了一个理想的图景：君明，发现人才，尊重人才、善用人才；臣贤，恪守本职、尽忠尽责，最后君臣互相成就，合力成就霸业。

多好！

转眼太阳西沉，回望尚湖那依然人潮汹涌的牡丹园，各种颜色、各种姿态的牡丹正在合力绘就一幅盛世锦绣！

寒食节

（冬至后第一百〇五日）

寒　食

唐·杜甫

寒食江村路，风花高下飞。
汀烟轻冉冉，竹日静晖晖。
田父要皆去，邻家闹不违。
地偏相识尽，鸡犬亦忘归。

寒食节在冬至后第一百〇五日，清明节前一二日，民间有禁火、吃冷食等习俗。在后世的发展中逐渐增加了祭扫、踏青、荡秋千等风俗。寒食节前后绵延两千余年，曾被称为中国民间第一大祭日。寒食节是传统节日中唯一以饮食习俗来命名的节日。相传它是为了纪念春秋时晋国大臣介子推的忠孝精神，但其实是沿袭了远古的“改火”旧习。每到初春季节，气候干燥，不仅人们保存的火种容易引起火灾，而且春雷发生也易引起山火。古人在这个季节要进行隆重的祭祀活动，把上一年传下来的火种全部熄灭，即“禁火”，然后在清明节重新钻燧取出新火，作为新一年生产与生活的起点，谓之“改火”或“请新火”。在这段无火的时间里，人们必须以冷食度日，即为“寒食”。据记载最初的寒食节时间很长，要近一个月，这期间不得生火，只能吃生食，对人的健康不利。到了唐代，寒食节变成三天，分别叫大寒食、官寒食、小寒食。唐朝之后，寒食节逐渐式微。宋元时期，清明节的地位上升到取代寒食节的地位，最终两节合一。

清明节

（农历春分后第十五日）

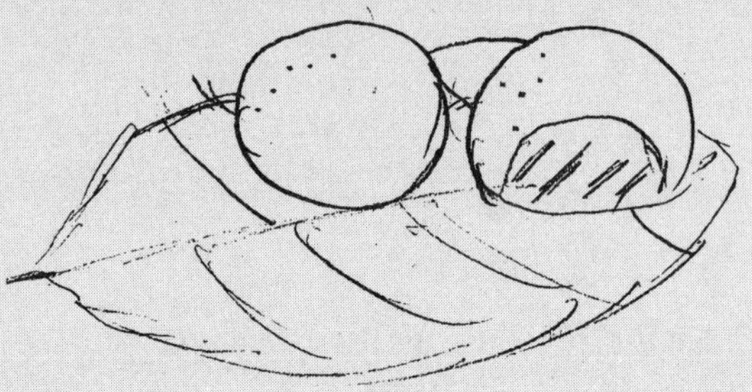

清　明

宋 · 黄庭坚

佳节清明桃李笑，野田荒冢只生愁。

雷惊天地龙蛇蛰，雨足郊原草木柔。

人乞祭余骄妾妇，士甘焚死不公侯。

贤愚千载知谁是，满眼蓬蒿共一丘。

清明节（公历四月五日前后），大约始于周代，距今已有二千五百多年的历史。又称踏青节、行清节、三月节、祭祖节等，节期在仲春与暮春之交。清明节源自早期人类的祖先信仰，是中华民族最隆重盛大的祭祖大节。清明节兼具自然与人文两大内涵，既是自然节气点，也是传统节日。扫墓祭祖与踏青郊游是清明节的两大礼俗主题。

清明渡

一

关于清明节，有两个可能被我们遗忘了的内容。

一个就是清明节其实是二节合一，被清明节强势合并的是寒食节，这个时间是在宋元时期。寒食节在这之前是相当牛的一个节日，它是传统节日中唯一以饮食习俗来命名的节日。它最初的时间很长，要近一个月。这样长的时间恐怕是其他任何节日都无法望其项背的。据《周礼》记载："仲春以木铎修火禁于国中"，意思是说在每年春季气候干燥易引发山火，于是，宫廷中负责火政的官员便会敲着木铎走街串巷，提醒百姓安全用火，这也是如今我们在影视剧中常常看到的更夫叫"天干物燥、小心火烛"情节的由来。可见，仲春禁火是周朝的一条法规。

那么为什么要禁火呢？受到科技和材料等方面的限制，我国古代的房屋建筑以木架构为主，每到初春，气候干燥容易引起火灾，而且春雷发生也易引起山火。一旦遭遇火灾，往往会产生不小的损失。所以古人在这个季节要进行隆重的祭祀活动，祈祷平安，把上一年传下来的火种全部熄火，即"禁火"。以此达到降低火灾发生的概率。没有火，其间人们的饮食问题怎么办呢？这个就只能靠吃冷食来度日了，这就是"寒食"名字的由来，几天后重新钻燧取出新火，作为新一年生产与生活的起点，谓之"改火"或"请新火"。

火对人类的生产生活有着极大的作用，这个毋庸置疑。吃冷食也是不得已而为之的事情。禁火有利也有弊，据说在唐代，官府还派人到百姓家检查禁火的执行情况。检查的方法是把鸡毛插在灶灰中，以拔出来的鸡毛有没有焦来判断这户人有没有用火，如果违禁用了火，就要处罚。“春城无处不飞花，寒食东风御柳斜。日暮汉宫传蜡烛，轻烟散入五侯家。”这是“大历十才子之一”的韩翃所写的《寒食》，前两句是写寒食节很著名的两名诗，但我更关注后两句：苍茫暮色中，一支支点燃的蜡烛，分别传入王侯权贵之家。“五侯”就是指皇帝宠信的近臣。寒食节不是不准吃热食，要禁火的吗？但那只是针对平民百姓，而不是针对皇帝，甚至皇帝可以给近臣赐火。你看，连点火燃烟这种平常事都会形成不公平，这大概也是后来寒食节越来越不受欢迎的原因吧。毕竟在农业社会里，禁火对于饥寒交迫的老百姓而言，不啻杀人了。“二月江南花满枝，他乡寒食远堪悲。贫居往往无烟火，不独明朝为子推。”这是唐朝诗人孟云卿的《寒食》，这首诗流露出诗人应试不第，流落江南，漂泊贫居，家中时常断炊，别人禁火是应节，他禁火却是无奈为之。可见贫困的人家连生火做饭有时都是一件奢侈的事情。唐代诗人伍唐珪《寒食日献郡守》也如此写道“惭愧四邻教断火，不知厨里久无烟。”一样的贫穷、一样的无奈，寒食本是禁火，逐渐地变成了一种象征，但对于那些无食可进，无须生火的人而言，每天都是“寒食”，别人象征性地庆祝，他们却是实实在在的饥寒交加，那是一种怎样的痛？

所以说曹操就特别有人文情怀，他坚持认为，天气寒冷吃冷饭冷菜，对身体健康有害。所以，他郑重下令禁止过寒食节，并在《明罚令》中明确规定，谁在行禁火寒食之俗，就处罚谁。“若犯者，家长半岁刑，主吏百日刑，令长夺一月俸。”可惜的是，兵荒马乱之中，曹操的这项禁令并没有得到认真执行。而且还随着人口迁移，从北方流传到了南方，经过魏晋南北朝，到了唐宋时期，反而成了全国性的大节日。这也使得唐朝人把寒食节这个传统节日留在了精妙的唐诗里，所以无论在今后的日子里，这个节日还会不会有人记得，但唐诗会记得。

民间尤其是文学作品中对寒食节的感慨，更多是士大夫们一种精神图腾的膜拜。这个图腾自然是和介子推有关，这就要说到大家耳熟能详的故事。晋文公重耳当年落难之时，后面有个非常忠心的大臣，叫介子推，他忠心到什么程度呢？忠心到在晋文公重耳没有吃的时候，把自己大腿上的肉剜下来烧给重耳吃，还骗他是兔子肉，后来重耳做了国君，赏赐大臣，独独忘了介子推，当然主要原因是介子推这时已经回到老家，不在都城了，后来有人提醒了重耳，晋文公就赶紧派人找介子推，要赏赐他，结果多次被拒绝，最后晋文公亲自上门，介子推竟然带着母亲逃到绵山里去了，这时有个人出了个馊主意，说放火烧绵山，逼介子推出来，结果是介子推被晋文公烧死在绵山里，据说，介子推尸体后有个树洞，树洞里有写给晋文公的一封信，让他勿以自己为念，只要对老百姓好就行了。这自然是一件感人肺腑的故事，最关键的是介子推的品行对于统治者而言是最好的宣传：轻生命、重名节，危难时舍身救主，太平时功成身退。对于士大夫而言，介子推也几乎是一个道德完美的典范：施恩不图报，安贫乐道、不求功名、不图名利、把百姓疾苦看得超过自己的生命等。这样的素材对于文学创作自然是最好的素材。卢象在《寒食》中说：“深冤何用道，峻迹古无邻。”这里的“峻迹”指的是介子推伟大的事迹，“古无邻”指的是在古代都没有可以相媲美的意思。这自然是对介子推高风亮节的一种极高赞美。“诗家天子”王昌龄在《寒食即事》就发出感慨“西见之推庙，空为人所怜”。一个“空”字意味良多，庙即是空荡荡，自然介子推的风骨也没有人追寻了。这种感慨更多的是诗人对现实的一种别样针砭。介子推的风骨注定是稀少的。世人能知道这样一个人就已经是良知了。

除此以外寒食节这一天异常清冷、苦寒，也非常应景。尤其对那些怀才不遇，“怀抱利器，郁郁适兹土”，漂泊在外的游子而言又是那么应情，他乡的孤独寂寞，寒夜孤灯相伴，小院萧条都是一道道冷到饥肠里的“寒食”，而最温暖的那道美食——故乡却远在天边，可望而不可即，所以诗人在诗歌中苦苦吟唱，韦应物想的是家中的亲人。“把酒看花想诸弟，杜陵寒食草青青”。韩翃感受的则是他乡的孤独，“酒醒孤烛夜，衣冷千山早”。郭郧却为年华逝去而伤感，“人间后事悲前事，镜里今年老去年”。王表的感慨却与众不同，“闻说莺啼却惆怅，诗成不见谢临川”。他怀念的是谢灵运。总而言之，寒食节独有寒冷的氛围成了诗人各种情绪的催化剂。《全唐诗》中关于寒食节的名人名家诗词有三百余首，宋金元词曲也有一百余首。

但这一切现在都已经成为过去了，现在的事实是伴随着岁月的流逝，两千六百多年历史的寒食节已静静地融入了清明节，其实从宋代的诗歌就可以一窥端倪，北宋黄庭坚《清明》一诗中写道：“人乞祭余骄妾妇，士甘焚死不公侯。”明明是清明节，却用的介子推的典故，这是不是说明到宋代，这两个节日就已经纠缠不清了。最终以清明节，将两节融合而告终。当然这其实也是社会进步的一种体现，毕竟无论是禁火还是纪念，让百姓吃冷食都不是最终的解决办法，禁火的事情一方面由于建筑材料的变化，情况有所改观，人们防火意识以及建立消防机制才是有效办法。而为纪念介子推一人，让天下人都吃冷食更是有点荒谬了，君王犯的错凭什么要无辜的百姓跟在后面遭罪。这么一细想，这寒食节消失倒也不觉得可惜，但是活在唐诗记忆里的寒食还是很值得我们铭记，一个寒食为什么会激起诗人那么多的情殇？现实的寒冷和环境的凉薄对比，激起诗人内心的感慨才是根本原因，这难道不应该引起我们的深思吗？

二

另一个被我们遗忘的就是清明节的本意。就现在而言，我们对清明节的认知大概就是祭祖了，事实上二十四节气中既是节气又是节日的只有清明。清明节也叫三月节，是二十四节气中第五个节气，当太阳到达黄经十五度时，即为清明。《淮南子·天文训》记：“春分后十五日，北斗星柄指向乙位，则清明风至。”“清明风”，即清爽明净之风。《月令七十二候集解》说：“按《国语》曰，时有八风，历独指清明风，为三月节。此风属巽故也。万物齐乎巽，物至此时皆以洁齐而清明矣。”这段话的意思是：按《国语》中的记载，每年四季之中都有八种风向，唯独清明时节的风称得上特殊，被誉为三月节气之代表。这是因为这种风属于巽位的属性了！巽位在《周易》中即为东南方，《周易》又有万物“齐乎巽”之语，“齐”即“洁齐”之意，农历三月一到，气清景明，草木葱郁，一切生命都在巽风中茁壮成长，整洁有序又清明亮堂！这就是“清明”得名的来由。《岁时百问》中说：“万物生长此时，皆清洁而明净，故谓之清明”。总而言之，清明就是万物在这个时候呈现出清洁明净的感觉。而且这一时期，我国大部分地区气候温暖，寒冬已经远去，凋零的草木重新开始生长，处处呈现出一片生机勃勃的景象。正是天清地明，万物复苏，是春耕的好时机，而且此时伴随着气温升高，雨量也会增加，农家对“清明雨”极为重视。民谚“清明谷雨两相连，浸种耕田莫迟延”说明了清明节最早是一个敦促春耕的节日。

祭祀扫墓的习俗实际是寒食节的主要内容。寒食节扫墓祭祖在南北朝到唐之前被视为“野祭”。到了唐代，寒食扫墓成为官方认同并倡导的吉礼之一。唐玄宗时，朝廷曾以政令的形式将民间扫墓的风俗固定在清明节前的寒食节。寒食时一家或一族人同到先祖坟地，致祭、添土、挂纸钱，然后将子推燕、蛇盘兔撒于坟顶滚下，用柳枝或圪针穿起，置于房中高处，意沾先祖德泽。子推燕、蛇盘兔是两种“寒食”，史书记载春秋已将龙喻晋文公，蛇喻介子推，绵山自古就有兔仙、鹿仙的传说，它们在绵山幻化作两座神桥，当年介子推背负母亲过兔桥到达自己所愿之地，喻

“心想事成”，后人为纪念其事，将提前醒发好的面食捏成蛇盘绕兔形，民间也有谚语称“蛇盘兔必定富”。

寒食与清明是两个相辅相成的节日，在唐代之前，寒食与清明是两个前后相继但主题不同的节日，前者怀旧悼亡，后者求新护生，两者一阴一阳、一息一生。禁火是为了出火，祭亡是为了佑生，而寒食所代表的人们对忠诚、廉洁、政治清明的赞许正和清净明朗相合，这就是寒食与清明的内在文化关联。这大概也是最终寒食节过渡为清明节的因素之一吧。

所以我们今天读杜牧的《清明》，其实大概率是误解了诗人的意思。首先这首诗和扫墓是没有关系的，那是寒食节的事。这首诗就是在写愁，“清明时节雨纷纷”是愁之缘起，清明节本是柳绿花红、春光明媚、郊游的好时节，现在却是下着淅淅沥沥的小雨，这怎不让人感到郁闷。当然诗人本就多愁善感，情绪易受自然物象感染，那么再看第二句“路上行人欲断魂”，注意是“路上行人”而不是“郊游的财富自由者”，他们都是为生计奔波的普通百姓，这些人愁很重，是“欲断魂”，这句属于“愁之加码”，既是第一句的余波，也是后来问酒家的缘起，同时作者也暗藏玄机，他们为什么会“欲断魂”呢？一方面自然是下雨后，路难走，但这就“欲断魂”吗？细想，这是一个什么节日？清明节固然应该天气晴朗，更应该政治清明，君明臣贤，而现在却是漫天雨丝。这隐喻国家存在着党争、吏治、割据等痼疾。所以那些路人才会“欲断魂”，诗人当然也是路人之一，那怎么办呢？只能借酒浇愁呗。这就有了第三句“借问酒家何处有”，这句算是“愁的转接”，由眼前愁转到寻酒家，宕开一笔，似乎给人以希望，然而最妙的是最后一句“牧童遥指杏花村”，妙在何处呢？妙在找的地点，地点还很明确：“杏花村”，开满杏花的村落，多美，正合这清明二字，但是离这个村落有多远？“遥”字把你打回现实，在很远的地方。什么时候到达？不知道。说不定就是另一个桃花源，可望而难及，这是“愁之难解”。作者给自己和路人画了一个饼，然而，可能他自己也不确信吧！这大概也是诗人起题目叫《清明》的原因吧，那杏花村就是“清明”的图腾，在一个牧童的手指方向处，百姓心之所在才是清明所在。可惜这样的一首借古讽今的诗，却被今人给误读了，就像我们今天在清明节这一天千里奔波回家祭祖，生生把清明节搞成了中元节，当然祭祀祖先，牢记根打何处出，也是中国人的一种传统美德，不过我们祭祀的时候，心里是对先人的缅怀吗？恐怕更多的是希望地下的祖先保佑自己生意发财、官运亨通吧，更有甚者破费巨资去祭拜，心里打着冥币换人民币、换名利的算盘，这世上哪有这么便宜的事。如果真是虔诚叩拜，满心思念说不定真可以换来好运，满脑子的功利，连鬼神也会厌弃的。

清明节本身也是历史非常悠久，大约始于周朝，距今已有两千六百多年历史。因为彼时是农业社会，关心农业，自然会重视这个节日，但清明节一开始是作为寒食节的附属，这也是不争的事实。据说当年介子推藏在大柳树树洞里的遗书是这样写的：“割肉奉君尽丹心，但愿主公常清明。柳下做鬼终不见，强似伴君作谏臣。倘若主公心有我，忆我之时常自省。臣在九泉心无愧，勤政清明复清明。”真假不知，但这里频繁出现的“清明”二字，自然把寒食节和清明节捆绑在一起了。晋文公第二年来到绵山祭拜介子推时，发现被烧毁的那棵老柳树死而复生，就折下几枝柳条戴在头上，以示怀念之情，赐名为“清明柳”。从此以后，群臣百姓纷纷效仿，逐渐形成了清明戴柳的风俗。所以清明、寒食本就是你中有我、我中有你的一对欢喜冤家。

清明节踏青的活动其实是来自另一个现在已经没落的传统节日“上巳节”。上巳节是古代举行“祓除畔浴”活动中最重要的节日，人们结伴去水边沐浴，称为“祓禊”，古时人们常常在水边用佩兰等香草来洗去冬日积垢和陈疾，祓除不祥，祈求福祉。后来屈原把这叫作“浴兰汤”，把心里积存的陈年旧事一并清除，心无挂碍。此后又增加了祭祀宴饮、曲水流觞、郊外游春等内容。历史上最著名的一次“曲水流觞”活动是王羲之与其友在会稽举行“兰亭之会”，大家饮酒赋诗，论文赏景。王羲之挥毫作序，乘兴而书，成就了书文俱佳、举世闻名、被后人赞誉为“天下第一行书”的《兰亭集序》。现在“祓除畔浴”“曲水流觞”这些活动都已经伴随上巳节的没落而被人们所遗忘，但郊外游春被清明节给继承并融合了过来，古时自立春起就开始有踏春的活动，踏青，古时称“探春”“寻春”等。据《旧唐书》记载：“大历二年二月壬午，幸昆明池踏青。”可见，此俗早已流行。宋代踏青之风愈盛，著名画家张择端的风俗画《清明上河图》就描绘了以汴京外汴河为中心的清明时节的热闹情景。

就这样排列最靠后，最为弱小、单薄的清明节最终在三节角逐中笑到最后，无论是文化加持的寒食节，还是快乐伴随的上巳节都没有能够战胜清明节，它们的部分习俗也过渡到了清明节。固然是因为这三个节日时间相近，也有寒食节不适应时代的发展等原因，但我想终究清明才是老百姓最为期盼的，这个节必须留下。

清明节还有放风筝的习俗，风筝在古代被称为纸鸢：古人认为放风筝可以放走自己的秽气。所以很多人在清明节放风筝时，将自己知道的所有灾病都写在纸鸢上，等纸鸢高飞，就剪断纸鸢线，让纸鸢随风飘逝，象征着自己的疾病、秽气都让纸鸢带走了。

我欣然地看到无数的风筝正扶摇直上，而前方正是一片清洁、明净的天空。那正是人们翘首企盼的度清明，清明渡。

端午节

（农历五月初五）

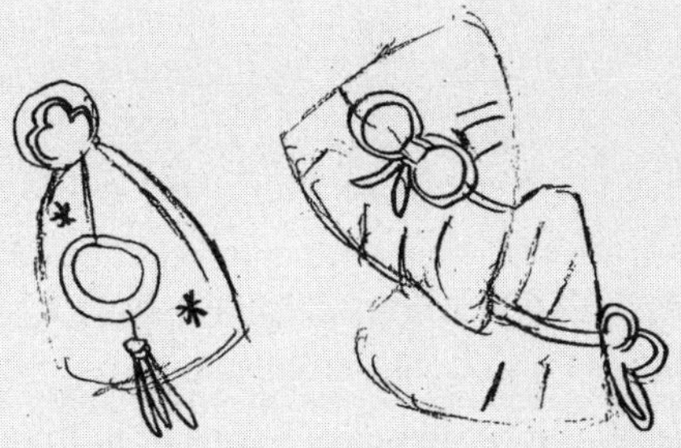

五月五日

宋·梅尧臣

屈氏已沉死，楚人哀不容。

何尝奈谗谤，徒欲却蛟龙。

未泯生前恨，而追没后踪。

沅湘碧潭水，应自照千峰。

端午节，又称“端阳节”“龙舟节”“重午节”“重五节”“天中节”等，是中国的传统节日，日期在每年农历五月初五，是集拜神祭祖、祈福辟邪、欢庆娱乐和享用美食为一体的民俗大节。端午节源于自然天象崇拜，由上古时代祭龙演变而来。仲夏端午，苍龙七宿飞升于正南中央，处在全年最“中正”之位，正如《易经·乾卦》第五爻：“飞龙在天。”端午是“飞龙在天”吉祥日，龙及龙舟文化始终贯穿在端午节的传承历史中。

端午节，起源于中国，传说战国时期的楚国诗人屈原在五月初五跳汨罗江自尽，后人亦将端午节作为纪念屈原的节日。但在苏州其实是为了纪念伍子胥，也有地方是纪念曹娥及介子推等人。

忆在端午

端午节将至，这样的一个寻常节日，我的大脑里竟然塞满了关于它的记忆。

最早的竟然是一段令我极不愉快的少年记忆：我被父亲揍了。这场少年时代挨揍的记忆得以存在我脑海里长达近四十年，“功臣”是我母亲，每至端午节，他们吃粽子，我却对那粽子看都不看一眼时，母亲这时便开始向孩子们揶揄我的“光辉”经历：小时候为了吃粽子，被他爸爸打，现在没人打他了，他也不吃了。孩子们笑了，我也笑了！岁月总会喜欢在某一个特定时刻唤醒你记忆的味蕾，让某种沉睡在心底的情感突然情景重现！

至今，我都不能够想明白，那天我为什么像中了邪一样地想要吃了粽子去上学，事实上我对这种特别黏的食物一直没有多大的兴趣，难道我是从那次挨揍了以后强行改变了我的味蕾嗜好？这似乎不太符合人体科学啊。若干年后，我有时被我女儿莫名其妙的执念折磨得快要发疯时，我突然理解了当年父亲的心情。父亲脾气本不好，但说实话他对我还算克制，至少他揍我的次数是屈指可数的，当然这也导致了我对每次挨揍的原因至今都能如数家珍，也使得我一生对耻辱的事情总能如新绳缚身一样难受和痛苦。

回到那个中午，那从厨房里不断飘出来的粽香不断地诱惑着我的味蕾，毫不夸张地说，至今我回忆起来，仍旧能闻到那股混合着芦苇清香、糯米醇香的味儿。孩童对着诱人的东西往往缺乏抵抗力，虽然我从小对吃的兴趣很有限，但那天是个例外，当然一年只吃一次的粽子，也还是有点物以稀为贵的魅力的。而事实上粽子的熬煮是相当费时间的，我如果真的在吃粽子和上学两者之间选择的话，那么可以肯定地说，我下午一定是上不了学的，这对于大多数家长来说是不可接受的，于是我毫不例外挨了一顿鞋底，然后抹着眼泪带着无限的遗憾和愤恨走了。奇怪的是在这之后就全部断片了，我回来是什么情绪，还有那粽子到底是什么味道，所有的都没有记忆了，不能否认自己强行抹除记忆的可能，但大概率是时间太长了，就忘了。所以我应该感谢母亲，是她让我仍然把这件事牢牢地记在脑海里，而这个曾经不太愉快的记忆现在对于我而言除了怀念那个下午以外，就是那个下午所有的人，父亲、外婆……

二十多年前，我还在一所农村中学教学，那已是参加工作的第七年，如果没有后来的那节公开课，我很怀疑我会在那里干到退休。七年里我教了两年数学，后来改教语文，刚教完一轮，七年的教学经验拿现在也算是骨干教师，但细想起来，自己离骨干其实差得还很远。我这人向来自视甚高，直到我第一次上了东南片公开课之后，我才真切感受到那只从井底跳出来的青蛙的感受，那是一种喜悦、激动、庆幸而又后怕的复杂情感。那一节公开课讲的是沈从文的《端午日》，节选自《边城》中的一篇文章，那时候一轮课程改革正开始实施，我机缘巧合地站在了风口之上，说来惭愧，在这之前，我只上过校级公开课。那次上课把我身上的泥污拭开，黄沙吹尽，包藏在外的石头也被凿开。说静水流深我都觉得过于浅淡，毫不夸张地说我在那一节课等同于被开了天眼，完全进入了一个新的境界。一节公开课下来，我几乎告别了过去的自己，这该是一件多么大的收获。所以我至今仍然感谢我原来单位，原名沈灶中学的那些帮助过我的同事们，虽然我后来越走越远，和他们也联系很少了，但心中的感谢却是铭记终生的。这一次成功堪称我的处女作，又把我送上后来的县优质课比赛，以至市级公开课，一路开挂，折桂数次，收获也甚多，那应该是我人生中的高光时刻。

那些诞生于课堂的粽香：课堂设计、课堂教学、课件方案等方面的有益尝试，在很长一段时间内陪伴着我。那时候刚刚提出“迁移拓展”这个教学新理念，我在课的结尾加了一段我剪辑的影片，那是来自雅典奥运会闭幕式上的“北京八分钟”内容，导演是张艺谋，文艺范儿十足，更重要的是体现了中国传统文化。我用的结语是“在雅典，世界人民感受东方文明的神奇，开放的中国在了解世界，而世界人民也在了解中国。一个没有自己文明的民族是可怕的，一个丧失自己文明的民族是可悲的。”这样的话即使在今天也仍然是有着极大的教育意义。上那节课的时候也恰巧是一个端午节，粽香悠悠，我把从课中悟得的财富掺于那粽香之中，以及我对这个民族真挚的情感，包成我人生中最最漂亮的一个粽子，赠予岁月。

粽香飘溢，每年带来的感觉既相似又有不同。相似的是那同样的粽子，无论是否挨那一顿揍，那种黏黏的食物都很难引起我的兴趣，吃过一个表示意思已经是我所能忍受的极限了，不同的是在一年一年的岁月流转中，我从顽童变成了一位人民教师。再就是在端午节这一天上苍给我送来等候已久的孩子，那一年我虚岁三十五，可谓中年得子。同事、亲戚、朋友都为我高兴。那些日子，无尽的喜悦弥漫于时光的每个缝隙里。巧的是那天恰好是中考的第一天，考场里我的学生正好考的是语文。还要再牵强一点说，我这位诗歌的爱好者，在纪念诗人屈原的日子里，在这样一个富有传奇和诗意的节日里，迎来自己的儿子。儿子来到了人间，也成功书写了我和家人共涉人生险滩的传奇和诗意。也算是入乡随俗吧，到了苏州后我给儿子取了一个苏州人给孩子常取的小名“团团”，儿子小时候的哭很有特色，那时他才刚刚会说话，但是这并不妨碍他在哭时用他支离破碎的词汇表达自己的情绪。而且还伴随着悠扬的哼唱，你听不到一点伤心的味道，你更多的是感受到他对某事某物的强烈情感。这种情况的结果往往有两种，一种是你满足了他的要求，他的哭声会戛然停止，干净利落，绝不拖泥带水，脸上挂满了泪水，手上抓着他要的东西，撒腿就跑。另一种就是没人理他，隔一段时间也会渐哭渐止，或者有一件事能够吸引了他的注意力，他也会很快停止他的哭声。那时候老家的田还在自己手中，没有租给别人，到了农忙季节，在端午节前后，我们会回老家给儿子过生日，然后母亲就带着我年幼的儿子留下来收割、耕种，这一耽搁往往就是几个月的时间，我因为工作的原因不能回家，但却是最牵肠挂肚的那一个，有种叫思念的情绪不断地煎熬我，这大概就是血脉相承的意义吧。但我相信这就是一种幸福。亲人的牵挂和牵挂亲人都是情感里最丰富的食粮，我会去慢慢品尝和享受它。恰似那粽子，我虽然吃得少，但是每一个我都会细细品尝，而这粽香里的亲情我也将用余生去一一回味，直至我到岁月尽头，失去记忆并老去！

又一年端午节到了，每一个端午节都迫使我接受一个事实：那就是那个哭着哼唱的孩子一天天地长大了，他有了自己的思想，有了和父亲分庭抗礼的意志和资本了。而我则是被岁月一天天地漂白了双鬓，压弯了腰。年老的母亲佝偻着腰仍然坚持着每年准备粽叶，糯米、红豆、咸肉、红枣等食材，尽量满足各人不同的口味。一个个束着腰、臃肿着身材的粽子即将在端午节这一天起锅，家人们用筷子夹一块粽子蘸一些糖，吃进嘴里，咽进肚子中。多希望这样的日子能永远持续下去。

而我将照例喝着酒，看着窗外，并不止一次地在记忆里捞取那关于端午节的一个片段：一个孩子一瘸一拐地在田埂上哭着寻找着父母，他的脚上扎进了一根长长的芦苇，血顺着脚后跟流了下来。

“孩子啊！别哭，这样的痛苦，在今后漫长的岁月里是最轻的，咬咬牙，拔出来就好了！”

陪伴

端午节可以说是中国最早的“卫生防疫节”，在这样的节日里，我想起那束花和陪伴的故事。

那束花插在桌上的玻璃花瓶里，那是个六星菱形玻璃花瓶。

花是妻子带回来的，妻子是一名内科医生，那天她被抽调到高速公路入口测量体温。我在家担了一整天心，打了几次电话都是忙音。我在家里坐立不宁，傍晚时分，妻子敲门，我急忙开了门，门开了一条缝就被外面的一股力量推住了，门露出了一条狭长的缝，我首先看到的是一束火红火红的花。

“先把花拿进去，我已经用酒精消了毒！”妻子在门外说道。

我赶紧把花接了过来，这才看到花后面的妻子，她戴着医用口罩和手套，头上套着医用头罩，她一边把这些“武装”解除，一边用一个酒精小喷壶往浑身上下喷酒精，一股浓烈的酒精味在外面走廊里迅速地弥漫开来。这时妻子迅速地把外套脱下向里翻折，再卷成一团，塞到门口的一个储物箱里，露出大红色的羊毛衫。做完了这些，妻才从那狭长的门缝里挤了进来，屋子里一下子像那美人蕉花爆开一样，红色的影子在电视屏幕上、电子万年历屏幕和那钢琴上全都绽开，屋子里变得生动起来。

我捧着那一束花站在那儿，心里正想是问花还是问今天的情况。犹豫间，妻子转身走到厨房里，把那个瓶子拿了出来，在水龙头下面冲洗一番，然后灌了大半瓶水放在餐桌上，见我还愣在那儿，妻子有些嗔怪道：“你个‘木头’啊！把花插进去啊！”

我这才如梦初醒，赶紧把手里那束花根部包着的纸撕掉，然后双手箍着花儿的下半截插入那六棱形的水瓶中。那些花枝“扑通、扑通”地坠入水中，在水中又摇晃了一下才安静下来，上部的花儿也如放出笼子的鸟儿一样，叽叽喳喳地各自寻找着自己的位置。

“唉！累死了！”这次还没等我问，妻子便瘫坐在椅子上发出感叹。

“高速公路上下来的人太多了，那车子一辆接一辆一眼看不到边。有时候，登记那边来不及，这边还要有人去帮忙，体温异常要登记所有信息。”

“你可要注意安全啊！”我担心地说。

“没问题，我们可是全副武装，全身防护服，保证你在我对面也不认识我。”妻子信心满满地说，“就是上厕所不方便，中午实在憋不住了，上了一趟厕所，重换了一身防护服。”

我看了一眼妻子面前的花明知故问道：“这花买的？怎么想起来买花的？”

“买的啊！不买，你送啊？”妻子调侃我。

我不好意思地笑了。从第一次见面送了她一束红玫瑰花后，就再也没有买过花送给她。

“请你帮我照顾好，及时换水，出了问题，我可得找你。”妻子又郑重其事地叮嘱道。“那瓶子太孤独了，找束花儿陪陪。”妻子又幽默地说。

妻子的话仿佛又在耳边响了一次，我赶紧掐指算了一下，从那天到现在六天了，两天换了一次水。今天应该换水了，我赶紧准备去帮花儿换水，突然想到午饭后实在无聊，已经换过了。是啊！年初从老家回来后近十天没出去了，从卧室、厨房到厕所三点一线，家里的存书基本看得差不多了，窗外的风景都快成了静止的画面了，窗对面那条马路能够看得到的路灯都在深夜被我数了无数遍。我继续坐在餐桌旁托着下巴看着这束花，花一共

六枝，每枝有五个花苞，一共三十个花苞，每枝都有一两个花苞开放了，那粉红色的花冠从侧面看就像一个半展开的粉红色的丝手帕，也像礼服上口袋里掖着的礼花。未绽放的花苞细细看去都攒着一大把的红，也在那里跃跃欲试呢！瓶子虽然已是半旧了，但是在花的陪衬下越发显得清亮、剔透，惹人喜爱。我的眼神有些迷离了。

就在这时，我接到妻子的视频电话：

“早晨你睡得香，没有吵醒你，我又要去外地支援了。那花是我买了陪你的，帮我照顾好它，也让它帮我照顾好你。”

视频里一片喧闹，妻和她的同事们穿着白色的防护服义无反顾地向着前方走去。

七夕节

（农历七月初七）

鹊桥仙·纤云弄巧

宋·秦观

纤云弄巧，飞星传恨，银汉迢迢暗度。金风玉露一相逢，便胜却人间无数。

柔情似水，佳期如梦，忍顾鹊桥归路。两情若是久长时，又岂在朝朝暮暮。

“七夕节”，又称“七巧节”“七姐节”“女儿节”“乞巧节”“七夕祭”“牛公牛婆日”等，是中国民间的传统节日。七夕节由星宿崇拜演化而来，为传统意义上的七姐诞，因拜祭“七姐”织女活动在七月七晚上举行，故名“七夕”。

七夕节既是拜祭“七姐”的节日，也是爱情的节日，是一个以“牛郎织女”的民间传说为载体，以祈福、乞巧、爱情为主题，以女性为主体的综合性节日。“七夕的牛郎织女”爱情故事来源于人们对自然天象的崇拜，相传每年七月初七，牛郎、织女会在天上的鹊桥相会。

七夕节起始于上古，普及于西汉，鼎盛于宋代。拜七姐，祈福许愿、乞求巧艺、坐看牵牛与织女星、祈祷姻缘、储七夕水等，是七夕的传统习俗。

爱之哲思

恋爱篇

少年翻开一本武侠小说，夕阳下大侠骑着马、在大漠黄沙里快意恩仇，这时一位白衣女子突然出现，双方自带“主角光环”，施展绝世武学从空中打到地上，一时间风云变色，天地换颜。最后双方因恨生情，因爱生恨，纠缠不休。就像两只刺猬，竭力地想互相取暖，但等真的互相靠在一起，却又被对方的刺戳得遍体鳞伤。就这样，我们对爱的幻想从此开启，对于“七〇后”的一代，很多人可能都像我一样，爱的启蒙老师是金庸、古龙、梁羽生武侠小说中的情境，一个虚无但又很唯美的情境不知勾起了我们多少梦里的碎片。

琼瑶、岑凯伦的爱情小说，翻了几本索然无趣，便扔到爪哇国去了。但当年那唯一的娱乐活动看电视却是无法躲得了，和今天的孩子整天刷小视频，无形中提高情商一样。影视作品进一步把我们头脑中的爱情进行形象化加工，充分发挥了文学来源于生活而高于生活的功效，让那虚无缥缈的爱情进一步美化、实质化，从而使我们在爱的歧途上错得不可救药。剧中人物的敢爱敢恨，为爱赴汤蹈火，成了当时年轻人所模仿的对象。琼瑶剧中的御用男主角，那声嘶力竭的近乎狰狞的面孔，现在回忆起来，依然是爱的恐惧回忆之一。琼瑶的这种咆哮式美学也确实难为了这些男主角，一边发狂似的吼叫，一边还要迸出一连串的复杂排比句、惊悚抒情句。这种受虐式的表演不知道吓退了、影响了多少处于爱情中的男女。

男生如此，女生应该也是如此，受到男主角的影响，高而帅的气质男生则成了很多女生的择偶对象，在择偶这个事关物种繁衍的重大问题上，无论动物还是人类都不约而同地把颜值作为最重要的标准，简而单之说颜值高的物种优先获得择偶权。作为精神图腾狂热的余波，才华、品德在一定范围内还有市场。传统文化中“窈窕淑女”的审美观，还是紧扣“淑女”这个本意的。而和才华一样的“外挂”财富，在那个刚刚改革开放的年代里还算低调。相亲时男生还会拿一本书作为知识分子的标志来装点门面，多年之后开口先谈房子、车子、票子的情况在当时还未大行其道。所以当年有男生在烈日炎炎之下，看到女友和一个高个子男生骑着自行车笑意盈盈地从自己面前经过之时，虽是如坠冰窟，但仍然可以庆幸他没有看到女友挎着老板的胳膊，在他面前钻入桑塔纳轿车那样让他更痛苦。

一代人有一代人的爱情记忆。这些文学作品、影视作品为了获得更多的观众对爱情进行加工，主导了人们对爱情的看法。眼下，短视频作品的迅猛发展，捧红了很多明星，这些俊男靓女所扮演的角色的爱情观、价值观对年轻人更是形成了全方位的影响。就这样一代代人在这些文艺作品的影响下形成了一代代人的爱情观。爱的哲学到底是怎样的呢？有一首很流行的唯美爱情诗：“浮世万千，吾爱有三：日，月与卿。日为朝，月为暮，卿为朝朝暮暮。”意思是这个世界上有千万种事物，而我只爱三样，太阳，月亮和你。白天喜欢太阳，晚上喜欢月亮，我想你是日日夜夜。想念是爱的基本哲学，也是最简单的判断标准。你爱对方吗？如果爱，那你应该是、一定是如这句话里的所说“卿为朝朝暮暮”，然后“茶不思、饭不想、寝难眠”。如果是，那么这就是爱情向你发出讯号了。“山无棱，江水为竭。冬雷震震，夏雨雪。天地合，乃敢与君绝！”意思是大山失去了棱角，江水断流，冬天雷声阵阵，夏天飘雪花，天塌地陷，我才会和你分开。这是汉乐府《上邪》中的诗句，这是一份惊天地泣鬼神的爱情。如果有，那么你是痛苦并幸福着的，这也将是一生中最美好和甜蜜的时刻，没有之一。

爱情这东西来也匆匆、去也匆匆。它来了，除却荷尔蒙的冲动、心脏的莫名悸动外，并没有太多迹象，不会宣示，没有宣告，一张信笺、一纸荒唐言、一次玩笑、一次戏谑、一次冲动的误伤、一次玩笑的相赠，可能便是红线相牵，丘比特利箭相穿。然后两条线渐行渐近。一次风和日丽的相约，一次海边踏沙观朝日，一次高阁倚栏览夕阳，一次骑麋鹿驾白鹤，一次游园惊梦式相见，一次雨中泥泞相逢，一次爬山观枫，一次观影看戏，一次雾中同行，一次乘车远行，一次月下漫步，一次十里相送……缘分便把双方牢牢拴住。一个名叫“爱”的结界在两个人之间形成，无天无地、唯有彼此。如果有月老，这个时候他一定也在吮吸这名叫“幸福”的情爱养分来作自我的修炼吧！因为这是凝聚天地灵气的，神仙也喜欢。然而有一天，那根线突然被剪断，许是一开始就牵错了，许是线已到头了。仿佛瞬息之间，心爱之人就不见了，昨日的恩爱依在眼前，伊人却已不见，不爱了？不见了？泪落于雨中，雨也悲伤，伤化于风中，风也无奈。于是你便拼命去寻找、拼命地去弥补，甚至拿出你每夜的梦去试图感动时光和冥神，然后一切都归于徒劳无功。寻寻觅觅，凄凄惨惨戚戚并非只属于易安居士的伤情。爱如沙漏，那时间不断地滴下，时时刻刻、分分秒秒，你会发现那沙子是这世上最无情的东西，它不会顾及你的情感，当你有一天意识到这就是时间的时候，你发现你的心头也已经堆满了沙子。没有对方的时间里，你也像那沙漏：脑子空了，心却填满了悲伤；心空了，脑里却填满记忆；有一天记忆满了，你记不动了，你才意识到，今生的缘分其实早就空了。你需要给你的躯壳寻找一个下家，这就是时间的魔力。

唐代的白居易在《长恨歌》中说：“天长地久有时尽，此恨绵绵无绝期。”这是一份帝王的伤情。宋代的秦观在《鹊桥仙桥·纤云弄巧》中说：“两情若是久长时，又岂在朝朝暮暮。”这是牛郎、织女的仙凡爱情。这些文学家都在纠结于爱情和时光之间的关系，他们极力地辩解时光和爱情没有必然的关系，认为真正的爱、永葆初见的爱是可以战胜时光的。《胭脂扣》中的十二少和如花阴阳相隔，半个世纪彼此活在想念和负疚之中，没有了长相厮守，朝朝暮暮，那份情确实没有消失，虽然十二少活得生不如死。

然而现实生活中，在爱与时光的极限拉扯中，肉体层面上的爱几乎毫无还手之力。凡人的爱情有时间的加持都难保不变质，没有时间的加持，自然轻而易举会被情外之物攻克。唉，这是人之常情，人性之常情。爱本是天物，一不小心降临凡尘，被有缘之人一时暴殄，那是常事，本非君之物，奈何强求之。平常心倒也挺好。文学作品美好的结局也只存在于精神层面的美好想象。现实生活往往是吃干抹净的爱情残渣被扔在时间隧道里，其价值无非被拿来填满空洞的日子，所谓怀念也不过是无病呻吟罢了。白居易在《长恨歌》中说：“蜀江水碧蜀山青，圣主朝朝暮暮情。”这是唐玄宗对杨贵妃的深情。似乎确实战胜了时间的间隔，甚至诗人还设置了“七月七日长生殿，夜半无人私语时”的仙凡相会的桥段以慰唐玄宗相思之情，不过如果唐玄宗权力不失去，恐怕对贵妃的相思早被抛到脑后了吧！帝王最是薄情郎，否则怎么解释马嵬坡上的绝情之举呢？

时间的沙漏从没有停止，细究下来爱其实也没有离开，只不过在某年某月、某时某刻，它彻底沉睡于某个心底的万年冰川，也许直到时间的尽头它都不会解冻，也许在某个春暖花开的日子里，它会突然苏醒，但它还是它吗？正如时间的沙漏一样，倒转一下，时间就没有变化了吗？分了就分了、散了就散了、走了就走了，回不了头的。

婚姻篇

网上有个调查：如果有来生，你还愿意嫁给你现在的老公吗？（你还愿意娶你现在的老婆吗？）结果惹来“吐槽”无数。

有的一一列举对方的罪状，然后说不要再见到对方；有的甚至想要下辈子“拍”死对方，有的则直接表明自己宁可单身也不要男人。其中有这样一个帖子很让人印象深刻：前世我欠的，今世必还清。今世欠我的，一笔勾销，只为来世不相见。这是一个让我看了脊背发凉的帖子，不似那种咬牙切齿地厌恶，而是一种哀莫大于心死的绝望和决绝。爱情这是怎么了？是“婚姻是爱情的坟墓”，还是“这个时代，爱情已死”？探讨这个问题注定是无解的。但是不探讨这个问题，好像更让人觉得无望。

既然现实中的婚姻是如此的失败，那么如果我们能够重新选择，选择的那个人一定会是让我们满意的吗？如果对方让我们千般满意，那么我们会让对方千般满意吗？如果不满意，对方是不是也会如此决断地发这个誓呢？这么一想，好像有点释然，但是又有些惘然，爱情难道注定是海市蜃楼，是水中月、镜中花吗？爱情一定有的，美好的爱情也一定是存在的，但是我们想象中的美好爱情未必存在。因为我们想象中的美好爱情本身就是来自影视剧、文学作品中，这是经过艺术加工，涂脂抹粉的爱情，就如海市蜃楼一般，虽好，但那终究离我们生活太远。

我们生活中更多的是柴米油盐、锅碗瓢盆所组成的人间烟火。这似乎天生就是浪漫爱情的杀手。爱情是鲜花，是有保质期的，而且时间很短。而平凡人间生活是日复一日的简单重复，是年复一年的枯燥面对。审美疲劳是正常的生理状况。当年的仙女娶回家，就应该想到降到凡尘的仙女就不是仙女了。当年跟着白马王子远赴天涯了，就该想到王子走下宝座，卸下盛装，他就是一个普通的男人。上天在造就每个人时，并没有让他比其他人有什么不同，婚姻和爱情最大的不同就在于婚姻是回归生命本质的。我们如果还是挂念着爱情中对方的诸般好，或者怀念失去的那个人的诸般好，并以此和现实中的对方进行比较，只会徒增烦恼。

婚姻和爱情就像一个角的两条边，它们从一个点出发，却向着不同的方向飞奔。角度越小的，两条边的距离会小一点，即爱情和婚姻的差距会小一点，这样的婚姻自然会幸福一些。角度大的，两条边的距离会大一点，即爱情和婚姻的差距会大一些，这样的婚姻幸福指数自然会差一些。但是有两点是可以肯定的。一是随着时间的推移，两条线的距离会越来越大，这是无法改变的事实。二是两条边重合的情况即角度为零度的情况是存在的，但概率太小，正如两条边向相反方向走向的情况即一百八十度的情况也是不多见的。有差距是常态，没差距是非常态；有差距是现实，没差距是理想。我们能做的是尽量让那个角度不要太大。而这需要两条边同时控制自己的方向和速度。而这个方向和速度的控制并不在这两条边而是那个顶点，也就是当事人自己。你对爱情和婚姻的看法，往往决定了这两条边的走向。

爱情和婚姻并不是一条线段的前后端，它甚至就是两种不同的图形，前者是周期曲线，时而在波峰、时而到波谷，情绪的阴晴不定，心态跌宕起伏是爱情的常态，如过山车一般，从山巅掉落山谷，从山谷直冲山峰，玩的就是一个刺激，粉身碎骨也无怨无愧。而婚姻则是一条波浪线，你可以看成是心跳监护仪屏幕上的那个波形图，如果婚姻的心跳正常，那么它就应该是一条平缓的波形图，小的情绪波动是婚姻可以承受之重，也是调节婚姻情绪的必要，如果变成一条直线的话，那么婚姻就要宣布死亡了。当然也不能过高过低，因为心律不齐也是要出问题的。

人生不如意常有二三，婚姻一定是其中之一。文学作品中有很多这样的内容。《诗经》中的《氓》有诗句是“总角之宴，言笑晏晏，信誓旦旦，不思其反。反是不思，亦已焉哉！”。意思是说：回想少时多欢乐，谈笑之间露温柔。海誓山盟犹在耳，哪料竟反目成仇。莫再回想背盟事，既已终结便罢休！这是那位被始乱终弃的善良女子痛苦的控诉。《孔雀东南飞》中“我自不驱卿，逼迫有阿母。卿但暂还家，吾今且报府。不久当归还，还必相迎取。以此下心意，慎勿违吾语”。意思是：我本来不愿赶你走，但阿母逼迫着要我这样做。但你只不过是暂时回到娘家去，现在我也暂且回到县官府。不久我就要从府中回家来，回来之后一定会去迎接你。你就为这事委屈一下吧，千万不要违背我这番话语。这是处于母亲和妻子之间的焦仲卿的无奈。

在天愿作比翼鸟，在地愿为连理枝。天长地久有时尽，此恨绵绵无绝期。这红尘种种爱恨情仇都只是属于这个世间的，终究是身外之物，但是有一个人陪你走完这一程，所以还是且行且珍重吧！

面 缘

筷子搅拌起一根面条，面条蜿蜒着身姿从汤水中探头而出。软绵绵的面条，在风中颇有一番招摇的意思。远处的一声鸟鸣声，惊动空山里蛰伏的虫豸，空气的波段也似乎有些惊慌失措。面碗里涟漪一圈又一圈地不甘示弱，仿佛在向空气中的波段发射着紧锣密鼓的信号，一张脸庞在碗中稍纵即逝。

“听说这面叫观音面。”

“嗯，观音呢？”

风从头颈处的窗户吹了过来，镂空的窗户和古诗中的西风琴瑟和鸣。阳光也不甘寂寞地宣示主权，映衬着远处的假山亭榭都有点躲躲闪闪。一株绿藤毫无征兆地挺身而起，一边的云松也应和着，连那雏菊也唯恐天下不乱。小院子的花花草草集体在池塘里迷失了方向。池塘里几条金鱼跃出水面，风儿便一溜烟地过去凑热闹。

“风起了！”

“风起了？”

一只猫从那个假山边逡巡着走了过来。一缕仅剩的阳光从那光滑的皮毛边一掠而过。一丝失望从他的眼角掉入西风的纽扣里，男人把手伸进空气里，然后又恹恹地收了回来，这时风从那镂花的窗户间一下子灌入脖颈。男人赶紧喝了一口面汤。面汤的香争先恐后地进入五脏六腑，浑身如阳春三月。

“我喜欢吃面，这面劲道！”男人喃喃自语，“因为它是面团经过百千捽打之后的身躯。那洁白、柔弱、懒散的面粉发酵成团然后经高强度地锤打之下成为面条。而且锤打得越厉害，面条便越好吃。”

“可是观音呢？”

“在碗中！”

姣美的面容从那青花瓷的碗面滑过，乱山苍云黛烟起，柔荑般的手指在碗边摩挲着，那骄傲的锦鲤在折射的光线中腾跃闪躲。羊脂玉般的腕子游离于男子的凝眸间，男子有些恍惚，眼睛仿佛有些干涩。用手习惯性撸了一下头发。

一根蘑菇从面汤里若隐若现，如同白日的潜行者，男人用筷子夹住它，仿佛自己的秘密被它知晓一般，迅速地塞进嘴里，然后在嘴里使劲地嚼着、嚼着，嚼得风也退避三舍。远处三三两两的人群在寻觅着丢失的季节，假山的一角的青钱草在促狭地笑着。

“观音呢？”

“在对面！”

面碗里两滴油在追逐着，互相拒绝而又吸引；面条和面条纠缠着，相互欣赏而又排斥。女子姣美的笑容清晰在青花瓷的白釉之上，一轮光圈从窗棂间挤进，远处一朵花绽开最后一片花瓣。那是一朵被季节遗忘的花朵，它藏于一棵石榴树的后面，那里几块健壮的太湖石成了庇护它的所在，几个干枯的石榴提醒它时光的存在。它便以殉道一般的姿势献出了它的精魂。几片树叶被风撵着在地面上做着拼图的游戏，为了一个小细节，你争我夺。

“观音呢？”

“在心中！”

远处的山谷似空非空，近处女子似笑非笑。男子说：“心是我们的一方结界，可容纳三千世界，何况一观音。”

女子似笑非笑地挑起一根面条：“你看到的是面条还是面粉呢？”

“面条！面粉？”

“它们是前世今生还是一世一生？”女人继续追问。

男人一时语塞。

“你喜欢的是面条还是吃面条的感觉？”

近前一棵紫薇树，忽然颤抖起来，那不多的叶子仿佛是当年紫薇大帝生前演奏的笛声一样坠于地，陷于身。男人手指在桌面轻轻敲击着，闭上眼、应和着。

“都有！”

远处山的入口处，很多爬山的游客鱼贯而进。虔诚是他们的通行证，山光潭影静候有缘人。这时一根发丝从风中飘飘落悠悠地落于男人的手面。轻微的触觉在阳光下竟然撞出些许波澜。远处一个孩子，捡起一块瓦片掷向池塘的水面，秋风便四散而逃，水珠争相额手称庆，扭动着身姿寻找着那残存的阳光。转瞬便又化为潜水者，那嬉笑声如同尘埃一样瞬间消失在水面。

“起风了？”

“起风了！”

男人用手指把它绕在指尖，用筷尖挑起最后半根面条，用一种夸张的姿势完成最后的仪式。远处池塘里在这一瞬间也安静了下来，男子站起来用手掌心迎着风吹来的方向，面朝向窗户，看着那被莲叶分割的阳光，突然笑了！

我们去爬山吧！

——发表于《海外文摘》2024 年第 8 期

雾中行

清晨我驱车独自一人驶入雾中，雾还不算太大。远处的阳山恍若仙山一般，在一片云雾缭绕之中，和浒墅关八景中的“秦余积雪”（阳山古称秦余）不分上下，那白雾也是堆积在山尖处，如同泡茶飘起的水雾，滋养着手心的温暖。妙的是下面的绿树红花、悬崖峭壁又都看得很真切，上白下绿、四周白中间绿，恍若那一根根倒立如玉葱般的明前茶徜徉在白水之中，骄傲而又矜

持。如此美妙的景色又正对着我的车头方向，有一瞬间我有种错觉，我的车正在驶向那仙山，寻求我那精神的终极境界。

车子的雨刮器呼呼地来回忙碌着，视野一会儿清晰一会儿模糊。

十多年前的一个晚上，我驾驶着我的那辆幸福125摩托车闯入雾中，那是我一生中所遇到的最大的雾。能见度不到一米。一个小时之前我从电影院出来，漫步在小镇上的那条熟悉的街道时，那些雾也才像捉迷藏的顽皮孩子一样，一会儿从这里冒出来、一会儿又从那里冒出来。没想到这么快这雾就铺天盖地地来了。那时候小镇的电影院还没有倒闭，还是作为小镇的“娱乐中心”，对于很多年轻人而言，去看一场电影还是消遣时光的最佳选择。当地学校是小镇电影院的“大客户”，所以电影院也总是会给老师们发一些票作为福利。看什么电影我已经忘了，没忘的是那场大雾和雾中的人和事。

那一次的雾行让我刻骨铭心，以至于若干年后我再次遭遇一次大雾，我仍然忍不住会想起它。途中经过一座桥，而其时的大雾已经完全让那座熟悉的大桥“消失”了。我愣在那儿足足有几分钟，不知所措，内心懊悔不已，心想如果从另一条没有桥的道路走的话，就不会有这个问题了，家已经近在咫尺，这么大的雾，天又特别冷了，再绕道走不现实，于是我头皮一硬，一拧油门，凭着往日的感觉，就上了桥，当车轮前出现了模糊的桥的轮廓时，我的心落到了实处。但是能否安全过去这几十米的长桥，仍然是个问题。因为这座桥没有栏杆，这就意味着方向如果一偏，完全有可能连人带车掉入河中，那就万劫不复了。

一场恋爱恰似一次雾中行，一旦踏入雾中，无论雾有多大、多浓，其实都没有回头的路，只有硬着头皮走下去，走到云开雾散，走到目的地才算结束。经营一场恋爱，恰似进入一个行业，除非血本无归，想要中途退却几乎很难。

雾灯在雾中确实有种很独特的穿透作用，远光灯虽然光亮很澎湃，但在雾中却显得很无助，很快就被消散在面前那白团之中，最后和它们“同流合污”了。依靠雾灯的光亮我判断着车前的路况，然后我用两只脚撑着桥面，不断地调整着方向，以蜗牛一般的速度向前小心翼翼地挪动着。虽然天气很冷，但是我背后很温暖；天气很冷、我心里很害怕，我觉得在某一瞬间我几乎窒息了。那短暂的十几分钟，我的头脑和脚以及我整个身躯都是高度紧张着的，紧张到人都麻木了。一场爱的行走，恰似这在桥上十几分钟，闯入一场恋爱，所有方向都会迷失，这个时候只有凭着感觉走。脚下是路，一旁则是河流，要么安全抵达，要么坠入冰水中。这时走得越近，路越清晰；走得越慢，路越安全；彼此的温暖是抗拒寒雾的最大保障。

十多年前我的摩托车终于驶入乡间小路，那段我这辈子走过的最漫长的道路终于被我走完了。我也可以骄傲而自信地去面对人生中之后所有风风雨雨，回到家中，我和镜中的人相视而笑，镜中的人已是“白发苍苍”，眉毛、头发上、衣服上都是白雾，这是一场多么大的雾啊！只有进入雾中的人无一幸免，就像一场爱的旅行，有的人进去青丝，出来“白发”。幸好这只是“一过性”的，阳光之下自会融化。然而，只要人在雾中，便无法避免。

现在，我眼前的大雾基本散去，前方的路终于畅通了，我脚踩油门，汽车风驰电掣。那阳山的美丽雾景这时已经转到我车窗的一侧，如同电影的底片一般从我的身旁闪过。我翻开车子遮阳板上的小镜子，镜中的我确已是鬓发霜白。

离别的肥皂泡

一根白发躲藏于一堆青丝之中，如同青螺被缠上一条白绸带。汤碗中隐约的面容，让人看不清它的一笑一颦。城市的一个角落里，一家小饭馆的空中飘着不安分的肥皂泡。

邻桌一位小女孩正吹着肥皂泡，那绚丽的泡泡让人有种如真似幻的感觉，大千世界的爱恨情仇等仿佛都能被它包藏其中。女人看到了蜷缩在泡影中的自己，笑了，用纤纤玉指数着："一个、两个、三四个。"

"散入花丛都不见。"同桌的人接口道。

女人脸一红，仍然痴痴地看着那五光十色的肥皂泡，喃喃自语："这如果是虫洞该多好啊！我能看到那么多自己不同的命运，那里一定有一个是我想要的。"女人显出神往之色。

"平行世界中的你并不是真的你。穿过去还得白一回头，你确定愿意？还是这鸡枞菌好吃！"同桌的人莫名其妙的话语把女人视线生生地拉到面前那盘鸡枞菌上。

"鸡枞菌是菌中之王，味道鲜浓，无可比拟，也是名贵的山珍。"女人托着下巴说，"汪曾祺在《昆明的雨》中说的。"

"这时候下雨该多好啊！离别是需要一场雨的！"同桌的人揶揄道。

女人扭头看着窗外，窗户玻璃反射出室内清晰的情景——一群人悠闲地在吃饭。而窗外却是漆黑，什么也看不清。这到底是清晰还是模糊，女人莫名地想起明日之行。

挑起一根鸡枞菌，那菌吸足了的油盐酱醋，显得有点身材臃肿，它慵懒的样子着实让人有种想咬的冲动，厨师巧妙地把它修剪成一支毛笔的形状。下面大头被削尖，那是毛笔的笔尖。因为是白色，所以这是一支还没蘸墨的笔。

“吃下去，你便会妙笔生花！”同桌取笑道。

女人赌气似的咬了一口，鲜味立即溢满口腔，渲染于齿颊间。女人想起小时候把门关起来，偷偷在房间里闻花香的经历。女人愣了有几秒钟，然后慢慢咀嚼。她想把鸡枞菌的所有香酥滑嫩都留在嘴里。

“美得不可方物，好吃得无可方比。”女人在头脑里把“不可方物”和“无可方比”两个词进行比较，突然想到什么，不由莞尔一笑。女人带着享受意味地把这人间烟火气一股脑儿关在自己的口腔里反复琢磨。而把其他的诸如爱和不爱、愿与不愿、是与不是、能与不能统统吞咽进肚里，让胃液和肠道自行处理。

“也许便了结烦恼了。”女人嘴边漾起一丝笑容，头顶的灯光也仿佛为此打了一个趔趄，又一下子从杯盘碗碟上滑过。

几个肥皂泡不死心地又飘到这桌的上空。其中有一个故意跑到那根白头发上方。女人挥挥手，那肥皂泡“啪”的一声破裂了。那根白头发和周围的一绺头发都没能幸免，被溅了一身灿烂的肥皂泡“骸骨”。

同桌的人帮她拔下那根白头发，女人把头发绕在手指。反复地绕着、绕着，仿佛这样那岁月便会停滞，仿佛这样那思绪便会打结，不再蔓延。

“真有白头发呢！怎么就变白了呢？”女人自言自语道，带着难以置信的表情，看着盘里的鸡枞菌。鸡枞菌，那些曾经很骄傲、矜持的菌中之王，现在东倒西歪地躺在盘中……在岁月面前，我们的青春不知不觉地也已经溃不成军。

小女孩不厌其烦地在制造肥皂泡，一屋子的人都被肥皂泡居高临下地俯视着。肥皂泡颇有一种君临天下、俯视众生之感。一

个最大最美的肥皂泡缓缓地移到这一桌子女人的面前，她有些恐惧又有些渴望。她一边将身体后倾一些，一边用热切的眼神盯着肥皂泡，她看着肥皂泡映出的自己，仿佛在读自己的思绪，也仿佛在寻找答案。但是肥皂泡那油彩包里的表面就像一个深藏不露的谜底。她点点头，又摇摇头，手里的筷子也百无聊赖地在汤里点着。突然那肥皂泡破裂了，接着屋子里其他的肥皂泡也次第无声地破裂了。灯光也似乎一下子黯淡了很多。

女子走出饭店，外面真的下雨了，不过仅是地面湿了，路灯下来来往往的人没受丝毫影响，一切都很平静，那个角落里肥皂泡的表演和里面的思绪都已消弭于无形。

真的是只为这一场离别吗？

背后再没有肥皂泡了呢！

中元节

（农历七月十五）

中元节有感

清·王凯泰

道场普度妥幽魂，原有盂兰古意存。

却怪红笺贴门首，肉山酒海庆中元。

中元节，又俗称“七月半”，节日习俗主要有祭祖、放河灯、祀亡魂、焚纸锭、祭祀土地等。它的诞生可追溯到上古时代的祖灵崇拜以及相关时祭。七月乃吉祥月、孝亲月，七月半是民间初秋庆贺丰收、酬谢大地的节日，有若干农作物成熟，民间按例要祭祖，用新稻米等祭供，向祖先报告秋成。它是追怀先人的传统节日，其文化核心是敬祖尽孝。

穿马靴的男孩

那个穿马靴的男孩，在学校里算得上是一个特别的人。

先从这双马靴说起，男孩所在的城市在中国的地理位置虽然偏北，但是气温并不算冷，所以穿马靴的人并不多，在学校里穿马靴的人更少，这就使得男孩子穿马靴时在校园里显得有些鹤立鸡群，不过幸好男孩个子不高，即使如此，那马靴的踢踏的响声还是颇引人注意的。所以男孩每次上晚自习时穿这双让自己既温暖又尴尬的特殊鞋子时，总是蹑手蹑脚地走进教室，尽量让马靴不发出声音。

那双马靴现在被扔在柜子的一个角落，上面落满了灰尘，早已不是多年前张扬的样子了。而男人现在已不是过去的男孩了，他是一个年逾不惑的中年人了，他面前的凳子上坐着他二叔，两人喝着酒、抽着闷烟。

男人最近心里有点烦。

男人多年前从县里的实验中学跳槽到苏南的一所中学，恰似一棵树被移栽到其他地方，虽然已经过了很多年，他仍然有种水土不服的感觉，和单位的整个环境格格不入。这时有同学在南方一个学校做了领导，向他抛来橄榄枝，他有些心猿意马了。

暑假来临，男人把两个孩子送到老家住两天。在老家的那棵枣树下，老母亲听了他结结巴巴地诉说后，沉默了一会儿问道：“你拿定主意了吗？”他摇了摇头又点了点头。母亲解下围裙说：“我去叫二叔来吃个便饭，你们爷俩再唠唠。”说完便起身出了门。自从多年前二婶去世后，二叔就是一个人，叔侄俩很亲。

两人坐在桌边喝着酒，二叔一边抽着烟，一边给男人讲了一些事，讲的是村子里的一个人。

“他是退伍回来的，大队安排他做保管员。你不要以为这个保管员很好做，他的前任做了两年，一结账，发现账目不清。他上任后，认真负责，付出极大的精力和心血，最终将账目厘清。”

“他真是个厉害的人！”男人由衷地赞叹道。

这时男人耳边又响起马靴那踢踏的声音，不过不是在学校，而是他志得意满地在家里来回踱步的响声，那时他正想着那幅年画里穿马靴的骑手的飒爽英姿，可是那双鞋子是三十八码的，比当时他的脚要大出几码，所以走路时发出踢踏声，很是有些滑稽。不苟言笑的父亲也是像今天这样坐在桌子边喝着酒，看都不看他，慢慢地说：“我说的吧，马靴不适合你，那是人家草原骑马的人穿的，哪有个小孩子穿的。你就是犟！”

男人听了父亲的埋怨，吐了一吐舌头。赶紧穿着马靴到其他地方嘚瑟去了。

“来，干杯！二叔！后来怎么样了呢？”

“第二年他就‘升官’了，做村调解主任。”二叔喝了一盅酒继续说着。

“他上任没多久，就碰上有人喝农药。你猜有多少起？”二叔问？

我摇了摇头。

“七起，那一年一共发生七起喝农药事件。也真是奇怪，后来也没有那么多的。”二叔看着远方喃喃自语。一阵冷风从户外刮了进来，带着丝丝凉意，母亲看了一下天色说：“今天恐怕会有雨呢。”

“他竟然能够撑了下来，也算是一个善始善终的人。”男人想起很多年前，农药刚刚进入农村，不知道为什么，那时的人一想不开就拿起农药瓶喝农药，出现了很多命案。

“唉……”那时男人已经记事了，他隐约知道这个人是谁了。

男人想起了父亲，父亲已经去世十多年了，在他去苏南工作的前两年，父亲突然不能说话，后来加上医治无效，在五十六岁的年龄就去世了。他想到这里，猛地把一杯酒灌进嘴里，一股辣味在嗓子里迅速发酵，他觉得咽喉间像点燃了火，额头的汗沁了出来，眼眶也一下子红了。

“后来呢？”

“后来他做民兵连长了，那个时候村里去当兵的，都是他送走的。再后来，他辞职不干，做生意了，他说想带领大家一起富裕。”

“结果呢？”

二叔突然笑了：“结果你还不知道吗？你那双马靴，叔没记错的话，你那个年龄没有几个人有吧？”

男人证实了自己刚才的猜想：“你说的那个人是我父亲？”

男人顿了顿，又说道：“那双马靴是我爸和小叔一起到东台买的，当时应该买小孩子穿的，有点大。”

“买这双鞋子时你父亲是不同意的，你知道吗？”

男人想起父亲当时的脸色有些模糊，他“嗯”的一声，虽然他并没有准确的信息，但是三十多年前，花一百多块钱给一个十三岁的小孩子买马靴，确实是出乎人意料的，不同意是很正常的事。要知道，那时候一个教师的工资一个月还不到这一双鞋子的钱，他后来再穿到一百多块钱一双的皮鞋还是十几年后考上大学的事了。他突然在父亲去世十多年后第一次感受到一种叫作父爱的东西，一滴不知道是汗还是其他什么液体滴入酒杯，他再一次把酒杯里的酒干掉。

“那父亲为什么又给我买了呢？”

二叔接着说：“那天老大说了一些话，我从来没和你说，今天借着酒劲和你说了吧！他说你头脑聪明，但从小心高气傲，做事没有耐心，脾气犟，不听人劝，将来说不定要吃大苦头，所以他让老三帮你买双大的鞋子，让你吃吃苦头，兴许还能明白些什么。反正大的鞋子，过几年又能穿了，还不浪费，但这个适应的过程兴许能磨磨你的性子。”

男人一下子愣在那儿，耳朵里又响起那马靴“踢踏踢踏”的声音，那双马靴确实在很长一段时间里让他很是纠结，因为太大，所以穿得极少，只有上晚自习才穿，也正因为这样，少了很多麻烦。不过随着年龄增长，他的脚是越来越适应那双马靴了，最后甚至奔跑如飞也没有问题。但他从来没有奔跑，反而是由于一开始鞋码大的原因，所以他穿上马靴后走路都显得小心翼翼。他这时似乎明白了什么。张扬如果没有实力相配，的确是会吃亏的。时间有时会是最好的选择。

“我懂了，二叔，谢谢你开导了我。”

男人隔着玻璃看着外面的天空，仿佛在那里，父亲正在笑眯眯地看着自己。

中秋节

（农历八月十五）

阳关曲·中秋月

宋·苏轼

暮云收尽溢清寒，银汉无声转玉盘。

此生此夜不长好，明月明年何处看。

中秋节，是仲秋之节，在进入秋季的第二个月，以十五月圆为标志，这天正值三秋之中，故谓之“中秋”。此夜月色比平时更亮，又谓之“月夕”。因为中秋节在秋季、八月，又名“秋节”“八月节”；因为祭月、拜月，又叫“月节”“月亮节”；中秋家人团聚，出嫁的女儿回家团圆，因此又称“团圆节”“女儿节”；仲秋时节各种瓜果成熟上市，因称“果子节”。人们在中秋时节欢聚团圆、赏月、吃月饼、庆贺丰收等。

人间独宠

那盘踞在碗底的米线风姿绰约地从汤碗里探身完成首秀，不过女儿挑起的筷尖在热气升腾中还是和米线达成某种妥协，她只是吮吸了一小根米线，嫣红的脸蛋有些不知所措，又有些迫不及待。

今天是大寒，二十四节气中最后一个节气，为了配合这个名称，今天户外的温度也很低。阴晦的天空，耀武扬威地向人们宣示着冬日的主权。寒风也不示弱，将江南温暖的招牌吹落在地上。道路两侧的楝树也好像被冻得缩手缩脚。比这寒冬更让人感到痛苦的是突如其来的流感。全家人无人幸免，这两天被分成了三地，这让我想起了若干年前的那个中秋夜，我、母亲、父亲在三地过中秋节的日子。这么多年过去了，当年家里的顶梁柱父亲早已作古，而我也年近半百，这么多年在这人间奋力挣扎，自诩给他们一份安定的生活。可这几年仍旧觉得心力交瘁，在命运面前显得那么无助。伤痛、离别都是命运给我们在人世间准备的炭火。当我们稍有安逸，命运就会扔上几块，烘上火，把日子架上去熬煮，将那名为痛苦的浓汁熬出来才作罢。

我也挑起一团米线，我的汤是养生汤，乳白色，几根碧绿韭菜叶子，在汤中徘徊，几块猪肝片时隐时现，它们倒也非常分得清主次，当好"跑龙套"演员，等待"主角"米线的出场。我没有像女儿惯着那几根米线，而是直接让它们进入我的口腔、食道。这是我第一次吃米线，对于吃惯了面食的我，对米线很陌

生，本身就有点奇怪。这两种相似又有所不同的食品，按道理早就应该被我的口腔细细分辨。然而，正如这人生百味和人生缘分，各有各的时令季节，时机未到、缘分未到，自然只能擦肩而过，形同陌路。无论是从色泽还是口感，米线确实要好于面条，如果面条是成熟少妇，那么米线就是小家碧玉；如果面条是高楼大厦，那么米线就是粉墙黛瓦；如果面条是大漠黄沙，那么米线就是江南杏雨。

对面的女儿，继续用筷尖品尝着那碗番茄米线，吃得兴高采烈，却又有些手忙脚乱。手还要不时照顾着桌下的博美犬，浓墨重彩的汤为我面前的这幅美妙绝伦的画添笔加色。一晃十年过去了，我不由感慨万分。女儿当年被从产房里抱出来，匆匆一瞥之后，我在 QQ 签名中写下：“前世的情人，跋山涉水，从前世到今生，你走累了！”汤碗瞬间被惊动，一圈涟漪从碗中心向四周不断扩散。一路上跨过前来阻拦的煎鸡蛋、番茄、海带，最后顺利到达碗沿。我掏出一张纸，擦了擦眼镜，眼前顿时明亮了许多。女儿看着面前的夸张变形的煎鸡蛋束手无策。我用筷子把那块在油锅煎成数倍大的鸡蛋夹成四块。生活有时也就像这蛋一样，一个浑圆可爱的小鸡蛋扔到生活的油锅里煎炸之后，就会完全变形，变得面目全非，变得让你怀疑人生。

女儿这几年正处于叛逆期：顶嘴、不爱作业、不听话，也让我很长时间里处于极度怀疑人生的状态。冷静下来之后，却发现越来越像一个缩小版的自己：极有个性、极有主见、绝不盲从，敏感而率性，偷懒和玩命学同时并举。蓝牙耳机里热情洋溢地播放着我最喜欢的一首歌：《人间独宠》。“漫漫长路你我牵手相拥，看遍四季风景柳绿花红。”

那次产房一瞥之后，我和女儿便只能隔着玻璃相见，女儿突然体温升高，被不明的病毒感染了，直接进入重症监护室，医生通知我去签一沓通知书，我当时头脑里一片空白。妻子也勉力下床来看是什么情况。那夜没有风，静得吓人。那天晚上我一个人坐在重症监护室外面的椅子上一直到深夜，后来一位护士帮我偷偷进去看，说孩子睡得好好的，没什么问题，你赶紧去休息吧，我才回到车子上眯了一会儿。在随后的一周里，我每天送妻子挤的母乳到医院，然后在规定的时间里隔着玻璃看着里面的女儿，玻璃外面有一大群的父母。他们的凝望是这世上最深情的无声告白。

一周左右女儿终于顺利出院，正好赶上中秋节，那个中秋夜，我在老学校的教室里上课，快乐充盈于每个角落，犹如那夜的月光一样，豁亮、清明、安详而又舒畅，一切恰如妻子羊水破了后救护车上那位医生所说：“孩子想提前出来过中秋节了。”月光轻柔地抚摸那仍在襁褓中的女儿，把最美好的祝福赐予她，而在这之后的岁月里，女儿也确实一切平安而且健康。

感谢月光女神！

女儿的红色羽绒服在阴晦的天空下异常显眼，她在前面走着，我在后面跟着。我耳机里响着：

“万千红尘对你情有独钟，你是我这人间的独宠。”

重阳节

（农历九月初九）

九月九日忆山东兄弟

唐·王维

独在异乡为异客，每逢佳节倍思亲。

遥知兄弟登高处，遍插茱萸少一人。

重阳节，在每年农历九月初九是中国民间传统节日。“九”数在《易经》中为阳数，“九九”两阳数相重，故曰“重阳”；因日与月皆逢九，故又称为“重九”。九九归一，一元肇始，万象更新。因此，古人认为重阳是一个吉祥的日子。

重阳节源自天象崇拜，起始于上古，普及于西汉，鼎盛于唐代以后。上古时代；古人在九月农作物丰收之时祭天帝、祭祖，以谢天帝和祖先恩德。这是重阳节作为秋季丰收祭祀活动而存在的原始形式。唐代时，这个传统节日习俗定型，其主体部分传承至今。

重阳有登高祈福、拜神祭祖、饮宴祈寿、赏菊、插茱萸等风俗。传承至今，又添加了敬老等内涵。登高赏秋与感恩敬老是当今重阳节日活动的两大重要主题。

山 行

清晨的第一缕阳光挤开密密匝匝的树叶，长途奔袭，不闻不顾，怦然撞在某一行山石的台阶上，几片掉落的枯黄树叶被这突如其来的惊扰吓得不知所措，狼狈地在地上打了几个滚儿，才站稳了脚跟。一只知更鸟发出几声快速而连续的尖锐啼鸣。山林的黑暗被彻底撕开。如同孕妇的子宫打开，新生命呼之欲出。分娩的疼痛惊动天地，东方先是打下象牙白的底子，然后是涂抹上一片浅红以示庆贺。

一波波的登山客，提着登山杖，在雾气朦胧中，“嘀嘀咚咚”点点磕磕地来到山脚下。每一座山，无论大小就是一座昂然的丰碑，从不会缺少它的膜拜者和挑战者。登山客在山的面前或骄傲或自矜，或谦逊内敛或从容，千姿万态，像极了人世间的众生相，贪嗔痴癫，沉迷于此，而难以自拔。他们仰视叠翠山峦，也许会有这样的思考：“山，你在哪里？”

山无言，清风拂过山冈，说：“山就在这里。”

拾级而上，是一种学问、也是

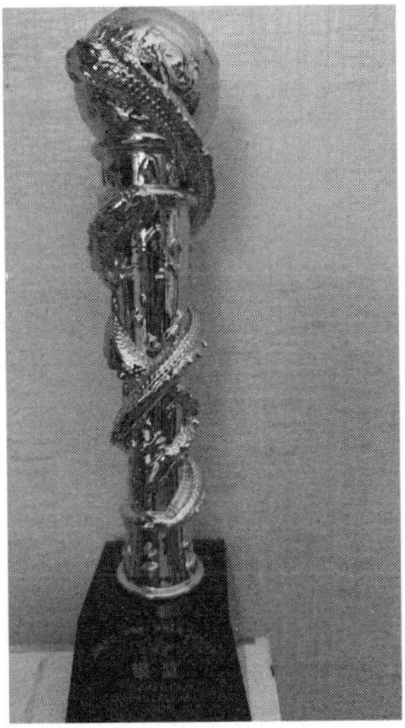

一种智慧。决定登山的一刹那，登山者便与山签订了一份“契约”。登山便是在完成这份契约，步伐自是那契约上的红印，耳边有喧闹的人声、清脆的鸟鸣声、山涧中泉水流动的潺潺声，但最让登山者心安的只有那脚掌和石阶相接触发出的“嗞嗞”声。走一步再走一步，走成心跳的频率，走成为打开山峦心房的密码。雾霭在山间东一片、西一块地闲聊着，时而像路标一样，指引着登山者；时而像康河水底的水草一样，绕着鱼儿招摇；时而像幻术师一样遮住了刚刚还清晰可辨的山径；时而又像仙界的招募令一样，诱惑着下方的善男信女虔诚而不知疲倦地爬行。

爬行，爬行，“山，你到底在哪里？”

山无言，出逃半生归来仍是少年的枫叶在原地玩着叠罗汉的游戏，说：“山就在你脚下！”

一青年仓皇地在山腰上下寻找他的爱人，紧赶慢赶，有人还是把自己的爱人走丢了。众人冷漠地从他身旁经过。山行只是逆旅，我们皆是过客，登山的意义未必就是为那近在咫尺的山顶，如同人生的意义难道就只是为了那终点的离开？远处石上一大叔盘膝而坐，手捧一杯香茗，目光如炬俯视山下繁华以及身旁行走的芸芸众生。然而这是实还是虚呢？如果真能如此超然，又何必在这苦行中寻求某种解脱。一线天下局限的空间，恰如人世间心灵的空间，可是再怎么逼仄依然是并行不悖，如同油和水一样泾渭分明。上方是明亮的天空，前方却是无边的黑暗。没有路的地方是一片光明，有路的地方却是如此的幽暗而漫长。

有人向着远方的虚空喊道：“山，你到底在哪里？”声嘶力竭的呐喊游走在这黑暗之中，飞一般疾驰，却渐渐被吞没。看似徒劳无功却又满怀希冀。

“山，还在你脚下！”有人促狭地回答，是啊！山从未离开，山也无须离开，离开的是登山者起初建立的信心和意志。所订立契约，就是防止一方会毁约，这份契约自然是针对登山者而言。越往上，越痛苦，地心就像一个伪君子，嘴里说：“你走吧，你走吧，我不挡你。”然而当你稍稍挣脱它的控制，它会毫不犹豫扯动它手中的引力之绳，让你无比强烈地感受到它的存在。而且你愈想摆脱，它就愈扯得厉害。当你气喘吁吁、头昏脑涨、血压上升、气血上涌之时，你便无比感受到这无形力量的强大。身旁的一座巨石颤巍巍而又无比挺拔地立在那里，矗立千万年的岁月让安显得冷漠而又严峻。其实也并非地心之力的强大，它只是在放大你的心魔，你的痛苦来自你自己内心的软弱、怯懦、退缩。山的意义便在这胸间的痛苦煎熬中彰显。远处几只小松鼠迅速地钻进树丛中，嘴里嚼着松针，“吱吱”地讨论着属于它们的哲学！

山顶上聚集着无数的人，人们丢盔弃甲而又精神抖擞地用眼睛宣示主权，用手机藏秀览胜，午日的阳光呼朋引伴地在头顶上空啸聚山林。登山者们张开嘴大口地吮吸着这金色阳光，让这些金色的丝线便走咽喉、下食管，冲刷着胃管、胸腔：“山，你在这里啊！”

“是的，我一直在这里。”山低语，清风徐来，短松摇曳，仓皇的青年失而复得地紧攥着爱人的手。手边崖上的一串无名小花在阳光下追逐着。

教师节

（公历九月十日）

奉和令公绿野堂种花

唐·白居易

绿野堂开占物华，路人指道令公家。

令公桃李满天下，何用堂前更种花。

教师节是致敬老师、祝福老师的节日，中华人民共和国成立后，曾把五月一日国际劳动节作为中国教师节，但执行得并不理想。一九八五年一月二十一日，第六届全国人民代表大会常务委员会第九次会议通过决议，确定每年的九月十日为我国教师节。

油墨飘香

如今，无论何种规模的校园，我们都会发现电脑如繁星点点般散落在各个角落。光阴荏苒间，学生们完成的家庭作业也不再是手写的了，而是打印出来的，字迹清晰明朗、工整规范。回顾二十年前，这种景象简直无法想象！那时唯有县区统考时，我们才敢奢望拥有如此精美的打印试卷。那么，那时的试卷，又是如何制作而成的呢？很多学校使用的是一款传统的手推式油印机，那试卷正是经过这款朴素却不可或缺的仪器精心打印而来。

这令人叹为观止的机械究竟是为何物呢？其核心部件包括蜡纸、纱网、滚筒以及油印机框，当然决不能忽视油印机油墨的重要性。其中，最让人头疼的莫过于刻蜡纸环节了。刻蜡纸所使用的工具独特而讲究，需要一支特制的铁笔，笔芯为坚硬且微尖的铁芯。此外，还需要一张精巧的钢板，通常被嵌入一个木质框架之中。最后则需准备质地轻而薄的蜡纸。由于硬度较高的笔芯和脆弱的蜡纸相结合，稍加用力就能使得蜡纸破裂，所以刻蜡纸可谓油印试卷最难的环节。这一过程更准确地说应该是制版，即制造印刷母版。制版的步骤烦琐，首先将蜡纸平铺于钢板之上，握笔之时注意保持与纸面尽可能直角，仿佛手持毛笔般认真。蜡纸一旦破裂便无力挽回，因此力道的掌握尤为关键。

反复练习之后，终于成功刻出一张完整的蜡纸，此时离真正印制试卷尚有一段艰难的路程。随后的工作便是掌控油印机。对于熟练老到之人来说，这个时刻必须佩戴手套，穿上一件旧衣裳，否则肌肤必将染上油墨，由赵云变为张飞。那些油墨可不会因人而异，无论是谁，只要接近它，便难以摆脱染色的命运。做好准备后，把已刻好的蜡纸覆盖在油印机框的纱网上，用力拉直并用夹子仔细固定，切勿将蜡纸放倒，反之，一旦沾上油墨，这张蜡纸就宣告报废。此外，蜡纸的绷紧度亦至关重要，若松弛的话，印出来的试卷边缘必定会出现文字颜色深浅不一的状况，甚至可能出现褶皱、堆墨等问题。接下来便是调整油墨，适量涂抹于墨辊之上，不宜过多或过少，否则试卷文字要么过于黝黑，触摸之下一手污渍；要么字迹模糊难辨，让人眼花缭乱。

然后便是操控墨辊，只需紧贴纱网前后移动，同时适当抬起油印框，将印好的一张顺时针掀走，继续印下一张。然而，这仅仅是理想状态而已，实际操作过程中，往往需要反复调整，方能达到满意效果。值得一提的是，对于初学者而言，总是会使出浑身力气推动墨辊，殊不知这种做法不仅效率低下，印制质量难以保证，而且浪费体力。其实，推动墨辊所需力量并非很大，只需均匀施力便可奏效，正常情况下仅需进行一次推动即可，若反复来回操作，反而会导致试卷出现重影等问题。

历经千辛万苦，老师们手中诞生出一张张崭新的试卷，那扑鼻而来的油墨香味如此浓烈，令人振奋！此刻，忙碌的老师会深深地呼出一口气，如释重负，因为试卷终于大功告成了，他用手擦拭额头上的汗水，这时，油墨便迅速占领了他的双手与额头，然而此刻老师却浑然不觉，只待那群调皮的学生们嘲笑起他那滑稽的样子时，他才意识到这个小插曲。

经过无数次的失败与不懈地探寻，这些初入职场的教师渐渐成长为印刷专家。可即便如此，制作一份完美无瑕的试卷仍旧是一项艰巨的任务。想必，学生们深知印刷试卷的不易，抑或当时试卷并未频繁出现，又或是那时的孩子们对于分数依然抱持着慎重与尊重的态度，因此每次收到考试试卷，学生们都会认真对待。那些写满了工整字体，散发出清新而厚重油墨香气的试卷摊放在学生们的课桌之上，宛若农民们精诚协作织成的土布。他们时而眉头紧锁，时而兴奋不已，挥洒自如。完成一份试卷后，他们也像老师那样，手上、脸上挂满了油墨，仿佛披上了一件水墨袍服，看似怪诞，实则质朴大方，流露出满满的追求知识感。正是在这样简陋的环境与粗糙的试卷陪伴下，几代人走过跌宕起伏的求学路，迈向更远的他乡。

那时的家长，虽然文化水平不高，却怀着最真诚的情感，对教育持理解和宽容的态度，从不会说出不可思议的话语。他们只会说“我家孩子太调皮捣蛋，三天不收拾他就能上房揭瓦。老师，您就尽情管教吧，该骂就骂、该打就打”。在那个年代，师生共同维护着师道尊严，老师在学生心目中有着崇高的权威，学生对老师充满敬意。即便是那些调皮淘气的孩子在老师面前也会乖乖收敛，虽然他们生性顽劣，但依旧会保持对文化的敬畏之心。经历了多年的动荡之后，整个社会都在努力弥补逝去的时光，文化也不例外。全社会终于形成共识：鼓励孩子读书，争取考进理想的学校，拥有一份体面的工作以改善生活。尽管其中包含了不少利益驱使的因素在内，但不可否认的是，身为文化的传播者，那个时代的教师仍然收获到了难以言表的成就感，而那时的学生无疑是幸运的。

在丝丝缕缕的墨香之中，闪烁着一双双对知识充满渴望的眼睛；稚嫩却热情洋溢的笔墨挥洒出一幅幅简单却富有启迪性的理想宏图。这里没有先进的科技教学设备，只有一支简朴的粉笔与一块宽阔的黑板。然而，我们的教师充满激情，我们的同学热血沸腾。虽然物质条件艰苦，但我们的教师拿着勉强维持生计的微薄薪水，一边授业解惑，一边还要耕耘农田；我们的同学迎风冒雨，骑着单车奔驰在乡间的道路上，他们的午餐不是便捷的快餐，只能品尝自家腌制的咸菜和炒制的干面，电视机是一种遥不可及的奢望，更不用说智能手机和平板电脑了，他们最常做的消遣是读一些“闲书”——尽管常常因此受到老师严厉的指责。然而，他们的精神世界却是富有的，飞速发展的商业浪潮并未让他们迷失自我，父母无法接受教育的痛苦无疑深刻影响了他们。他们怀揣着对学习的热爱，视其为改变生活境遇的救赎之路，看到优秀的同学总会满心羡慕，痛恨自己为何不够努力。

时代变化如此之快，手推式油印机迅速进化成滚筒式半自动的油印机，蜡纸也日益进步，渐渐地甚至能用普通的笔进行书写和更改。就在教师尚未完全适应这种转变之际，电脑和针式打印机应运而生，之后便是一体机的问世。随着计算机技术的广泛应用，每个人都能轻松打印出一份字体规范、清晰明了、工整有序的试卷，这种速度与质量之美实在是让人惊叹不已，那些油印机也就理所当然地被淘汰在历史的尘埃之中。新的时代已经悄然到来。

试卷在经由机器烘烤后，输出之时早已知趣地干燥固化了，纵使是你用指尖在字上反复摩擦，都很难惊扰它那一尘不染的油墨。从此以后，师生们再也无法享受到那份“涂抹油墨、乱作一团”的乐趣了，油墨已不再散发出那种诱人的香气。

“成绩好坏无所谓，只要能混进商界就能赚取财富”。这样的言论似乎变得随处可见，曾经充满理想和追求的年轻人，渐渐失去了读书求知的动力。他们更加倾向于相信那些“只要肯吃苦、肯干事，就算是小学生也能当老板”的话语，这无疑使得教育的重要性被淡化。

“就拿我们村那个小学的 ×× 来说吧，他没读过什么书，现在却摇身一变成了企业家，还有几个大学毕业生在他的手下工作呢”。这样的例子比比皆是，许多年轻人开始质疑所谓的学历是否真的能够带来成功。

“他家的叔叔可是某个企业的高管，到时候肯定会帮他找一份好工作的。”这种在资源分配上的不公平更是给了学生们无尽的幻想和期待，仿佛只要家族背景强大，就能轻轻松松地获得绝佳的资源和地位。

恍惚间，我仿佛又回到记忆中的图景中：我独自一人在破旧的小屋中推着油印机，手中摩擦着的全是油墨，眼前则是一张张印满我辛勤劳动、经过精心设计的题目。孩子们就在窗外看着我，眼神中闪烁着敬仰之情，他们欢呼雀跃地奔走相告："老师正在印刷试卷，马上就要考试啦，赶紧回去看书复习吧！"

走出考场

这是我学生的一个真实的故事，虽然它看起来有点像虚构。

中考终于结束了，阿益被如潮的人流裹挟着出了校门。他竭力扭转头想再看一下他待了三年的校园，然而回头看到的却是黑压压的一层层的头发，他耳鼓里更是充斥着一浪浪的说话声，一切都是模糊不清的，一如他浑浑噩噩的初中生活。

三天的考试，阿益被那个监考的老师提醒了若干次不要睡觉，最后一场，阿益彻底趴在桌上酣然入眠了，两个监考老师只得无奈地为他垫了很厚的草稿纸在头下，防止他的口水沾湿了答题卡。阿益觉得在过去的三年里，他似乎被瞌睡虫完全地俘获了。上课睡觉、下课也睡觉；上主科课睡觉、上副科课也睡觉。有一次班主任半调侃地对他说："阿益，你是身体不舒服了哇？这个可是要看的哇，身体是革命的本钱哟！"

阿益当然知道自己身体没有毛病。每天玩手机玩到凌晨两三点，能不累吗？他又不是铁人。不过他还不会傻到把这个秘密告诉老师。只是报以憨憨地一笑，然后顺势如一只无脊椎动物一般趴在桌子上。胖胖的阿益长着一副黝黑的面孔，让他显得极为憨厚。班主任摇了摇头，恨铁不成钢地失望离开，但也没有为难他。所以三年来阿益虽然门门挂科，一路标红，竟然奇迹般没有被请过家长，因为老师对阿益的评价都是：虽然基础不好、不太聪明，但是为人老实，态度也可以。当然这都得益于他那"迷人"的微笑。

不知道从什么时候阿益痴迷上了在黑夜看手机。到了夜深人静的时候他就无比地激动，他那被老师评价为化石般顽固的大脑中的细胞如同那在墙角边唧唧鸣叫不止的小虫一样兴奋无比。他手里紧握着那来之不易的手机，紧盯着手机蓝幽幽的荧幕，感受那如心房悸动的“嘟嘟”的振动声。

阿益有时觉得手中这神奇的魔盒特别像游戏中的“幽冥之眼”，冷冷地盯着自己，一丝一毫地吞噬着自己的精魄。三年来无数个夜晚，他就是如此全身心地与这个魔盒相伴，它成了他的依赖。残存的理智告诉他，他正在陷入一个巨大的深渊，然而他却无法从那蓝幽幽的屏幕上抬起头来，因为只要抬起头，他就感受到无边的黑暗，只有低下头，他才会感到温暖。这个温暖来自网络游戏中他的那些网友们。正如每个墙角、每个夜晚都有“唧唧”的虫鸣声一样，网络的夜晚也是异常热闹的，甚至是喧闹而嘈杂的。网友们在世界上的各个角落，通过那神秘而无形的信号聚集在某个平台、空间，他们或合作或争斗，或示好或谩骂，网络上热闹无比、拥挤不堪。毋庸置疑，传统意义上夜晚的孤单寂寞对于网络而言是不存在的。对于像阿益这样的孩子们而言，网络的热闹恰恰又可以抵消他们白天在学校里产生的巨大的空虚、失落和挫败感。这也是他们深深陷于网络而无法自拔的原因之一吧。

阿益的母亲文化水平低，只生了阿益一个孩子，她在生阿益的时候已经是三十几岁了，阿益的父亲在阿益十岁的时候就抛弃他们母子另组家庭了，之后对阿益母子再不过问。这样的家庭，母子的关系是简单而又复杂的。母亲固然是宠阿益的，但也许是自己文化水平低而吃尽苦头、遭人嫌弃的原因，她对阿益的学习还是很重视的。比如说手机问题。家里原来有一部老式的手机，不能上网，后来老师布置作业都在微信群里通知，并且很多家长也用微信交流，年近五旬的阿益母亲就也去买了一部智能手机，让人帮助申请了一个微信账号。因为不会打字，所以有什么事只能在微信群里用语音喊，她对群和好友也分不太清，有时把老师的号当作阿益同学的号，还邀请人家到家里玩，喊老师小朋友，同学们都当作笑谈。但是这个手机阿益母亲基本上是不给阿益的，她从其他家长那里知道很多学生在玩手机后成绩一落千丈，所以对手机看得比钱包还要紧，对阿益也像防贼一样地防着。还经常唠叨："细伢子，你成绩蛮好的，可不能玩手机啊！"当然阿益文化水平虽然不高，但对付老母亲还是绰绰有余。正如他可以修改分数来骗母亲一样，手机问题他自然也可以解决。他有时是向同学借，有时是向同学租。班上、学校很多同学有好几部手机，有的公然在群里喊租，租费很便宜，一天一块钱。

租金阿益随便编个买书的理由问母亲多要点就可以了。虽然镇里照顾他们母子，安排他母亲扫马路，钱也不多，一个月三千块钱。但是在买学习用品这方面母亲对他还是有求必应的。不过租手机押金很贵，要五百块钱呢！这种打一会儿游戏就发烫卡死的手机也不过值二百块钱，但是他没有更好的手机，也没有资本讨价还价，话再说回来有总比没有好。最后他撒了好多谎才攒够了五百块钱，那段时间他看到母亲早晨带的午饭只有米饭和咸菜，连素菜都没有了，心里有过短暂的不忍，可是一想这钱又不会少，而且那每晚的手游盛宴让他实在无法拒绝，就一咬牙当作没看见了。不过阿益和他的那些同学相比还是比较谨慎的，他从不把手机带到学校，他怕老师把手机收了，那五百元可就泡汤了，他同桌的手机已经被老师收了两部了，他同桌还继续往学校带，那种飞蛾投火般的精神让阿益既敬佩又感到恐惧。阿益一直是把手机藏在枕头里，晚上也总是等母亲上床后才开始拼命玩。最近母亲身体不好，医生说是腰椎间盘脱出，晚上疼得睡不着，经常会起来，阿益一听到客厅里有声音就赶紧把手机藏在被子里装睡觉，搞得很紧张。有几次母亲还特意推开门，帮他把被子盖好，那时候手机就在离母亲的手咫尺的距离里，听着母亲咳嗽的声音，胸口感受着手机嗡嗡的振动声，阿益感到一种从未有过的抉择的艰难。由于阿益的谨慎小心，这层纸从未被捅破，所以对于手机问题，母亲一直可以很自豪地对她的工友们吹嘘：“我家阿益可从来不玩手机的，所以你看他每次考试都是九十几分的……”

阿益就这样胡思乱想地走到了商业街。这里有好多小贩，卖衣物、卖玩具、做手机贴膜的应有皆有。阿益对这里的几个卖小吃的摊位是如数家珍。比如那个卖卤菜的，他家的凤爪做得就不错，熏得恰到好处，卤味全部渗入肉里，骨头轻轻一咬就散架了，吃上去又酥又香，不像其他摊位的凤爪吃上去又硬又紧，味道也不纯正。再比如靠边的那位阿婆卖的凉皮也是阿益所喜爱的。阿婆的凉皮做得又薄又柔，拌得料也全，加的黄瓜、香菜也不老，吃起来有股自然的清爽劲儿。这条商业街周围有好几家网吧，在没有手机的时间里，阿益是他们的常客，因而对这周围的小摊很熟悉。

不过阿益最喜爱的还是那鸡蛋灌饼。做鸡蛋灌饼的是一位山东大叔，他长年穿一件夹克衫，也许是因为穿的年头太长的缘故，衣服是什么颜色已经分辨不清了，上面还沾了一些已经干结的食物，已经和衣服的布纤维连成一体了。不过人不可貌相，山东大叔也算半个“网红”，他的儿子经常把他做鸡蛋灌饼的视频发到网上，阿益也因此印象深刻。

“大叔，来一个鸡蛋灌饼。”

“好嘞！”山东大叔右手拿起一把毛刷，从一个面盆里蘸了一些调制好的、浓稠恰到好处的面浆，均匀地涂在一块铁板上。只听得“嗞啦”一声。那铁板上腾起一阵烟雾，一股面香钻入鼻孔。很快，铁板边缘的面开始变脆、卷曲并脱离铁板。这时大叔左手拿起一个鸡蛋，在一个硬板上轻轻一敲，一抬手，鸡蛋黄和鸡蛋清脱离蛋壳直向铁板撞去，如同一个脱了衣服跳入河水中的孩童一般，赤裸裸地站立在湖水里，身体还在颤巍巍地晃动呢。这时蛋壳里还有剩余的一些蛋清，如同蚕丝一般从壳中垂挂下来，大叔把蛋壳扔掉，又用刷子以蛋黄为中心刷了一个圆圈，这样就均匀地把蛋黄和蛋清涂抹在面皮上，渗到面里。整个过程动作很娴熟、一气呵成，如行云流水一般。到此鸡蛋饼基本上是大功告成了。这时大叔又剥了一根火腿肠用刀一剖为二，裹在鸡蛋饼中。看着他的笔袋说："中考才结束的吧，再送你根火腿肠。"

阿益说："谢谢你！大叔，多少钱？"

"不要谢，正常加一根火腿肠要六块钱，今天只收你两块钱成本！现在孩子学习可真不容易。我儿子今天也参加中考，他啊，每天都学到深夜，可这又有什么办法呢？"大叔把鸡蛋饼塞到一个纸袋里，递给阿益，接着说，"你们是赶上好时代了啊！我们当年家里穷，想上学也上不了，这不，现在只能做这种赚不到几个小钱的免讨饭的活计。想当年我上学时，成绩也是很好的。可是又怎么样呢？只能辍学去打工。"大叔说到这里眼眶仿佛有些湿润了，看着远方，叹了一口气。然后又高兴起来说："还好，我儿子挺争气的，每次都考九十几分。"

"你儿子是不是叫晓锋？"阿益突然问。

"是啊！你们认识吗？我儿子考得怎么样？"大叔急切地问，而后哑然失笑，"你怎么会知道呢？大叔急糊涂了。"

"是的，我们认识，还是朋友呢。"阿益吃了一口鸡蛋饼，觉得心里堵得慌，从口袋掏出钱准备给大叔。

大叔又接着问道："孩子，今年的作文题目是什么？"

"嗯……我们在哪里看太阳。"阿益想了一下回答道。

"看太阳，好题目啊！你们都是祖国未来的太阳，你们也是我们父母心中的太阳。你们黯淡了，我们的生活就彻底黑暗了。"大叔有些感慨地说。

阿益听了大叔的话头脑里有些发愣，有种醍醐灌顶的痛苦，心里又有股说不出的滋味，觉得刚才吃的那块鸡蛋饼还堵在那里有些难受。

"别待在外面了，赶快回去吧，你爸妈这时一定在家里等着你呢！我也要早点收摊了，我要回去好好犒劳犒劳我儿子。”大叔脸上洋溢着幸福而期待的神情，那神情在他疲惫的脸庞上犹如一痕跳跃着的波纹。夕阳把那浓得化不开的金色毫不吝啬地涂抹在大叔的身上，好似一轮轮光圈。这个景象让阿益想到了他母亲每天傍晚在窗口等待他放学时的情景。阿益胸口有种钻心的疼痛，他放下五块钱转身快步离开。

阿益想自己回到家中做的第一件事就是发一个微信信息给租手机给他的那位网友：“我们都不要再骗父母了。”因为那位网友就是这位大叔的儿子。另外阿益比任何时候都无比渴望知道中考的分数，无论这次考多少，他想他都会如实地告诉他母亲。同时九月份无论是什么样的一所学校，他都想好好地上完。

讲这个事情的时候，我的这位名叫阿益的学生已经上了一所职业学校，这是他在QQ里发给我的大概情况，他想让我写下来，让更多的学生看到。我满足了他。

左手花香、右手墨香

这是一所新的学校。

校园里如同插花般种植了各种绿树红花，它们应时、应季而开，如同校园里的一个花钟一样。抬头遇见白玉兰，它们是率先打开春光的先锋。樱花、海棠、杜鹃挟群体之势蜂拥而至。四季常青的树木早已不是什么稀罕物儿，红枫一年四季红艳到极致，随时相伴。同种的鸡爪槭倒是循规蹈矩从绿到黄再到红，同样一路红尘走遍的还有那银杏树，银杏叶从碧绿到金黄，一一装点这四季的拼盘。

花香自是让人心旷神怡，值得一说的还有学校自成特色的文化布置，也和以前单位的走廊一样，在那九曲十八弯的通道的栏杆上都嵌着古人的诗句和一些名言警句，甚至是脚下阶梯也用大理石做成这样的石刻，每日无论是清晨进入班级还是傍晚放学回家，师生都穿行于这有着浓郁墨香的通道。在二楼的平台上，学校还不惜重金建成气势恢宏的建

筑，以供观瞻，称之为读书轩。在这个读书轩里则悬挂诸如范仲淹、言偃等古代贤人的事迹介绍。每当从这里经过时，令人肃然起敬外，凭空还多了一脉膜拜之情。

我想起以前待过的一所学校，在进入行政楼大厅之后的走廊里，一侧挂满了各种书法作品，另一侧则种了茶花、玉兰花等。走廊的拐角处一间是文印室，隔壁便是图书馆，对面则是我曾经待了三年的办公室。在对着大厅的位置有一台电梯，电梯边的一角还做了一些假山、绿植，颇有山林野趣。每天我和我的同事们如同工蜂一样从这里穿梭于家、校之间。那一方天地，竟然把我们的很多生活、工作容纳其中。疲倦和希望，充实和美好是教师生活的常态，便如这“左手花香、右手墨香”的意境。

学校里墨香最为集中的一定是图书馆。而且最为神圣的地方也应该是图书馆。记得当年上高中时办理借书证时的欢呼雀跃，因为那是第一次办理借书证，熬到了借书的那一天，心怦怦直跳，恨不得插上翅膀，直飞图书馆。我第一次见到那么多的书，没办法，谁让我小学上的是农村小学、初中上的是农村初中呢！那时犹如刘姥姥进大观园一般，我算是开了眼界，我觉得我是掌握打开宝藏咒语的阿里巴巴，仿佛只要一念，这满屋的书就为我所有。于是我就像蜜蜂寻觅鲜花一样在那图书馆里辛勤地忙碌着，可当我抱了整整一大捧书后，没几分钟又恍若梦醒一般，恋恋不舍地一一把那些书恢复原位，最后只留下一本千挑万选的宝贝疙瘩，带回去如痴如醉地看。

封建时代有个官职叫校书郎，一些大家耳熟能详的史学家、诗人、名士都曾经做过个这职务，如班固、元稹、白居易、令狐楚、王昌龄、李商隐等。这个校书郎相当于国家图书馆的工作人员，大都是学识渊博、品德高尚的高士，之后其中的佼佼者逐渐平步青云、幸运者还可以出将入相。所以说在中国数千年的封建时代，像这样密切接触到文字的人都享受较高的社会待遇。国家图书馆就相当于整个民族绵延千年的数据库，掌握这些就等于掌握最重要的信息，这样的人必须优秀，也必然得到厚待。

我突然想起了我刚参加工作时，用那种老式的手推式油印机印刷试卷的情景，那时候也是满手油墨味，这种比较原始的机器印刷出的试卷，油墨味比较浓，一张试卷发下来之后，整个教室里都是这种带着磁性、魔力的味道，学生伏案疾书，即使手里沾染了乌黑的油墨也毫不在意。那时顽劣的学生也不少，但在浓烈的墨香下还是能够收敛心性的，试卷、书本这些带有墨香的文字载体毋庸置疑对于他们而言是有着一定的威慑力的。只可惜现在的孩子大概很少人有这样的体验了，班级图书角堆满了班级统一借好的书，但最终一学期下来借的人没几个。对于学生而言，课外书竟然成了一种摆设，课内书认真读的也有限，只有要完成作业、完成任务时才会翻开。这一点是我至今不能够理解和接受的，不知怎的孩子们对书的感情越来越淡了。文字载体从最早的兽骨到竹简再到纸张，这一算就是数千年下来了，随着网络传输越来越便捷，文字的阵地开始往视觉媒体上转了，使得纸质书籍处于一种越来越尴尬的位置。文字和纸这对相伴千年的恩爱夫妻，在今天这样一个时代里，也将面临貌合神离的境地。但对于教师而言，这墨香无论在怎样的高科技背景之下，我们都不太可能抛得下，世上的香味千万种，这墨香绝对称得上摄人心魄。书籍终究是专心取悦自己灵魂的唯一途径，也终将是能救赎自己的唯一途径。所以我们要想让校园花香四溢，让人间桃李遍布，那么右手的墨香必不能舍弃。读文、讲文、著文，是这墨香中的三件套，恰似我们学校的景致摆布，只有墨香高高在上，占据绝对高度、广度、深度，才有可能使下面深植土地的百花盛开，香飘校园。

花落花开

世界总是这么小，当年我的一位学生多年之后竟然成了我的堂妹夫。前几天酒过三巡之后，他突然对我说："哥，你还欠我喜糖没给！"我一时愣在那里，我已经结婚十多年，所欠喜糖从何讲起？后来听他讲才知道原委，原来还是十多年前的事情，那时我是老师，他是学生，他们一批孩子奉班主任（我的搭班老师）之命，给我收拾屋子，准确地讲是搬家，搬至新房。班主任当时许诺的，陈老师会有喜糖给他们的，然而我最终没有发喜糖给他们，不仅没有发喜糖，我甚至连一点印象都没有了。但是作为那一群孩子中的一位，十多年之后，他仍然记得，说明这件事他印象很深刻，但是我却没有印象，这确实是一件有些尴尬的事。虽然讲起来根本就是一件不值得说的事情，然而设想一下，他们在辛辛苦苦地帮我收拾，再望眼欲穿地等着我的喜糖，最后收获的是期待之后的失望，就不得不让人感受一丝丝的难受。其实做老师二十多年，我忽略的又何止是这一件事情啊！它们让我想起来，有的至今心里还隐隐作痛。

开始认识小 Z 的那段日子历历在目，仿佛就在昨天，我上第一节课，他迟到了，映入眼帘的是小 Z 那高大挺拔的身影。我心中略感震惊，他缓缓走到门口，轻轻推开了门，低垂着脑袋，态度诚恳地喊了一句"报告"。我不禁微微皱起眉头，面前的情景令我心中五味杂陈：这究竟是一个怎样的学生？体格健壮且身形高大，似乎想要将整个门框的空间占据。更令我恼火的是，迟到了还这么大声，这就有点挑衅的意味了。我脸上的神色逐渐凝重，问道：“怎么迟到的？”

“上厕所了。”

“下课为什么不上厕所，要拖到上课……”

他不讲话了。

这时后面的几个调皮的学生在发出怪笑，前面的几个女生小声地说：“老师拖课了。”而他依然挺拔地站在那儿，脸色很奇怪，明明是因为老师的原因，他却丝毫没有为自己辩解的意思；甚至在其他同学已经为他讲明原因的情况下，他也没有丝毫为自己洗清冤屈的欲望。我再看了一眼他的脸，这是一张棱角分明，丝毫没有沾染不良习气的孩子的脸，这张脸和他的身材完全不匹配，他满脸都写着幼稚和纯真，这是一个不会撒谎、也不可能撒谎的孩子。我让他上位了，记住他的名字小 Z。

除了第一次批评之后，小 Z 之后却成为我经常表扬的对象，因为他的作业永远是字迹工整，一丝不苟，虽然几乎没有对的。小 Z 上课举的手永远是班上举得最高的，也是最积极的，只要我提问，他都会举手。当然站起来回答问题一定是驴唇不对马嘴，面对同学们的哄笑，他也总是报以微笑，下次提问时他仍然是高高举起他的双手，不过在多次无功而返之后我再喊他回答问题时变得慎重，因为他的回答问题说白了就是一个坑，而这个坑我不是每次都能幸运地帮他填上的。一次上公开课，我提了一个并不太难的问题，小 Z 再次高高举起他的手，而其他同学则统一调成了静默模式，我无奈之下，只得硬着头皮叫他站起来回答，心里则双手合十希望他能够说到哪怕一点点相关的内容，这样我也能把它扯到正确的答案上去，然而结果是，他再次像之前的无数次一样，声音洪亮地说着不知所云的答案，那答案如同在云里跑着的高铁，眼看着迎面驶来，当我欣喜地看着它快要到我身边，想要抓住它时，它又迅速转身跑得无影无踪，让我的耳边只有那铁轨的隆隆声。空中只留下我僵在那儿的右手。我最终没有能够抓住他的哪怕一点可用的思绪，只得沮丧地对他说："请坐。哪一位同学再谈谈你的看法？"

小 Z 做操很认真，一板一眼。伸展运动就把手和脚伸得很开，弯腰运动就把腰弯成九十度，跳跃运动更是没有丝毫偷懒。和他相比，更多的学生做操时就像是玩儿一样，伸手、抬腿、弯腰都是点到即止，那动作就像是那木偶戏中的傀儡没有表演时，扔在墙角一样，那些个身体的部件看上去是胳膊和手脚，然而却没有胳膊和手脚应有的力度，松松垮垮就像一个摆设一样，蜷曲在那儿。

他做事很认真、实在，从不藏奸、耍滑。我带那个班半个学期的班主任，每当大扫除，他总是最忙碌的一个，很用力地或者扫地或者擦玻璃或者抹桌子。他跑的时候特别有意思，总是连蹦带跳，所以大扫除时便会看到他一会儿蹦跳着倒垃圾，一会儿蹦跳着报告老师。而有些同学则是老师在的时候装着大扫除的样子，老师一离开就开始闲聊，手里装模作样地有气无力地在空气中划动着。相比之下，小 Z 是那样的纯真、坦诚。他就像一个意外闯进大人国的小人儿，他用他全身心的投入试图改变这个世界对他的看法，而来自这个世界的眼光又岂是那么容易改变的，我也不例外。

小 Z 喜欢打电话，凡是教过他的老师，他都会打电话。教他的时候打，不教他的时候他也会打。放假时打，过节时打，平时也会打。甚至我已经离开那座县城很多年了，他竟然从我母亲那里问到了我的号码打给我。

"陈老师，你还记得我吗？我是你的学生小 Z。"

其实从他发出的第一个音我就知道是他了，那瓮声瓮气的口音和直率的说话方式，从来就没有改变过，更何况十多年来除了为数不多的几年里，大多数的时间里每年都会接到他几个电话，能不熟悉吗？

"老师好，首先向你问好，然后向你汇报一下……"

大致梳理一下他向我当然也包括其他老师汇报的内容。高考时考上了某某学校了，在学校受到表彰了，拿了本科学历了，拿了学士学位了，回港区工作了，拿到了什么证了……

说实话对于他的这些汇报，我从来就没有当真过，一个在班上成绩倒数的孩子会取得这些成绩吗？他在这个竞争如此激烈的社会不靠父母存活都很艰难，还想靠自己的实力去打拼，这不是在讲笑话吗？所以大多数时候我只是敷衍一下，然后说老师还有事，下次再聊。电话那头的小 Z 自然不会听得懂我的话外之音，也当然不会懂得我心里的实际想法。有一次，我真诚地劝告他，我说花点时间找个女朋友吧，成家立业老师就高兴了。我其实想说的是“少打点电话吧，把时间花在正经事情上”。

然而事实上证明我的判断是错误的。首先他的那些成绩都是实实在在的，证书也都是真的，他在微信里一一拍给我，学校不是什么名校，一所财经职业技术学院。专科毕业证书、函授本科毕业证书、学士学位证书可都是实在货，更难得的是最后的会计证，这可不是想拿就拿得到的，我难以想象他是花了多少工夫才取得这个成绩的。

想当初，人们对小 Z 有太多的质疑与贬低。然而，他并未因此退缩，反而用实际行动来证明自己。他用自己的汗水与泪水，一步一个脚印，艰难地攀爬着通往成功的阶梯。每一次付出，每一分努力，每一段挫折，都让他更加坚定地走下去。他所取得的每一个成就，都是他内心深处呐喊出的无声誓言。记得他第一次向我呈现他的这些成就时，我被深深震撼了。这一切真真实实地摆在眼前，让我们无从怀疑他的努力与实力。他曾经那么落寞，曾经仿如逆旅之人，但今日，他终于迎来了属于他的荣耀时刻！

这些证书把我拉回到那一个个电话中，那些个电话原来是真的向我们报喜的，这些成绩也确实是值得他自豪的。现在想来，我们当初接到的那一个个电话是我们无数个电话中普通的一个，但是对于电话另一头的小 Z 而言却是人生中一个个重要的节点。

那些都是他经过几年的辛苦、多少次的失败最终取得的成果。也许这一个电话是他几年前就预想过的，也许是他一直盼望着的。可是想到我自己曾经是以一种怀疑的心态对待他的报喜，我不由得觉得十分惭愧。到现在我才算真正明白，他这十多年来锲而不舍地打电话给我们这些老师，其实就是想向我们证明他已经变得很优秀了，希望我们能够改变对他的看法，希望他的努力能够得到我们的认可。这是一种多么可敬的执念啊！作为教育者，我们深知教育是一个漫长的过程，更知道教育的美丽在于静待花开，可是现实生活中又有谁能够在这个急功近利的社会中去做漫长的等待呢？正如小 Z 一样，他的花开了，他通过不断地打电话告诉我们，可是我们又有几个人会去关心这些呢？更谈不上给他一些鼓励和肯定了，因为在我们的心中他的那朵花早就落了，不存在开的机会。我们的教育在日复一日的分数和指标的海洋里已经渐渐迷失了方向，我们这些教育者们也没有幸免。

唉，我想到小 Z 名字寓意，一般用来形容草木茂盛的样子，但是也有时指荆棘丛生的样子，这不就像这个孩子的命运吗？命运坎坷：少年时饱受他人嘲讽，青年时无所依靠，但是也许正是这些苦难把他打磨成一棵枝叶茂盛的参天大树，在风雨之中傲然挺立。

孩子，当铃声再度响起时，我想对你说：“其实你不需要让我们这些自以为聪明的成人去认可你，相反，是我们需要用你的成长观照我们卑微的内心。是我们这样的所谓成人世界应该反思我们的浅薄和孤陋！”

枫叶红了

枫叶又红了，那片片开裂到基部、红得那么彻底的红叶，总让我想到一张憨厚的中年人的脸，那是一位保安大叔的朴实的脸。大叔穿着灰色的保安制服，掉到人群里很难辨认，却让我一直难以忘记。

我想为这位保安大叔写一篇文章已经很久了。以至每当到了枫叶红了的季节，我便不由自主地神思。关于大叔的故事我也和很多届学生讲过了，即使这样我仍然希望把它形诸文字，以抵抗自己日甚一日的遗忘。

我手里捏着一片从树上掉下的枫叶，把它夹在一本书里，仿佛夹在心上。

其实这件事说起来好像倒也没什么大不了。我原先的单位，正对着图书馆种着两棵枫树，是那种不太高的枫树，至于是枫树的什么种类，我们也不太清楚，学生们更不太清楚。在树里枫树大概属于比较特殊的一种，特殊在它比较受人欢迎，这种“欢迎”和松树、柏树包括柳树的“受人欢迎”还有些不一样。那些树，人们对它们的喜欢，就只停留在精神层面上的欢迎，但亲近却是不足的。你看到有多少人爬上松树、柳树，捡松针、柳叶的，但对于枫树，人们确乎是发自内心地全身心地喜爱。每当秋霜染红之时，即使学校图书馆那两棵小而细的枫树，也仍然会引来无数人驻足，合照留影，捡枫叶、贴在枫树上沉思更不乏其人。仿佛这样便能把“停车坐爱枫林晚，霜叶红于二月花”的美轮美奂的诗境给截留了。

这时有人不合时宜地说了一句极煞风景的话："这两棵树根本就不应该栽在这里。"

"为什么呢？"

"这种树在我们老家叫鸡脚爪，你想在图书馆的面前长了两棵鸡脚爪，这叫什么事？"

"啊？哈……"

这是我和那位保安大叔间的一段对话！

我不是这方面的专家，但是这种说法是第一次听到，很觉得有趣，我不由得对保安大叔高看一眼，我们只顾欣赏、崇拜时，人家已经开始质疑了、思考了。这可差了不是一个等级了。

到了第二年枫叶红了的时候，我不由自主地又想起保安大叔这句话，便拿了手机对着那叶子一顿猛拍，然后到网上去寻找究竟。

这一找还真找到了究竟。

首先那个名字不叫鸡脚爪应该叫鸡爪槭。至于红枫和鸡爪槭的关系准确地讲，红枫是鸡爪槭的一种，所以那位大叔说得真没有错，学校真种了两棵"鸡脚爪"在那里！当然红枫作为鸡爪槭的变种，它和原先的鸡爪槭还是有些区别的。

区别有三：第一，红枫的叶子一年四季都是红的。而鸡爪槭的叶子在春季和夏季都是绿色，到了秋天才变成红色。这个特征看起来是很好分辨的，但实际上并非如此，因为我看学校的那棵树的叶子大多时候是那说红不红、说绿不绿的颜色，所以也是无法判断。

第二，开裂的程度不一样。红枫叶子每片开裂得比较深，甚至到达叶子基部。而鸡爪槭叶子一般只超过一半，最大开裂到叶子的三分之一处。这点辨认起来，其实也很难，我仔细看了那些叶子，它们和网上的图片都不一样，既不是到基部，也没有那么浅，对此我也犯了难。

第三，红枫的枝干外皮比较粗糙硬实，当年生枝条偏紫红色，老枝红褐色。而鸡爪槭的枝干外皮比较细腻，比较细且柔软，当年生枝条偏绿色，老枝淡灰紫色。这个更离谱了，那枝叶摸上去好像都是粗糙的，真有细腻的吗？那么什么样的才是细腻的呢？颜色感觉就是枯褐色的，和红、绿、紫好像都不搭边。我最终只能放弃，也许只有把枫树和鸡爪槭放在一起来比较，我大概才能搞得清楚。

我确实有些汗颜，作为老师，虽然不是专业的，但是对于这样的一个小问题，借助于网络，最终还是没有能够研究出一个结果来，我只能说我真是才疏学浅，阅历太浅。

我想什么时候找那个保安大叔再来研究一下这个问题，顺便把我的疑问向他请教一下，然而当我找他时，才知道，他早已经离职了。

保安大叔走了，我的心结却留下了，当然也谈不上心结，只能说那一点反思而已：我们这些所谓的知识分子，整天和所谓的知识打交道，但其实最后我们反而成了知识最浅薄的一批人，除了自己的专业知识以外，其余的知识储备反而显得很单薄、肤浅，究其原因是被所谓的知识挡住了求知的道路，失去了上学时那种求知的动力。我们在传授知识时应该海纳百川，可现实生活中是我们自恃那半瓶水的知识在讲台上直晃荡，晃到最后，也没剩下多少了，自己也老了，一辈子也就结束了。其实知识这个东西根本不存在垄断、等级之分的。很多像保安大叔这样没有上过太多学的人，他们对知识的汲取能力就很强，思考问题也很深入。生活中如果你遇到这些的人，你千万不要以知识分子自居，否则结果可能会有些尴尬。

枫叶又红了，我也离开那所学校了，那位保安大叔不知在哪里。兴许他会继续和别人聊一些他所知道的冷知识吧，兴许他找到其他工作了吧，而我则终于把他的故事写下了！虽然那两棵枫树并不知道一个执着的人曾经的纠结，但读书要的不就是这份较真吗？

后记：鸡爪槭和枫树区分的终极谜底在我到新单位后不久便彻底地揭开了。这是一年的春末夏初，两棵并排立于图书馆一侧的树，映入我的眼帘，一棵绿油油的，仿佛挂满了绿铃铛，另一棵则是满树的火焰。两棵树的叶子颜色截然不同，但叶片却都和鸡爪相似度极高。绿的是鸡爪槭无疑，红的自然就是红枫了，和原先单位的两棵是一样的，看来那两棵树是红枫没错了。新单位的红枫特别多，它们一年四季以红色浸染空气，给人提供一份独特的审美，诗意的、人生的、哲理的。但对于我而言，更多的还是观照内心，检验自我的思考。

——发表于《青年文学家》2024 年第 7 期上

寒衣节

（农历十月初一）

寒衣节即事

宋·王安石

寒风刮尽杨柳丝，万物憔悴沐严霜。

忽见骊山苍茫色，寒衣节至赋新章。

寒衣节，又称“十月朝”“祭祖节”等，是中国传统节日，时间为每年农历十月初一，相传起源于周代。其与上巳节、清明节、中元节并称为一年之中的四大“鬼节”。农历十月初一，也是冬季的第一天，此后天气渐渐寒冷，人们怕在冥间的祖先缺衣少穿，因此，祭祀时除了食物、香烛、纸钱等一般供物外，还有一种不可缺少的供物：冥衣。在祭祀时，人们把冥衣焚化给祖先，叫作“送寒衣”。

观枫天平山

一

“你就是喜欢枫。”

一个朋友，这样评价我，是的，我除了父母给取的名字无法更改以外，其余的笔名、网名、昵称等网络账号里几乎都有一个“枫”字。笔名是“枫叶秋魂”，昵称是“枫叶子”，视频号名是“云斋枫叶”，就连小说中的御用主人公的名字也是“陈枫”。忠诚如斯，确实有些可笑。另外，诚如二十多年前，我和它初见一样，现在每当看到在某一个角落长着一棵枫树时，总还是忍不住地凑上去，拍个照，或者一如当年在学校里一样，从地上捡起一片枫叶，在手里反复把玩，放到鼻间轻嗅。“人生若只如初见”，在我和枫叶之间，我确实是做到了，我想大概我的前生就是一片枫叶或者是有着和枫叶有关的难忘经历，而这些恰好没有被孟婆汤给完全浇灭吧，否则似乎难以解释，我这与生俱来的对枫叶的喜欢。当然这只是矫情之语，喜欢枫叶的人很多，比如说这段时间到这天平山一览红枫的人，他们不都是红枫的粉丝吗？这里如果有人驱车长途驶来，只为短暂地停留几个小时来观枫，他们岂不是爱枫更甚于我？我也只不过是在名字上附庸风雅之人罢了！

天平山下人流如织，先忧后乐坊前挤满了拍照留念的人，这座三间四柱阁楼式石牌坊，其实是后建的，它原先是立于范氏义庄前的，牌额题有“世济忠直”四字，坊间刻范仲淹名言“先天

下之忧而忧，后天下之乐而乐”，所以也称“先忧后乐坊”，后被毁，又在一九八九年为纪念范仲淹诞辰一千周年而易地重建。石牌坊横梁上仍保留了范仲淹的名句“先天下之忧而忧，后天下之乐而乐”。牌坊左右长着很多的古银杏树和古松树，后面有几棵枫树的树叶正在秋风中迎风飘舞，那如火焰般的枝头高扬着，在手机中和“先忧后乐坊”前照后映，相得益彰。

天平山的红枫并非“土著”，而是“移民”，据说明万历年间，范仲淹第十七世孙范允临从福建弃官归苏，将枫香树苗植于天平山。公元九九〇年范仲淹两岁而孤，家贫无依，四岁时随母改嫁至山东省淄州长山朱家，更名叫朱说，直到二十五年之后才复姓归宗，苏州范家才有他一席之地，他的命运和这从千里之外迁徙而来的枫树何其相似。如果要找不一样的那就是：当年苏州望族范家竟然认为范仲淹是来争家产的，所以拒绝范仲淹认祖归宗，对于范仲淹想让母亲和生父范墉合葬，入天平山范家祖茔，则是坚决不许。而这些枫树的命运则比范仲淹要好得多，它们是被请来的，四百多年来一直备受呵护，现在成为天平山的热门景点，天平山也以红枫、青泉、怪石这三绝而闻名遐迩，成为我国四大传统红叶观赏胜地之一。当然，来天平山人们固然是因为这美丽至极的红枫，不过被朱熹称为“天地间第一流人物”、王安石尊为“一世之师”、黄庭坚称为“当时文武第一人”的范仲淹才是天平山最大的名片。

我想起三十多年前，我和那第一片枫叶的相遇，当百无聊赖的少年和历尽一个四季轮回而即将归于尘土的枫叶相遇，命运的齿轮会发生怎样的变化。至少是那片枫叶不得不延续它对世人启示的使命，对眼前这青涩的少年继续作生命的启悟。少年盯着那地上的枫叶看了几秒，便弯身捡了起来，那青黄红集于一身的叶子，让他啧啧称奇。那清晰的纹路如同人的脉搏，弯曲如蚯蚓，瞬间让少年想起了家中母亲的长年劳累的手。叶上有一些岁月击破的伤痕，也让少年顿生怜悯之心。那一瞬间少年的灵魂仿佛被这不速之客迅速占据了，他喜欢上了它，就好像莫名其妙地喜欢上一个人一样。没有任何理由，没有丝毫准备，没有任何犹豫，甚至没有丝毫退路。少年写下了一首名叫《红叶》的诗，内容自然已经忘记，那场邂逅却被“枫叶子”的名字强行烙在了灵魂的深处。那片枫叶对少年的启迪也一直进行着：褪去昔日的浮华/你悄然立于枝头/那是一种沧桑的姿势/那是一种看破的洒脱/整整一个秋季/你用通体的红/点染天空、大地……/让空气也烙上了你的呼吸/你用你的叶脉/在人们的视线处/刺绣着秋的魂魄。自此后少年得了“枫叶秋魂”的名字。少年从仰慕一片“枫叶”，愿意成为一片洒脱的人间枫叶始，到明白枫叶之美不在枫叶本身，而是秋风秋雨萧瑟之秋和枫叶之间的互相成全终。他在经年的挤压中终于悟了：这种成全是一种互相碰撞，更是一种互相欣赏，恰如少年这么多年经受的痛苦，痛苦催他成长，痛苦催他奋进。黑发只恨疼痛多，白首却惜受苦少。

这个道理范仲淹当然是比谁都明白。中国古代读书人以苦读而自豪、自傲，便诞生了一系列如悬梁刺股、囊萤映雪的勤学故事，这里就有范仲淹的划粥断齑。也就是说当年范仲淹的求学生涯食物补给就是每天一碗小米稠粥再加咸菜。对于范仲淹的身世，这样的生活状况是可以理解的，但是你可能不知道的是，在他的生命中其实并不乏贵人，而得到这些贵人的帮助是可以让他摆脱贫穷的。你所不能理解的是，他对这些苦难是乐于接受，而且要求自己必须接受的。在范仲淹所求学的澧泉寺，住持对他非常器重，收他为徒并留他在寺院读书，而范仲淹也是大礼参拜，试问作为鲁中名刹的澧泉寺，怎么可能供不了住持高徒的斋饭呢？在后来求学的应天书院，他更是多次拒绝南京（今河南商丘，当时作为陪都）留守送的饭。对此，他的回答是自己苦惯了，现在突然吃了美味佳肴，以后怎么办呢？还能忍受苦日子吗？如此看来，对于艰苦的生活条件，客观原因还在于其次，更主要的是范仲淹主观的自愿、自我约束，这就能够理解，范仲淹后来即使出将入相，位极人臣，贵为副宰相，也仍然“非宾客，食不重肉”，甚至“妻子衣食，仅能自充”。古人讲“知人者智，自知者明”，范仲淹比“自知”还要更深一层，那就是“自约”。直面生活中的苦难，决不退缩，决不妥协，并利用之作为刀剑出鞘前最厚实的磨刀石。一声声“刺啦刺啦”中，磨刀石逐渐变薄，利剑逐渐发亮，只等为社稷苍生出鞘的那一天。

二

范仲淹人生中的“弃范姓朱”和“弃朱姓范”，对他的心灵伤害都不小，前者不言而喻，平江望族范家人当初收留了范仲淹的两个哥哥，唯独遗弃了范仲淹母子，童年的贫困以及无助，带给范仲淹的痛苦可想而知。而后者更复杂，一方面，继父朱文翰对他不薄，甚至要好于自己的亲生儿子。改姓有忘恩负义之嫌。而且范家人竟然认为范仲淹是来争家产的，最后以范仲淹只归本姓，无其他任何想法的发誓，才用近乎屈辱的方式改回范姓。伤心往事还没有结束，范母去世之后，范仲淹想让母亲和生父范墉合葬，入范家祖茔，结果范氏族人坚决不许，最后范仲淹不得不将母亲葬于洛阳，自己百年之后则葬于母亲之侧。这也就是今天苏州的天平山只有范仲淹衣冠冢的原因。世人之算计和凉薄，即使对于范仲淹这样的人中龙凤尚且如此，难怪这天地间枫叶尽染，染的不是风景，而是那风霜。

我把目光转向天平山下那些在秋风里尽情展现美姿的枫树们。“停车坐爱枫林晚，霜叶红于二月花。”世人多贪恋暮春时节的繁华烂漫，可是好景不常在，四季如春，即使在温暖的江南也只是一个美丽的童话。当萧瑟的秋日到来之际，这个时节、这些朴素而善良的枫树们，用它们独特的方式，给爱美、赏美的人们献上一份独特的厚礼，枫叶不是花，然而它的色彩并不逊于花。我手心里拿着一片枫叶，一如少年时放到鼻下，一种清冽的味道扑鼻而来，也许是因为靠近了些，那青、红、黄、紫的枫叶便在眼前铺陈，眼前仿佛全是这五彩的颜色，这是天平山特有的“五彩枫”，经低温霜打之后叶色逐渐由青变黄、转橙、呈红、泛紫，而且这五色往往在一棵树上并存，这可不比那什么三色堇差。一般的花必须嫁接才可以达到这个效果的。从另一个角度看，也说明天平山枫叶的韧性和耐性，把整个身体化成一个与秋霜寒冻对抗的战场，每一种颜色仿佛都是一次惨烈的战役。恰如范仲淹和那些加诸其身的苦难，以及他和政敌们之间的交战。在这里有他上《乞太后还政疏》面对的太后刘娥；有他带头反对废后面对的皇帝宋仁宗；有他进《百官图》时所面对的宰相，工于权谋的吕夷简；有庆历新政中为泄一己私愤而伪造书信的夏竦。甚至包括他“八年三贬”里那些躲之唯恐不及的同僚们。正是他们的存在，才成就了苏轼遗憾未能相见，时人认为“当时诸公间第一品人”，元好问称之为“求之千百年间，盖不见一二”的千古名臣、独一无二的范仲淹。

天平山的人们在观赏这枫叶之时，仿佛走一遭四季轮回。一棵枫树之下，可得实在多矣，五彩固然奇特，但秋风吹拂，树叶沙沙作响，层林如海浪涌动，红色的叶子们招摇、翻飞，那叶浪仿佛在争先恐后地诉说着圣人之道。

天平山据风水先生说是座绝地，不宜作坟地，死后葬在这里，后代将会遭殃，但范仲淹却自择绝地，葬先祖于此。范仲淹来到苏州后在南园卧龙街购买的宅地，即现在苏州文庙所在地，却是一块风水宝地，说是此处建宅将“踵生卿相”。古人当然是信风水的，让后辈显贵即使今人也无法免俗，但是范仲淹以“与其富贵一家，不如富贵一方”的思想捐出宅地，上报朝廷兴办府学，在中国历史上首次将文庙与州学（府学）相结合，一时间盛况空前，影响遍及全国。苏州文庙被誉为“江南学府之冠”。此后宋朝各州县都以苏州府学为样板，开始大办学校，人才大量涌现。值得一说的是范仲淹当时请来的有“宋初三先生”称号之一的胡瑗做主讲教授，在此开创了著名的“苏湖教法”，这里的“苏”是苏州，“湖”是湖州。当时的湖州太守就是《岳阳楼记》中提到的滕子京。正是这对挚友为胡瑗提供了教育实践的平台。后来范仲淹更是推荐胡瑗到国子监任教，向仁宗建议以“苏湖教法”兴办国子监。胡瑗教育思想有两个首创，我们现在的人应该很熟悉，一个是“德智体”等全面发展，另一个是寄宿制。这也算是苏州教育在教育史上间接所作的贡献吧。只可惜范仲淹只在苏州两年，就回京任职，否则也许能给苏州带来更多的惊喜。范仲淹捐地办学后，苏州文脉流转，崇文尚德，先后出了四十多名状元，成为名副其实的“状元之府”。后来，苏州又出了一百多位院士，是著名的“院士之乡”。苏州文庙里也种植着几棵红枫，它们虽然没有天平山的枫树那样高大，但色彩浓烈、如云似霞，如一幅幅挂画悬于文庙之中；又似像一束束火苗一样燃烧在天高气爽的秋日，和天平山的枫树遥相呼应。

范仲淹改朱为范，有其不得已的苦衷，朱家对他的恩情，他不会忘，也不能忘。范仲淹任兴化县令之后，在宁陵置“职田”，把同母异父的朱氏兄弟接来管理“职田”。在《长山县志》中有记载范仲淹“性至孝，虽改姓还吴，仍念朱氏顾育恩，乞以南郊封典，赠朱氏父太常博士，朱氏子弟以荫得官者三人”。他还“置义田四顷三十六亩，以赡朱族”。而他平时与朱氏家族的书信，称谓都是诸如“秀才三哥”“朱侄秀才”“五娘儿”等这些家常的称呼。而内容则是情真意切，是标准的家书。范仲淹是一个至情至性之人，对国以忠，对民以恩，对家亦不薄。他在苏州兴建了义庄、义学，是宋代义庄、义学之祖，他的义庄对中国慈善机构形成深远的影响，义学更是成为千百年来教育事业的一个重要助推器。在白云古刹我看到《义庄规矩》的石刻，这是范仲淹次子范纯仁所立，这份《义庄规矩》存于《范仲淹全集》，它不是格高意远、字字珠玑的文章，更不是洋洋洒洒的鸿篇巨制，它只是家长里短，几两碎银、几升米交代的乡约，然而它依然引来背后“咔嚓咔嚓”的手机拍照声。义庄是范仲淹六十一岁时所办，置有上等好地一千二百亩，其中有一千亩就在这天平山附近。时至今日其主人几经易主，但是这样的经历，一定使得它在经营、交换时多了几分责任和荣耀，毕竟这份资产的背后是无数范氏寒门子孙以及范氏乡里、姻亲的衣食住行、教育、婚娶、丧葬等重大生计。想我们今天多少家庭的父母就是为了这样的一些生计而愁白了头、熬垮了腰。无数代范氏子孙为义庄作出了巨大贡献，“布衣宰相”范纯仁把义庄扩大到三千亩，一直到清末宣统年间，义庄仍有田产五千多亩，运作良好。

这些都是范仲淹及其后裔反哺衣胞之地的行为，能说的实在是太多太多。世人的庸常自是不会耿耿留于圣人心怀，如范仲淹给小儿子起的名字“纯粹”一样，他是一个纯粹之人。而这天平山的枫叶之美也美在纯粹二字，纯粹的红、纯粹的给予、纯粹的从容。这种纯粹之美，这种纯粹之美产生的教化力量，一定时时刻刻弥漫于这天平山的每分空气、每寸土地里，我看到那游山的人们在枫树下逗留，手牵枝条把秋日之魂留于手机之中，我想范氏的道德力量，已经深植，也许就在现在或者未来的某一天它会突然苏醒，那时该是多大的一股洪流，对于那个人而言，又该是多么幸福的机遇啊！

三

沿着石阶攀行，天平山的山石相对平整，很符合读书人的温文尔雅之气，也符合士大夫的中庸平和之气。当然苏州的山都是小山，自然无法和祖国西部大山的峥嵘尖锐相比，那里的山峰从哪个角度看都是有棱有角、锋芒毕露的。是否原先的天平山就是这样的，就不得而知了，但现在的天平山很平缓。据说是范仲淹的精诚感动上苍，在他下葬之时，天平山所有乱石改变杂乱无章的姿态，一致朝向天穹，如大臣们上朝时手拿笏板朝拜一般。绝地瞬间成福地，人称“万笏朝天”。这当然是后人美化的传说。但相信没有人会对这个传说反感，对于范仲淹这样一心为民、万世楷模之人物，人们更希望这是真的，因为这样人们可能才觉得头顶的三尺神明并不是虚无的，这世间善恶还可分、可惩、可盼。

对于范仲淹而言，后代是否显贵，如果他还没有看穿的话，这世人还有人看得破吗?《宋史》评价范仲淹是“泛通六经，长于《易》”，怎样的“长”呢？他所著的《易义》对《周易》二十七卦进行解释。是北宋易学义理派的开创性人物。试问，这样的经学大师的眼光、见识，岂是那区区风水先生所能比得了的。风水先生看的只是地势，范仲淹看的是天势、是人势、是古往今来之大势。后世的苏轼在儿子满月时说“惟愿孩儿愚且鲁，无灾无难到公卿”。他临终更是叮嘱子孙“治生不求富，读书不求官”。对于即使在宋仁宗这样英明的皇帝朝中也经历“三贬一败”的范仲淹，他又有什么看不穿的呢？

“世人都晓神仙好，惟有功名忘不了！古今将相在何方？荒冢一堆草没了。”《好了歌》是《红楼梦》里一首诗歌箴言，看破红尘莫过于此歌。正如天平山的这些枫树，四百多年来它们见证了世间的沧桑流转：太平盛世也好、兵荒马乱也罢，它们在初冬的风中，是那样的青翠翠、黄澄澄、红艳艳、紫微微。寒暑易节，人间的悲欢离愁，它们日复一日见得多了，见多了自然就通透了，就像那拄着拐杖的童颜鹤发、满脸笑容的南极仙翁，看惯了人生百态，心态自从容，从容则豁达，豁达则展现岁月积淀的美，这样的美已经超越美的外表，也超越美的本身，是一种形而上的美学范畴了。

世上事就是这样有趣，不求官的范仲淹，后代子孙显达者很多，他本人加四个儿子在《宋史》均有列传。这是天地对范氏的馈赠，世上的事情就是这样的有趣，放弃了阳春、盛夏，甚至无花无果的枫叶，却因那片片枫叶而获得溢满金秋的赞美。当那霜叶如火，燃烧整个秋天的时候，便是功德完满之时。拉丁谚语说过："晚秋的景色是最美好的。"枫叶和这寒秋互相成全，互相庇护。不能否认，宋朝对读书人相对宽松的氛围，在帝王中也算是极为少见的仁义之君的宋仁宗，这些也成就了屡战屡挫，越挫越勇的范仲淹。"霜叶红于二月花。"坚定你的选择，忠实于内心，公道自在人心。瞧，这熙来攘往的人群，拿着相机虔诚参拜这"三太师祠""高义园"范仲淹纪念馆、"白云古刹"的人们。谁心中没有一杆秤。那枫叶之美只有和这千古名相相伴，才配领取这秋日的荣誉勋章。这样的美景天平山当然值得拥有，也只有这样的美景才配得上天平山，才配得上范仲淹这样千古完美之人。

观枫台上，爬山的人们在此歇脚，有些人索性就坐在那稍平点的岩石上，这个位置确实是较佳的观枫所在，可以把山下的那些手持画笔在对秋天的幕布做些涂抹之事的枫树一览无余。但更加令人惊喜的是周围有很多的松树、柏树。游客可能不知道的是天平山的松柏规模更为庞大，因为从宋代至明代，松柏才是一直稳居天平山重要位置的树种，这自然是与范仲淹个人喜好有关。从某种角度上讲，松柏才是属于范仲淹的本命之树，苏州范氏祖居就有因松得名的"岁寒堂"，山下有一株据说是范仲淹亲手栽的千年圆柏。我坐的这块岩石紧靠栏杆，栏杆下面就是贴崖而生的一棵松树，文人对松树有种特殊的偏爱，范仲淹自然也不例外，他认为松树"岂无桃李姿，贱彼非正色。岂无兰菊芳，贵此有清德。万木怨摇落，独如春山碧。乃知天地威，亦向岁寒惜。"（《君子树》）也许是因为松树的品质更符合古代士大夫追求"穷则独善其身，达则兼济天下"的理念吧。我看着那硬如铁、笔直站立在悬崖峭壁之上的松树，仿佛看到另一个指挥千军万马的儒将。

出将入相是中国古代文人的最高梦想，然而最终达到者寥寥无几，这是什么原因呢？杜牧在《注孙子序》中指出其实质。在孔子那个时代，士君子是文武全才，但是后来就变成文武分道了。杜牧从理论上还原了先秦时期的“文武同源”的理论，两宋的读书人则以实践来履行。在这样的风气下，范仲淹、韩琦这些书生才能够沙场秋点兵，驰骋疆场。范仲淹在宋军刚经历西北前线三场大败之一的三川口之战后临危受命，和另一名臣韩琦飞驰延州。此前范仲淹在越州（浙江绍兴）任上才一年多，从上《百官图》到被吕夷简反诉为“朋党”为皇帝所忌，范仲淹连贬饶州、润州、越州三地，再加上之前忤太后贬河中府、陈州以及力谏废后贬的睦州、苏州、明州，范仲淹屡遭贬谪多达八地之多，但无论在哪一地，他总是为官一方，造福一地，就像那一棵棵松树，无论是在肥沃的平原，还是在悬崖峭壁，它总能向阳而生，没有土壤，就去寻找土壤，没有水分就去寻找水源，现在是到了这戈壁滩了，这棵松树该如何自处呢？年逾半百的范仲淹就像一棵在风雨中已经百炼成钢的处变不惊的老松一样，虽然他是第一次作为军事主官出现在大宋的边疆，但之前他写到关于西夏的文章有近百篇，而且后来证明是完全正确的积极防御战略。这就是他到达抗敌前线之前的成果，真是秀才不出门，能知天下事。

到达延州不久，范仲淹便在元昊的眼皮底下用十天时间修建成大顺城，之后西夏人大举进犯，元昊的儿子谅祚吃了一弩，差点就死在大顺城下。另外范仲淹也不是一味消极防御，他还主动出击寻敌，讲求策略战术，收复金明寨等寨；创建屯田、入中、开榷场等永久性后勤保障体系；选良将、练精兵，火线提干，大宋名将狄青就是其中一员。范仲淹就像一棵松树一样，不仅考虑眼前的遮风挡雨，还要考虑如何护土固沙，涵养水土，做到长治久安。从此西夏不敢犯延州，说有“小范（范仲淹）胸有百万兵，不似大范（范雍）可欺”之说。只可惜后来由于上至宋仁宗、宰相，下至顶头上司夏竦、好友韩琦都想速战速决，面对西夏来袭没人愿意坚守，贸然出击，最后导致“好水川之战”宋军战死一万多人，“定川寨之战”战死九千四百余人。而这两战中范仲淹的鄜延路是唯一保存下来的。但却因烧了元昊的信（信中有对宋朝皇帝大不敬之词，按规矩不得给皇帝）的“焚书之祸”再次被贬。但范仲淹的积极防御的策略也得到宋仁宗的认可，而韩琦也迅速地采取措施止损，和范仲淹联手加强防务。一年多之后，元昊向宋朝进奉誓表，削去帝号向宋称臣，西夏百年难得一见的君王元昊最终也无功而返，未能实现霸业。而范仲淹这棵老松也将奔赴另一更加险恶的战场，拉开“庆历新政”的大幕。

四

在天平山一路走下来，两侧的风景也在不断变化着。我也没爬过什么山，很多年前武夷山的好汉坡几乎令我终生难忘，那近乎九十度垂直的山坡至今想起来仍心有余悸。爬山也是一场修行，这是一场山和人之间的无声对话，人用肢体语言表述的是一种征服的欲望。而山则含笑不语，陡峭的山则是冷峻地做出无声的拒绝和筛选，拒绝弱者，筛选出强者。登上山顶的强者自是可以笑傲群山。然而天平山却不是这样的山，它以平缓而名，自是把这种功利心、胜负欲看得淡了，对于许多像我这样的不再年轻的人而言，慢步攀缘而上，缓步逐级而下，一路赏松观枫自是别有一番风味，这时山和人之间更像是一种朋友之间的和谐关系，这是一种融洽、也是一种默契，所以从这种角度上看，天平山更懂人情、人心，更有容人之量。在现实中，也有一群人，无论遭遇多大的政治挫折，都能够做到九死无悔，为改良社会，为苍生社稷的安宁而积极参政，这里面范仲淹可谓典型。他被贬的次数、地方都堪称为官者的纪录之最，但是他即使有过那么片刻的

“我欲乘风归去”，终究还是“起舞弄清影，何似在人间”。这一点是不是和这天平山很相似，以其平和的心态，对天、对地、对人做出最积极的拥抱的姿势。不做自然孤独的居士，而做这热闹人间的小吏。

十景塘位于天平山庄及范文正公祠的南面，为明末范允临开凿，池上架桥，九曲十八弯，颇有情致，观景角度随着这栏杆位置不同而发生变化，周围的枫树更是变换着各种姿态展示，就像那舞台上的模特，同样的人，换了服装走出别样的风情。这些浸染了秋日之魂的枫叶的美自是那些人间的女子所无法比拟的。再加上周围的来燕榭、翻经台等古迹的加持，更多了一份文化的底蕴，确是美得不可方物。十景塘无疑是最睿智的，它用那如镜子一般的清水把天平山包括枫树在内所有的美都留了下来，在此处赏枫，美妙之处在于山水湖的相互映衬，这也是很多摄影爱好者钟情的角度，向上可以把蓝天、红枫、绿松收入镜头，向下，这些美景没有丝毫减少，它们的镜像全部出现在潭水中，在水波的护体中，酥酥地惹人怜爱，隔了一层清涟，又多了一层诱惑。

范仲淹当然没有看到这十景塘，但他一定品尝过被茶圣陆羽品评为“吴中第一水”白云泉的泉水。在天平山山腰的地方，有泉名叫白云泉，泉水是由山石缝隙中的水汇聚而成，常年不干涸，并且水的味道甘甜清冽，“天平山上白云泉，云自无心水自闲。何必奔冲山下去，更添波浪向人间。”这首《白云泉》是唐代诗人白居易对白云泉这天平山的镇山之宝的倾情赞美。范仲淹当然也是喜欢这种小情调的水，但我想他可能对离天平山不远处的太湖以及更远一点的洞庭湖更加钟情。有种说法是范仲淹没有到过洞庭湖，靠的是对家乡太湖的印象写成了《岳阳楼记》，姑且不论作家的想象完全可以思接千载，神游八荒，就谈没有游过洞庭湖这个说法，其实是站不住脚的。范仲淹的继父在安乡县做过三年的知县，这三年里，范仲淹寄读于兴国观，而安乡县位于洞庭湖区西北部，是湖南北大门，现在属于洞庭湖生态经济区的核心圈层，是长江“三口”（太平口、藕池口、松滋口）泄洪与澧水注入洞庭湖的必经之地。所以安乡的童年经历和他在苏州的幼时见闻，再加上后来在苏州做知府的两年时间，他对大湖的印象是非常饱满的，写一篇文章自不在话下。

对于范仲淹而言，《岳阳楼记》在他的一生中的所著文、所做事里，说沧海一粟丝毫不为过，然而，机缘巧合，大多数人对范仲淹的理解还就是从这篇文章开始。准确地讲是从《岳阳楼记》里的那句“先天下之忧而忧，后天下之乐而乐”开始的。对，这句话是个核心，先苦后乐，吃苦在前，享乐在后，心系百姓、苍生，把个人的欲求放在最后。这是读书人最崇高的理想，大概能与之媲美的一个是孟子的“穷则独善其身，达则兼济天下”，另一个就是与范仲淹无师生之名有师生之实的理学创姓人张载的“横渠四句”：“为天地立心，为生民立命，为往圣继绝学，为万世开太平。”然而一句“先天下之忧而忧”就把“横渠四句”包括进去，这句话最牛的是后半句，首先他没有回避“享乐”这个话题，这符合人性，也足够光明正大，中国古代文人中不乏著文道貌岸然、做人男盗女娼的伪君子。范仲淹提到享乐这个话题本身就是一种进步，这在中国的文学作品里是极少的，什么时候享乐呢？一个“后”字，就把士大夫那种献身精神完美诠释。这个“后”其实也是对读书人提出的一个要求，其实在漫长的历史长河中，读书人的地位是高的，这个地位包括政治地位和经济地位，因为知识掌握的人少，而且知识本身也是统治阶级的重要工具。所以也是为士大夫设立了一个立身的标杆，在天下没有安宁之前、在百姓仍然处于饥寒交迫之时，读书人也好、为官者也好，你是没有权利、也没有资格享乐的，这样我们就能够理解，范仲淹穷时并不缺少贵人相助，达时更是出将入相，却为什么一直坚持吃苦，因为现实远远没有达到他享乐的标准呢！

五

《岳阳楼记》当然是写给当时的岳州知州滕子京的，两人的友谊和那岳阳楼下的湖水一样悠远绵长，他们很早在黄海之滨的泰州就是同事，范仲淹任泰州兴化县令，滕子京任泰州军事推官，在那修筑海堤和海龙王开战的战场上两人惺惺相惜。滕子京在危急时刻指挥若定、泰然处之使范仲淹十分佩服，称其为“非常之才”。至今还横亘在我老家204国道下面的范公堤是黄海海滨人民心中一座伟大的丰碑，其实这也不仅仅是范仲淹一人之功，他只是一个杰出的代表而已。后来到京城，在劝太后刘娥还政的斗争中，滕子京和范仲淹一样都是奋不顾身，冲在第一线的。在宦海风波中，两人都展现出水的至刚的一面，绝不妥协，恰如范仲淹回复梅圣俞的《灵乌赋》中所说的“宁鸣而死，不默而生”。接着就到了西北战场，范仲淹举荐能征善战的滕子京知泾州。在定川寨之战中李元昊乘势进逼渭州、泾州，滕子京果然不负所望，沉着应战，西夏军到时，泾州已是全民皆兵，这时知庆州的范仲淹过来增援，两人合力击退元昊，取得泾州保卫战的胜利。

然而就是这场胜利给滕子京带来麻烦，他被告发，理由是“用过官钱十六万贯，其中数万贯不明。”而这个时候滕子京做出惊人之举，一把火烧毁了所有的账目，这就更说不清了，后世有人对此诟病滕子京，其实这个事情很简单，首先挪用公款这个事肯定是存在的，打了一仗，死了那么多人，设宴犒劳士兵以及助战有功的各路人马，为抚恤阵亡将士等，这些自然要花钱，钱从哪里来？范仲淹曾在《奏乞许陕西四路经略司回易钱帛》中为前方将士争财权，提到边关所费钱粮帛，万数浩瀚，但被各级部门短斤少两，所以费用经常不足。没钱怎么办呢？只能自己想办法了，军队有时会把官库里的钱拿出来做生意，所得的利息贴补公用，这种行为实是不得已的行为，朝廷当时是不允许的，因为军队做生意必然与民争利，从宋太宗开始就明令禁止。但是宋代是一个商业极为发达的朝代，军人的商业头脑也发达，再加上本来钱就不足，所以军人经商就成了一个大家都心知肚明的事情了。滕子京当然也是这样干的。而另外据事后查证，滕子京挪用的公款没有几万贯，也就是三千贯而已，另外还有两件事都不值得一说。一是告滕子京贱买人家牛驴，犒赏军士。这大概也是有的，按范仲淹讲元昊来犯时，滕子京先是遣强壮数千人入城防守，后是组织了大批粮草策应万余人的部队，这种情况，怎么可能绝对公平买卖。是护城御敌重要，还是公平交易重要，这点利害关系用脚后跟想都可以想出来。还有一件更有趣的事，就是在邠州吃饭时射弓射中的银碟子有二三十片散给了参与活动的人员，这件事范仲淹和欧阳修都在场，根本就不是滕子京散的，现在也算到滕子京的名下。就这样的几件破事，那么为什么滕子京要烧毁账目呢？首先是保护范仲淹，因为范仲淹是他的上司，查起来，必然牵连到范仲淹。还有滕子京可能考虑得更加深远，因为这里涉及军队参与贸易的事，这件事如果被牵扯出来，整个边关都会波及，很多主将都会因此被问罪，而此时正是西夏犯境之时，真若如此，后果不堪设想，可惜这些并不被宋仁宗所理解，但有一人是理解的，不仅理解而且坚持为滕子京力辩，那就是范仲淹。范仲淹当时任参知政事，正在积极筹划庆历新政，但他丝毫没有顾及羽毛，多次向仁宗上书，甚至以身家性命作保“臣甘与宗谅同行贬黜”。这算不算是如水一般柔肠，剑胆琴心呢？

然而这篇文章又不仅仅是写给滕子京的，这就像那《岳阳楼记》中描写的水一样，“淫雨霏霏，连月不开，阴风怒号，浊浪排空，日星隐曜，山岳潜形，商旅不行，樯倾楫摧，薄暮冥冥，虎啸猿啼”。你以为这是单纯写景吗？当然不是，写这篇文章时，是庆历六年（一〇四六年），距离庆历新政的庆历三年（一〇四三年）已经过去了三年之久，范仲淹从参知政事先后贬邠州、邓州，富弼贬郓州，杜衍贬兖州，韩琦贬扬州，欧阳修贬滁州。随着庆历新政的主将们无一幸免地被贬，范仲淹所推荐的那些新进名士也尽皆被贬逐殆尽。这里“淫雨霏霏，连月不开”写的是奸臣、权臣长久把持朝政，朝政难得清明。“日星隐耀”指的是用鲁智深在《水浒传》里讲的那句话，“只今满朝文武俱是奸邪，蒙蔽圣聪”，那些正直的大臣们“山岳潜形”，贬的贬、降的降；而新政则是举步维艰，很多措施都是中途夭折，恰似那“商旅不行，樯倾楫摧”；国家四周则是“虎啸猿啼”，西边有西夏，北边先是契丹再是辽然后是金。作者在那时就已经看到“薄暮冥冥”的危急形势了。

然而即使在这样的形势下，范仲淹仍然不坠青云之志，这就有了“春和景明，波澜不惊，上下天光，一碧万顷，沙鸥翔集，锦鳞游泳，岸芷汀兰，郁郁青青。而或长烟一空，皓月千里，浮光跃金，静影沉璧，渔歌互答，此乐何极”的描写，这仍然是写洞庭的湖水，但仍然不仅写的是水。他勾勒出的是一片举国上下政治清明、君贤臣明的帝国气象。“沙鸥翔集，锦鳞游泳，岸芷汀兰，郁郁青青。”在暗指德才兼备的贤才齐聚，为国效力。原先笼罩的所有烟雾都已经消散殆尽，而这里的明月都是在自表一份忠心可昭日月的心迹。渔歌更有意思，表明作者不贪功名，功成身退的意向。那么如何达到这样的理想状态，这就对大臣提出了要求“不以物喜，不以己悲”，不以个人荣辱为念，不以个人得失为意，“居庙堂之高则忧其民，处江湖之远则忧其君”，一心为君、一意为民。这才是范仲淹《岳阳楼记》中藏于水中的真正的用意，但似乎读懂的人并不多。这也是范仲淹对洞庭湖、太湖水特点了然于心的结果。因为他知道，水的使命是润泽万民，无论是在河道水巷还是在江河湖海，它都必须行使它的职责，无论人们是喜欢也好，厌恶也罢，它都必须伴随着人们的生活，提供自己必要的帮助支持。

说到水，范仲淹自是了然于心。他生于吴地，苏州本是水国泽乡，他的血液里就带着水的基因。太湖、京杭大运河滋养着苏州，它们赋予了吴地的子民们一种如水般细致、温和且浩瀚、澎湃的性格。这种刚柔并济的特点在范仲淹身上体现得非常鲜明。一方面他在待亲人以恩、待友人以义、待朝廷以忠，办义庄、义学，提携青年才俊前有孙复、石介、胡瑗、李觏、富弼，后有狄青、张载等，一个个都是一时英才，都成为宋代教育史上、文学史上、军事史上举足轻重的人物。《岳阳楼记》是矗立于洞庭湖畔一座中国文学史上的丰碑；其实细读《岳阳楼记》你会觉得那更是士大夫思想境界的一座高峰。那在洞庭湖畔气吞长江的浩浩荡荡，那在黄海大堤上驱龙锁蛟的豪气万丈，以及那天平山下白云泉的温润如玉成就了如水一般刚柔并济、侠骨柔肠心的士大夫的标杆人物范仲淹。

离开天平山已是下午时分，回望那依然熙来攘往的人群，我心里充满了一种莫名的感动，不知什么时候，我手里紧紧攥着几片枫叶，那枫叶如火炬一般的红。走过的路边有环卫工人把落在地上的树叶扫了堆在一起。我突然有种想把这些树叶点燃的冲动，因为今天是中国传统节日中的寒衣节，人们有在这一天把冥衣焚化给祖先的习俗，叫作“送寒衣”。我总觉得这漫天的枫叶便是献给范仲淹最好的寒衣，当然他也许化圣而去，不需要像凡夫俗子一样了，但我仍然愿意把天平山最美的衣服献给他。我把手中的枫叶抛向空中，在我的目光中，它们慢慢化为灰烬，变成一件五彩的衣服飞到另一个世界去了。

——发表于《奔流》

下元节

（农历十月十五）

下元日五更诣天庆观宝林寺

宋·陆游

朝罢琳宫谒宝坊，强扶衰疾具簪裳。
拥裘假寐篮舆稳，夹道吹烟桦炬香。
楼外晓星犹磊落，山头初日已苍凉。
鸣驺应有高人笑，五斗驱君早夜忙。

下元节是中国传统节日之一，为农历十月十五，亦称“下元日”“下元”“下元诞”“下元水官节”。下元节的来历与道教有关。道家有三官，天官、地官、水官，谓天官赐福、地官赦罪、水官解厄。下元节，就是水官根据考察，录奏天庭，为人解厄。这一天，道观做道场，民间则祭祀亡灵，并祈求下元水官排忧解难。

水至沙家浜

一

沙家浜我已是第二次去了，上次儿子还在上幼儿园，而现在他已经是一名初中生了，时间就是过得这么快。沙家浜的水还是一如既往的清澈、浩瀚。犹如一位老朋友一样，可以很多年不联系，但是只要一见面，依然熟稔如家人。

坐在那颇有江南水乡特色的晃悠悠的乌篷船上，犹如乘上一艘打捞时光记忆的船。对于水，孩子天生是喜欢甚至是痴迷的，这是一种与生俱来的依赖。而对水的恐惧则大多数来自后天的经历，多年前我曾经和一位好友游园，奇怪的是她对园里异常抢手的划船项目却极为抵触，多年之后她告诉我原因，是怕掉入水中，我不会游泳救不了她。她不知道的是我童年时期和一群小伙伴在门前屋后的河沟里游泳嬉戏的经历。所以我虽然童年里有过两次很尴尬的落水经历，但却对水保持一如既往地喜欢。即使多年不接触大河、不在河里游泳，我今日依然可以非常惬意地坐在这乌篷船上享受沙家浜水给我的别样情趣。

我从随身携带的茶壶里倒了一杯茶。茶壶很保温，虽然船身不稳，洒了一点，但那一小杯热茶还传递着暖意，至于我手掌心，那一缕似有似无的茶香也从茶杯中袅袅升起，如同初生的大孔雀蝶一样展开生命为它量身定做的翼翅。我轻抿一口热茶，虽然已是初冬季节，今天天气较以往有点阴郁，但对于游玩却是恰到好处。远处的一群鸭子在那嬉戏。

划船的大叔指给我们看，并说道：“那是野鸭子，会飞的，现在可是保护动物的，不能碰的。”

我接口道：“是啊，我们那儿的麋鹿和丹顶鹤即使是死的也是不能吃的，埋了还必须拍照留存，吃了可是要判刑的。”

大叔连连点头，大概景区也有这方面的宣传。我看了那和我们隔了一道网的在水边自由自在追逐打闹的野鸭们，颇有感慨，不知是该为它们高兴还是伤心。当人类开始用法律制度来约束自己的行为时，那是因为人类意识到自己在错误的道路上已经走得太远的缘故。幸好还有这一汪清水，让它们有自己的栖身之地，我用手机拍了几张照片作留念。沙家浜的水真的很清。上一次看到这么清的水还是在千岛湖，但那里最深处达一百余米，平均水深三十多米，这种大型水库，水清是很正常的。而这里据划船的大叔说也才三四米，这个深度和我家门前的那条小河差不多深。这种深度的小河如果没有人管理，过不了多长时间就会变成“绿海”——被绿藻占满，甚至变成“红海”——被农药污染。而幸运的是这些在沙家浜都没有发生。这里的水很安静、很自由，甚至很清闲，这自然是和这里数千亩的芦苇有密切的关系，因为芦苇有着强大的净化水质的作用。所以你可千万不要小看两岸那枯萎、乱糟糟的芦苇丛，它们可是这方水土名副其实的保护神。这一点天上的鸟雀、水面的野鸭、水里的鱼虾都是可以证明，这是它们天然的游乐场所。我们的眼睛有时候也不能明辨美丑，如果你拿起手机拍上一拍，你一定会被惊着，无论你把手机向哪个方向拍摄，你拿回来的一定是满是

镶嵌着“绿宝石、蓝玉翠钻、黄琥珀、红玛瑙”的上佳之作。是啊！这里的水很清，这里的天空很蓝，这里的芦苇即使枯黄也枯黄得那么倔强而蓬勃。

我抿了一口热茶，茶香顺着咽喉如过一线天般直达胃部，暖意便在经脉处肆意徜徉。我面前这成百上千的小河道便是沙家浜的血脉，红色文化便是这血脉里的养分。大叔手里的橹左右摇着，小船的后面仿佛长了一个灵活的尾鳍，时左时右地划动着，一圈圈的波纹、一个小小的漩涡，在船后拉成一条长长的水痕，恍若时光的尾巴。

远处隐隐约约听到芦荡剧场里传来轰隆隆的枪炮声，我问道：“当年这里的战斗很激烈吧？”

“是的，日寇经常来这里‘扫荡’。”

“啊？”没等我发问，大叔不紧不慢地接着说道：“这里以前有近万亩的水面，日寇没有打到这里，仗都是在阳澄湖那边打的。”他望着远方，仿佛透过历史的风烟看到那硝烟弥漫的战场。

“日寇为什么不打到这里呢？”我有些疑惑。

“这里以前到处是水，水里全是芦苇，每个小岛和小岛之间也没有桥，只能靠船交通，日寇根本不熟悉路，不敢来了！”

“这么说来，水成了沙家浜的保护神了。”我笑着说，“还有这连绵的芦苇。”

“是啊！你背后的那个茅草屋就是新四军的‘后方医院’。”

我赶紧转回头后，看到的是一个低矮的茅草屋，我一愣：这是医院？这怎么可能是医院！

“当时在阳澄湖那里打仗受伤的新四军被送到这里来养伤的。”大叔笃定的话打消了我的疑虑。后来我上岸后，其他景点都无暇顾及，就专门找这个“后方医院”来参观。一走进去就看到最里面靠墙壁搭了一张手术台，手术台当然很简陋，其实就是一块床前的踏板，前后支撑的则是四张板凳。而在房屋中央位置放的桌子上则放着两个木质盘子和一个搪瓷托盘，托盘里放了一

些做手术用的器械和几块红色的纱布，南侧靠墙的还有一个消毒大搪瓷罐。这时拥来很多学生，围在一个“救治现场”仔细观看：一个十几平方米的房间里放了一张老式的床，然后竟然有三座蜡像。其中两个身上缠着绑带的是新四军伤员，站在窗户边的是一位女护士。

我正疑惑这名伤员为什么要放在那个角落救治？突然看到她后面的窗户，而窗户后面不远处就是河。这也是和外界唯一的通道。而这条通道某种程度上也是伤员们的生命通道。因为日寇和伪军的汽艇船也是有可能从这个通道过来的。所以这名女护士站在那个位置还有一个任务应该是放哨的，警惕别被日寇和伪军偷袭。这背后、脚下的数千亩水面，是他们的栖身之所。没有哪一份安全是轻而易举的，也没有哪一份幸福是凭空而来的。一代人有一代人的使命，近百年的耻辱，既要有当年这些战士用血肉来洗礼，也需要有一代代更自信、更开放、更活泼的后代子孙来洗雪。正如这河水一样冲刷泥土、不断更新、充满活力，才是它的生存之道、生命之道。也许，先烈们正欣慰地看着后代来瞻仰他们，体会他们当时战斗的血与泪。

二

小船在东进桥、蒹葭桥、白露桥间穿梭。这些四通八达的桥像一串项链一样把沙家浜的众多小岛连接了起来，帮助游客们穿梭来往于景区。石制的拱桥如玉佩，木制的栈桥如檀木，那些拱便是穿珠的眼儿。游船上的人们便是在那如丝线般的水流中行进。我站在最美的蒹葭桥上，倒了一杯热茶，放在大理石的桥栏杆上，眺望远处成片成片的芦苇，仿佛看到那一艘艘小船像水鸟一样穿梭于这些小岛间，运输物资，运送伤员，传递情报。“蒹葭苍苍，白露为霜。所谓伊人，在水一方。”《诗经》中蒹葭即使在霜露的季节也是美的，其实蒹葭的美更多的是来自对伊人的追寻，这种朦胧美使得可望而不可即的悲情也显得高大上起来。现实生活中这些芦苇当然也美，它们手拉着手，扎根于这广阔的水面，迎风而舞，逐水而歌。它们是这一方天地的主人，也是这一方世界的精灵。它们无言，但它们比那些自降国格、委身日寇的人更分得清黑白、明辨得了是非。所以面对这如山峦丛林一般的芦苇，武装到牙齿的日寇也心怀恐惧，那看似人畜无害的芦苇，吟着古风的浪漫蒹葭不知什么时候就会化成刀枪剑戟，变成千军万马，让他们葬身于这阳澄湖底喂鱼喂虾。如大叔所言，当年这些小岛间不连通，使得这数千亩水面成了新四军伤员最佳的庇护所，但谁说这里没有桥的，那老百姓不就是那无形的桥吗！水和芦苇相辅相成，成为最佳搭档，变换为这千里迷宫，遮天蔽地青纱帘。恰如新四军和沙家浜的百姓一样，将士们在前方拼死搏杀，浴血奋战，马革裹尸还。百姓则运用他们的勤劳、智慧，甚至生命，提供支援、护佑安全。

“垒起七星灶，铜壶煮三江……”阿庆嫂的茶馆燃烧的是芦苇，煮沸的是沙家浜的清水，泡的是赤胆忠心。水至沙家浜，机缘巧合在此成就红色佳话。

我站在蒹葭桥，目视前方，突然把手里的倒好的一杯热茶倾入湖水中，一杯浓茶如一线瀑布坠入深谷般懵懂跌落。儿子在一旁有点诧异地看着我，我平时可

是一滴茶都舍不得浪费的。我把杯子放下，然后转过头来问他：“你知道今天是什么传统节日吗？”

儿子挠了半天头说：“不知道。”

我笑着说：“难为你了，现在知道这个节日的人还真不多。”

“那是什么特别的节日啊？”

“正月十五叫什么节，这个你是知道的吧？”

“元宵节，这谁不知道！”

“元宵节其实还有一个名字叫上元节！另外七月十五你知道在老家都要烧纸来祭祀先祖的。”

“是的！”

“那叫中元节！那你猜猜今儿个这个十月十五是什么节？”

“上元、中元……还有一个下元，叫下元节！”儿子像小时候捉迷藏一样开心。

“那你知道这‘三元’是什么吗？”

“我只听说过‘连中三元’，那是第一名的意思。这个不会也是……”

“当然不是，是天、地、水，道教认为这是产生天地万物的三个基本元素。还有专人负责呢。”

“真的假的？”儿子难以置信地看着我。

“负责人叫官，分别是天官、地官、水官。”

“你刚才倒茶是敬水官？”儿子似乎一下子明白了。

我轻笑。‘天、地、水’三元中，水是和人类最亲近的也是最熟悉的，但下元节却很少有人提起。我心里默念：这一杯茶至少表示我心里没有忘记。不过这也正好符合水的性格，不争不抢、无私无我，它的存在和运动的使命便是使万物得以生长发展。泽被万物是它的属性。它的一生是在为了付出和在付出的路上，这便是儒家推崇的一种至善之性，我不由感叹道：“水乃天底下至仁至善之物啊！”

儿子突然问道：“子曰：‘智者乐水，仁者乐山。’是不是仁者就不乐水了，你刚才说水是至仁至善之物，仁者为什么不能喜欢呢？”

“你的怀疑有道理。这是互文的手法，应该是智者、仁者乐山、水。无论是聪明的人还是仁慈的人都一定会喜欢水的，因为他们在本质上是一体的。‘于我心有戚戚焉。’怎么会不懂、不爱呢？”

中国以水著称的景点实在太多，张家界的水、西湖的水都是其中的佼佼者。不过我个人认为最为接近水本性的似乎还是这沙家浜的水，“上善若水，水善利万物而不争，处众人之所恶，故几于道”。沙家浜的水没有张家界的水那样天造地设，更没有西湖的水钟灵毓秀，即使在苏州，它也无法和浩瀚的太湖、底蕴深厚的京杭大运河相媲美。甚至它虽属于阳澄湖水系，但实际上和以大闸蟹布出名的阳澄湖在地理上并没有直接的联系，阳澄湖边有不少某浜，但具体哪个是真正的沙家浜还有待考证，其已经湮没于历史的长河里了。现在我脚下的沙家浜是由原横泾乡改名的，在没有红色文化加持前，它就是一个简简单单的湖，连名字都没有，处于默默无闻近于“人之所恶”的状态，这就是道之本初，它并不是衔着金钥匙出生的名山大川，只是一处体量稍大的湖面而已，至于那作为一大胜景的芦苇，那更是它出身贫贱、无人问津的标志。然而正是它的“恶”才保护了“江抗”的数十位新四军伤病员，正是它的“恶”成了对付日寇大恶的天然屏障，而其中的部分伤病员留在了沙家浜建立了“新江抗”，从而完成了革命火种的传递，而那沙家浜的水也成了孕育这芦荡火种的大地母亲的子宫。至今中国人民解放某部仍保留了“沙家浜连”的英雄称号。人民子弟兵用这种方式表达“吃水不忘挖井人”的感恩之情。水是不需要人们报恩的，正所谓“善利万物而不争”。我想到划船的大叔和我聊天的话。他们原来是这附近的居民，现在成了这景区的职工，专职就是划船，平均一天大概可以赚三四百块钱，一年下来，差不多十多万块钱，当然对于常熟这个全国百强县来说，这种收入可能还不算多，但是至少人是轻松的，而且对于大叔这个年龄的人，也很匹配的。当然除了他以外，原先潢泾乡的很多居民现在都成了景区的职工了，他们开饭店，或者卖票，或者成为导游，包括我们之前看到的野鸭、水鸟，他们、它们都能享受这方水土的红利。我不知道这算不算沙家浜水对这里居民的回馈，应该算吧。

当然水的哲学远不止这些，水的形态是无常的，刚则为坚冰，猛则为冰雹，柔则为细流。宽厚时载舟而行，凶狠时覆舟而沉。水又是睿智的，它冷眼看着这世上的一切兴亡更替，从不去强行逆天改命，只会顺应天道，无为而治，红石村戏台、横泾老街古戏台上每天定时上演着京剧《沙家浜》、实景剧《智斗沙家浜》等。戏如历史、历史如戏，人类的钩心斗角、尔虞我诈、精心算计在水面前都是不值一提的小把戏。曾在这块土地上不可一世的日寇走了，曾经主宰沉浮的国民党蒋家王朝也走了，人民以史无前例的姿态走上了历史舞台。水波潺潺，一群白鹭翩跹于湖面，芦苇青了黄、黄了青，荡漾于清风明月之中。朝阳东升、夕阳西落，历史的车轮滚滚向前，正如这沙家浜的湖水一样，这里只是水的一站，它的终极目标是那浩瀚的大海，有的人穷其一生，也看不出这万亩水面，殊不知除了大海还有浩瀚的宇宙还有更为难测的人心。而人类的终极梦想需要水的无欲、无我、无为、无常作为终点。这块土地上它才是真正的长者、王者、智者。

回来的时候，有一个班的一个学生的电话手表掉到芦苇丛里，班主任老师请他家长利用手表的定位功能，竟然在芦苇丛中找到那块手表，当然耗的时间比较长。定位功能真是好啊！多希望这沙家浜的水也给我们日益浮躁、狂妄，不知敬畏、懒看历史风云、不睹古人智慧的心定一下位，那样我们走得再远也仍然可以回家。

冬至节

（公历十二月二十一至二十三日）

冬至夜

唐·白居易

老去襟怀常濩落，病来须鬓转苍浪。

心灰不及炉中火，鬓雪多于砌下霜。

三峡南宾城最远，一年冬至夜偏长。

今宵始觉房栊冷，坐索寒衣托孟光。

冬至，是地球赤道以北地区白昼最短、黑夜最长的一天。冬至兼具自然与人文两大内涵，既是二十四节气中一个重要的节气，也是中国民间的传统节日，素有“冬至大如年”之说。冬至标志着太阳新生、太阳往返运动进入新的循环，所以古人把冬至看作“大吉之日”。在中国南方地区，有冬至祭祖、宴饮的习俗。在中国北方地区，每年冬至日有吃饺子的习俗。

冬日醉剧的尘埃

环佩乱响，鼓板叮叮咚咚，曲笛、三弦咿咿呀呀，油彩打底、着帔戴片，大领对襟，胸前系带的杜丽娘，踩着闺门旦的脚步，“松肩垂臂如弯柳，肘臂摆动兰花手”，走到台中间，手拈兰花掌，脚下圆场步，“膝盖夹紧步要小，犹如帆船水上漂”，做游园的姿势。剧场大厅里已是一片流光溢彩、到处蜂飞蝶舞，空气中的尘埃仿佛也被感染了，醉倒在戏台方寸之地，而我就是那尘埃一枚。

有谁知道数百年前的那些假山池沼、亭台轩榭如何见证了杜丽娘的一颦一笑、一举一止。它们又是怎样目睹了一位深锁闺中的少女在良辰美景下实行自我释放的。高宅大院难掩青春之寂寞，四书五经囚禁不了灵魂之自由。人性的脱困很多时候只在瞬息之间。吟诵的诗歌啊！你是一篇呼唤灵魂出窍的宣言。

有一天，杜丽娘伏在几案上睡着了，睡梦中她看见一名俊朗书生手持一根柳枝走了过来……缘分拉开大幕，杜丽娘与书生——柳梦梅的生命开启了不死不休的纠缠模式。清风明月齐奏琴瑟，楼前秋千荡起明媚的春风。半掩琵琶的欲推还就，水袖的纠结把一场语言的美感渲染得风和日丽。杜、柳牵手的退场却只是出奔的开始，正如这场春梦只是人鬼殊途，天下的有情人前世今生写的总是欠缺一笔的缘。此事古难全，莫恨明月，莫怪风。

再次小碎步上来的是李翠莲。一个快乐、自由、对未来充满美好憧憬的女子。吴侬软语在莺喉燕舌中如此浑然天成。清丽优

美的曲调，婉转动听的苏剧唱腔，如同江南的烟雨楼台，小桥流水、深巷长藤，韵味似萋萋芳草亭亭玉立于六月艳阳天之下。父母的无奈、李翠莲的无心，皆是千百年来父母和子女的相同剧本。看似一条直线的前后两端，然而无论如何牵引，也无法摆脱走向跌宕起伏的结局。快嘴李翠莲最终为她的独立付出惨重的代价，现实的万般诘难，唯有出家来对抗。一场苦难心灵的逃亡，最终站在彼岸眺望那虚幻至极的幸福，悠长无尽的眼神谁懂？谁不懂？

娄阿鼠上蹿下跳，学校景明剧场内洋溢着快活的气氛。黑色的服饰、丑角的三花脸，击中潜藏的笑点，剧中小偷、杀人犯，戏中的开心果，竟然如此不违和。人生总是这样的矛盾而可笑，挑战人性恶的娄阿鼠为自己测字算卦，殊不知，从他第一次伸手开始，命运银行已经为他开启了零存整取的模式。所谓测字，无非在催命符上勾上一笔而已。巽位是生门，而对于娄阿鼠却只有死路一条。这世上的一切都已经明码标价，看似豪华的自助盛宴，实质是寿命的预支。

五组学生短暂培训之后，在舞台中间亮起了兰花掌，圆场步。灯光下没有响板、胡琴，照样掌声雷动，室外寒风凛冽，那是唢呐吹起“百鸟朝凤”。幕布开启又关闭，戏台上出将入相，是一条穿越时空的隧道。这一路荆棘密布却依然会春暖花开。

白昼不懂夜的黑

今天是冬至夜，是地球赤道以北地区白昼最短、黑夜最长的一天，但温度却不是最低。从明天开始，白昼一天比一天长。白昼是在阳光下，是工作的时间。而夜晚是黑暗之中，是休息的时间。白昼是热闹的，黑夜是静默的。这两者本来如同两条平行线，并行不悖，永不相交。但是有一类人却会常常横跨这两条线，那就是失眠者。

我本是一个睡眠质量很高的人，几乎可以达到头一碰枕头就睡着的程度，所以失眠几乎是与我无缘的。然而也有过几次失眠的经历，那种感受至今想起来依然背脊发凉。套用一句歌词“白天不懂夜的黑”，我在本来是静默的黑暗之中，睁大眼睛，侧耳聆听着窗边萤虫的低吟，细数着那远在云朵之上的绵羊。我的全身细胞却是异常地活跃，仿佛一个艺术家，对生存的环境保持着高度的敏感。只可惜我这个“伪艺术家”的失眠者除了圆睁着眼睛看着虚无的夜空外，既谱不了曲也画不了画。

有种痛苦叫清醒

清醒有好多种，失眠者的清醒无疑是人们最不想要的。这个时候其他人都进入了梦乡，酣然入眠了，而失眠者却异常清醒，这种清醒的痛苦在于无人相伴，无人理解，无人安慰。所以说这种清醒是孤独的。思绪孤独地徘徊在黑夜之中，一点一点地丈量着黑夜到白昼的长度。行进在自己思绪的通道，“茕茕孑立，形影相吊”。一遍遍地反刍着陈年往事，反刍到作呕都停止不了。身边的人、熟识的人，这个时候都和你仿佛不在同一个世界。你想诉说无人听；你想呐喊，惹人怨恨。你只能默默承受，默默咀嚼黑夜的苦涩。

清醒的痛苦还在于你的七情六欲都很饱满，你的意识很清晰也很强烈。如同一个鲜活的鱼放在汤锅里煮。那种眼看自己沉入沸腾的水中的痛苦是其他痛苦所无法比拟的。清醒的痛苦还在于与梦无缘，梦是一支最好的“精神麻醉剂”，伤心时睡一觉就可以缓解。当年卢生一觉把一生的烦恼都化解了，大彻大悟求仙去了。梦确是美好的，然而失眠者对这样的灵丹妙药却只能是可望而不可即。

有种清醒叫鏖战

失眠者的所谓清醒和正常的清醒是完全不同的两种状态。正常的清醒是相对于同种境界下的同类具有更佳的状态。而失眠者和大多数人相比，则是另一个境界的人，他的状态不是更佳而是更糟糕。因为他的大脑就是一个清醒与睡眠的战场：迫切想要睡觉但是头脑却无比清醒、亢奋；明知无法入睡但是却不得不使劲闭上双眼；明明眼前是黑暗，但是闭上眼却是一片白色，甚至还会觉得在某处似乎有一个光源。这个时候往往会有一种错觉，觉得自己是不是也和二郎神一样开了天眼，闭上眼也能看得到这个世界。当然这个可笑的幻想很快被打破，因为什么也看不到。而所谓的白色其实只不过是亢奋的大脑投射出的一个虚像罢了。

其实这种虚象对于失眠者而言有很多，尤其是在半醒之间时，总觉得自己处于一种极真实又极虚幻的境界，其间的人和事，是那样的清晰明了。如果那是一篇文章的话，应该是一篇思路清晰、人物形象很鲜明的佳作。然而等恢复清醒时，再次回味刚才那头脑里的情形，发现只不过是极荒诞的涂鸦之作而已。不过接着又很高兴，说明刚才是睡着了啊！这种浅睡眠对于失眠者而言是一种痛苦何尝又不是一种幸福。

有时候看到打瞌睡的人上眼皮和下眼皮在打架。心想，这时候他能躺下来睡上一觉，对他而言，一定是这个世上最美的一件事。而现在这个情形正好相反，现在是上眼皮和下眼皮恰似南北两极，相距甚远。但是总不能一直睁着眼和深邃的夜空对视吧。所以只能合上眼，然而却像合上电闸一样，一阵难受从后脑勺传导进整个大脑。所以啊，对于失眠者而言，清醒是他最大的敌人，睡眠才是他的“情人”。

有种体验叫失眠

初尝失眠的滋味是我高考考最后一门的前一夜，受几个同学的撺掇到住宿的酒店的楼上去探险，结果险没有探到，带着莫名的亢奋回来，然后就翻来覆去地睡不着。大脑中两方在擂鼓对垒。夜是那么安静，可是我的大脑里却是惊天动地，双方互不相让，夜很漫长一如我大脑里双方的鏖战进程。双方毫不示弱，拼尽全力，直至凌晨，清醒这一方才罢兵，我正准备睡觉，大家已经起床，神清气爽地准备最后一场考试，而我却只能头重脚轻地起床漱洗，然后昏昏沉沉地走上考场。最后稀里糊涂地答卷、交卷，到了下午回到家睡了一觉，醒来才记得自己在半梦半寐之间竟然就把这十年寒窗的辛苦给解决掉了。

最近一次感冒，吃了一点感冒药，结果没有任何征兆的失眠就来了。身边没有一个人，那一瞬间突然有一种感觉，这个世界只有自己一个人，除了痛苦其他一切都与自己无关。我失声地发出痛苦的呻吟，然而那微弱的声音很快被夜空所吞噬。头痛欲裂，我觉得自己的头似乎不再是圆的了而是其他形状。我用手伸向空中想要抓住头脑里刚刚出现的虚像，然而除了空气什么也没有。那个时候最迫切的愿望反而是要白昼快些到来，因为白天到来了，至少自己不会孤独了，可以找人倾诉了。当然也希望那艳阳能够晒去细胞中的那突如其来的失眠因子。后来白昼终于在我的等待中来了，我清醒而痛苦地度过了一夜。

现在，当我再次进入酣眠并发出响亮的鼾声时，黑夜对我而言是正常的、是宁静的、是美好的。可是有很多人却仍在数着夜的钟点，和失眠鏖战。白昼啊！你是否能够明白那夜的黑。

有种灵感叫半梦半寐

失眠这种事倒也并非没有丝毫好处，我有过多次从失眠中获取写作和上课灵感的体验。当然这种失眠应该说是一种半梦半寐的状态更好。有时写作或者备课之后进入睡眠，由于人物的生理学的惯性，那些兴奋的大脑细胞，犹如已经吹响了冲锋号的士兵，突然鸣金收兵让他们有些猝不及防，他们还在按照原先的节奏在冲锋陷阵。这时候，尤其对于处于瓶颈区的思维是一个很好的机遇。有时候会有惊喜，就像备课一样，想找一根线，这时会突然迸了出来。对于写作来说也是如此，人物的命运、故事的情节也会柳暗花明，山回路转。那种感觉，仿佛是一位智者在黑暗中向你揭示了智慧的秘密。在这样的时刻，你的思绪如同脱缰的野马，自由驰骋在无边无际的草原上。你可以感受到自己的思维在不断地跳跃、碰撞，如同一群勇敢的探险家在未知的领域寻找宝藏。

在这个世界上，每个人都有自己的方式来寻找灵感。有人喜欢在清晨的阳光下漫步，有人则喜欢在深夜的寂静中冥想。而我，则选择在失眠的夜晚，倾听内心深处的声音，感受那份独特的宁静与美好。失眠，不再是困扰，而是一种馈赠；灵感，也不再是遥不可及，而是触手可及。这也算是一种意外之喜吧！

腊八节

（农历腊月初八）

十二月八日步至西村

宋·陆游

腊月风和意已春，时因散策过吾邻。

草烟漠漠柴门里，牛迹重重野水滨。

多病所须唯药物，差科未动是闲人。

今朝佛粥更相馈，反觉江村节物新。

腊八节，即每年农历腊月初八，本为佛教节日，后逐渐也成为民间节日。在我国北方，有“小孩小孩你别馋，过了腊八就是年”之说，过腊八意味着拉开了过年的序幕。每到腊八节，北方地区忙着剥蒜，泡腊八蒜，吃腊八面、喝腊八粥。

聋婆

聋婆已经去世多年。

村庄里当然很多人都会记得她，她也是这个村庄里最普通不过的一个女人，当然也有点不同，那就是，她是一个聋人，除此以外，她还有一个与其他人不太一样的地方，那就是她的丈夫失踪了，而且她丈夫的行踪至今仍是个谜。

我先从她的丈夫说起吧。她丈夫有一项技能：炸爆米花。对，就是看电影时有些人喜欢吃的那种零食，在若干年前它也是我们的最爱。二十世纪七八十年代，腊八节过后，大人们就开始为过年准备零食，花生和瓜子是最常见的，自己家地里产的，在铁锅里炒一下即可，人总是这样，自己身边的总是无所谓的，很多年之后，我看到人们花不菲的价钱从小贩手里买这些昔日不值钱的零食，颇有感慨。在看电影时为孩子们买那一桶几十块钱的爆米花时，我突然为儿时可以用几毛钱的价格吃到这美味的零食而瞬间幸福感上升。是的，这要感谢聋婆的丈夫，因为他会炸爆米花，所以人们给他起了一个绰号叫“铁锅”。而自从他失踪之后，我们过年的零食食谱中便少了这道美味。直到很多年后大街小巷有卖爆米花甚至焦米棒的人出现。但感觉却早已不是当年的那个感觉了。

炸爆米花一定是零食里最惊天动地的一种。“咚”的一声巨响后，空气弥漫爆米花的香味。制作这种零食的工具像一个“食品膨大器”，或者可以理解为“粮食充分二次扩充器”。它相当于我们今天的高压锅，把玉米、大米放在里面高温加热。出来的食品，身材瞬间增肥，口味也瞬间暴增，最有趣的是那一声爆炸声，比放了一个大炮仗还带劲。小时候爱围着看铁锅炸爆米花，不只是贪图那爆米花的美味，更是期待那一声刺激的轰鸣声，虽然每次都是用双手塞着耳朵，往大人怀里躲藏，但是那眼睛仍然从衣服缝里张望，期待那股青烟的冒出。那声音虽然震耳欲聋，但对人并没有什么威胁，属于那种温和的大炮仗，随着这一声爆炸声，那一股带着热气的香味就迫不及待地穿透皮口袋跑了出来。热腾腾的烟雾中还有铁锅那苍老的容颜，我想对于村里的孩子们，在那个年代，这个声音、这副面孔是美的。它预示了年快来了，过年了，有新衣服穿，有好东西吃了。

不知在哪一天，这些便突然消失了。

那是一个很平常的下午，人们是隔了很长时间才知道，那个到了过年时便会给人们带来美味零食的人离家出走了，到现在还没有回来。然后人们开始汇拢消息。

据说是和儿子吵了一架，气走的。我母亲看到他沿着田埂向北走的，还问他去哪里。他嘴里骂骂咧咧的，这是他留给村庄最后的表达，从此以后，他便消失了，就像从人间蒸发了一样。对于一个小村庄而言，在它的历史上也算得上一件可以载入村史的事件。就这样聋婆丈夫和他的“粮食充分二次扩充器”的爆炸声彻底消失了。村庄门前的那条河流依然波澜不惊地流淌着，少了一个人的村庄自然还是那个村庄，甚至少了男主人的那个家庭也依旧运转着，当然比以前更加贫穷了，两个儿子当时刚成年，很多年之后，老大才机缘巧合组织了家庭，这已经是后话。

村子里的人能够看到的是聋婆整天游荡在村子前面的那条大路上，嘴里不断念叨着什么，她戴着一个很古老的有着花纹的头箍，身上穿着的衣服经常让你无法分辨季节，大多数时候都是一件夹袄不像夹袄、衬衫不像衬衫的黑色衣服。因为聋，自然无法和人交流，别人也不愿和她交流，其实她人看上去挺和善的。偶尔从她身边经过，似乎听到她嘴里在说“铁锅，你回来……”之类的话，唉，也许她的记忆还在丈夫失踪的那个下午。往往一时冲动就改变了一个家庭的发展轨迹。

聋婆一家很有传奇色彩，除了丈夫的爆米花的手艺外，聋婆还有一个既广为人知又很神秘的身份——大户人家的“千金”，她和丈夫如何结合的也就鲜为人知了。当事人都不在了，这些事自然也就湮没于岁月的长河中了，大概也只有像我这样喜欢寻根问底的人会去思考这个问题，村里其他的人记忆都已经很模糊了。但对于一个平淡如水的村庄，其实这样的事还是很值得停留的。否则，多年之后，这个村庄和其他村庄变成一个小区，村民们都上了楼的时候，村庄的记忆就更加模糊了。

聋婆已经去世多年。“铁锅”失踪的时间更长了，曾经还有人说在某地看到过他，他儿子也曾经去找过，当然都没有消息了，人海茫茫，遇到一个人不易，找到一个更不易，有的时候错过了，就是一辈子，不，是永远。有人言，今世的相遇是前世五百次的回眸，不知前世多少次的梦里寻、泪里求，才有今生之因果，走散了，缘也就尽了，再次相逢那会又是一个五百年。

想当年，聋婆仍是大户人家的“千金”时，对镜梳妆，居于深闺，因为耳聋下嫁心灵手巧又勤奋能干的乡下人，坐着他的大船，带着嫁妆，那红色的箱箧、子桶和那潺潺碧波映衬着，聋婆当年那俏丽的面容和铁锅憨厚朴实的面孔在水中清晰又模糊，逐渐地扭曲在涟漪中。

冬日乡村记忆

冬日接近尾声，最后一幕大戏即将敲锣打鼓上演，我们一家从数百里的苏城回到老家，苏北沿海的一座小乡村。在冬日的风中一条新的省道从田地中间穿过，好多受影响的被拆迁的房屋的瓦砾还隐约可见。我感叹道：城市化的进程是越来越快了，乡村在很多地方正以迅雷不及掩耳之势如落潮般消失。随之消失的还有和村庄如影相随的各种行当，一切的一切将来都只会以名词出现在词典中然后附加一句，“存在于二十世纪，现在已经消失……”从这个角度来看，我们这一代从农村出来走进大城市的人还是幸运的，但同时，我们也有把这些属于乡村的记忆记录下来的义务和使命。

致即将消逝的乡村

我的老家在农村。二十多年前，我父亲无比兴奋而急切地为我转成城市户口时，一定没有想到，日后，绝大部分地区城市户口、农村户口已经没有太大的区别。甚至农村户口因为有土地比城市户口更实在。很多人生活在城市中也不愿意放弃农村户口。当然，还有一点没变的就是虽然农村户口有点实惠，但是农村仍然是没有人愿意待的。当年不愿意待在农村，但是进城的路很艰难，途径也很有限，所以更多的只是可望而不可即，少数的几个通过上学，或者亲戚关系进城了，但这对乡村终究只是九牛一毛。乡村还是乡村，乡村还是大人们鸡鸣而起，月升而归，忙个春夏秋季，到了冬季，成了“麦一种手一拱”的乡村。乡村还是孩子们成群结队在村子里嬉闹玩耍的乡村。乡村还是茅草屋和瓦房掺杂，辛苦却热闹的乡村。

几十年过去，当年的很多梦想成为现实，甚至大大超过了当初“楼上楼下，电灯电话”的梦想。现在是电话早没人用的，大家都在用智能手机了。楼确实还没有家家户户有呢，但是标准高多了，或者只要有婚龄孩子的家庭已经在筹划城里买楼房了。梦想的实现按道理讲应该是好的事情，可是当农村人的工作时间变成了年初进城，年末回家，工作的地点变成了城里而不是田间。先是几个再是一大片最后是乡村里有劳动能力的人都走了。田里每年的微薄的收入早就让田成了农家人心中的鸡肋，种也不是不种也不是，索性就雇人种，主要是种麦子等作物，收多收少无所谓。这时乡村哑了……

乡村的衰退历程才刚刚开始。买了城里的楼房，小两口到城里了，然后生了孩子，沉重的贷款迫使小两口要想法赚钱，带孩子的事情只能让老人代劳。所以最后连这些村庄最后的站岗人也都得进城了。乡村被掏空了，就像一只瘪了的蛇皮袋，飘荡在原野上，如游魂般听任风在吹拂。乡村人走了，房子还在，田有的荒废了，但是有些大户愿意收购。春种、秋收时总还是有点乡村的模样，乡村还没有哑。那些离城镇比较近的乡村因为城市规模的不断扩大，先是工业园再是高新区、开发区，港区，然后是新城、高铁新城等。城市一口一口地吞噬着乡村的地盘。乡村在微笑中不断萎缩。乡村的贫穷让人们早就弃之如敝屣，城市的繁荣让人们早就对它趋之若鹜。是啊！祖辈们最大的梦想不就是能够跳出农门，不要再过“面朝黄土背朝天”的生活吗？做城里人的梦就这样猝不及防地呈现在面前，乡村也就这样在一种自我献身的悲壮中逐渐离去。直至有一天，它的地盘被一个公交站名所取代。直至有一天，连那曾经的地名也会被一个新楼盘的名称所取代，那时乡村就算是彻底地消失了，这时间也许并不会太长。

我说的是一个沿海的偏僻的乡村的故事，也许是整个中国乡村都在发生的变迁缩影。

人是一个矛盾的动物，我们无比向往着城市的繁华，可是如果有一大，我们成了城里人，我们那农村的故乡却正在消失，我们还会快乐吗？如果作为地域概念的乡村消失了，那么我们失去的将是人类的相当一部分记忆，多年之后，我们孩子将无法再理解诗歌里的“渡头余落日，墟里上孤烟”的风景；“开轩面场圃，把酒话桑麻”的悠闲；“箫鼓追随春社近，衣冠简朴古风存”的遗世古韵。就像我们今天和孩子讲述茅草屋、老土灶以及驴子、骡子不是马一样，这些被历史封存的记忆，即将成为最后某一代人的回忆，之后再无重现。而比这更严重的是如果我们子孙的灵魂都将永远禁锢在这“钢筋笼子”里，水泥的坚硬、钢筋的冰冷、霓虹的迷离、电脑的程序是他们生活的全部，那么什么才可以“救赎”他们迷失的心灵。是靠电视屏幕中的青山绿水还是靠手机里的游戏场面？应该都不是，只有那乡村的宁静和淳朴的民风才是心灵的安憩地。

时代的变迁，谁都无法阻挡，农村的城镇化建设曾经是这个国家和民族所遥不可及的一个梦想，而今发现那个梦近在咫尺，我们却无法掩饰内心的恐慌，乡村就这样消失了吗？我们可以坦然接受现代化带来的便利与机遇，却不能抹去家乡的温暖记忆。未来注定波澜壮阔，但我们不能任由乡村成为历史的眼泪。相反，我们要更加珍惜这份珍藏心底的情感，以实际行动留住乡村的魅力，保护村落的环境，让世世代代都能延续那份源自乡村的温暖和眷恋。

数千年来，乡村作为民族精神的重要组成部分早已融入中国人的血液。乡村虽然有一天不在或者以另一种形态存在，但那些别致的风景仍在我们心中沉淀，赋予我们根深蒂固的情感共鸣。

一个永远葱茏繁茂、土墙碧瓦的故地！那里有生活在乡村的人们，他们鸡鸣而起，日落而归，他们很辛苦但是很自在，他们和睦相处相互了解，我们是那么爱它的袅袅炊烟，爱它的稻花飘香，爱它的晨曦微露。每当我们走遍街头巷尾，总会不禁遐想起那段田园牧歌般的时光。那些年，我们在田间埂头度过美好的童年时光，放学后跑到溪边捉鱼摸虾，夜晚围坐在瓜棚下听爷爷讲过去的传说。

让我们用心记下那平淡却温馨的乡村时光、山居岁月，只有如此，才能在乡村凋零之际，给自己留下一份永恒的怀念。

臼 房

“臼，舂也。古者掘地为臼，其后穿木石。”——《说文解字》

臼是一种舂米的器具，用石头或木头制成，中间凹下。如果再往前追溯，臼最早是在地上掘了一个洞，当然用得比较多的还是石头，石头结实嘛。在一方大石块上凹进去个坑，一米左右深，直径十多厘米。那是一种取自大地的灵感，人们通过手工匠心独运制作的农家神器，它传承着一代又一代的智慧，它是历史的见证，更是力量与毅力的象征。它是粗犷的艺术，也是生活的智慧。

那么它到底什么作用呢？从“臼”这个字也可以看出，在一个一面开放的容器中有很多的“小点”，这些“小点”，有些就是舂碎的米粒。这些米粒当然就是最终的半成品了，当我们站在臼前，低头细看，臼中的景象颇为壮观。捣碎的米粒，米的“原始外衣”——稻壳，它们如繁星点点，沉淀在生活深处。总会引发无尽的遐想。那一个个凹陷的石槽，如同破晓前天空的星星，仿佛在诉说着岁月的沧桑。每一次的捣击，都是一场与生活的搏斗，是对自己和大地母亲的庄严礼赞。它不仅需要力气，更需要技巧和耐心。

瞧！这位推动生活前行，又深知生活千百滋味的技术工人——舂米者。他们手持沉重的石棒，挥舞着。捣米时，将稻子或谷子放进去，然后将一根粗大的石杵或者木杵插入石坑，双手拎着杵把上下捣击。捣击一阵后，须将坑里的谷物掏出来，用簸箕将稻皮或谷皮除去，再放进石坑里捣。如此这般三四个来回后，石坑里就剩下白花花或黄灿灿的米了。用石臼捣米既是力气活儿又是技术活儿。首先那根重的石杵要拎得动。捣米时力气还要用匀，轻重缓急、抑扬顿挫都要将分寸拿捏准确，否则，不是捣不出米就是把米捣烂。

回忆童年时光，每逢春节时分，村子里便会响起熟悉的"梆、梆"声响，那是碓臼工作的声音。碓臼，又称作坐臼，是一种固定在室内，用于研磨粮食的大型石臼。那个碓臼单独设在一个简易的屋子里，那个房子也被称为臼房。其实那个时候每个村子里已经有了一处用机器机米的地方了。所以这个时候的碓臼已经没有人用它来舂米了，那用来干什么呢？舂米粉。就是把米再进一步舂成粉末状，主要是舂糯米，舂下的米粉是过年时蒸年糕用的。除此以外还有一个用处是舂玉米，和舂米粉相近，把玉米舂成粉末状，其作用是用来做玉米糊粥的。

因为使用得并不频繁，所以更多时候，这间温馨的臼房成了我们儿时做游戏和捉迷藏的所在，那时的农村孩子，在大人们毫不在意或无暇顾及的环境下，总能在自己的快乐天地找到属于自己的乐趣。

那个碓臼一直留在我的脑海里，这种称之为古井式的天轮臼，它们的装置和前面所说的略有不同，首先用来捣的杵不是一根直的木头，而是横放的一根类似丁字镐的东西。其次，这根横放的木头中间有一个支点。上面房梁上还有两根系着的绳子作平衡用。那时候我们并不知道有一种和这个很类似的器具叫跷跷板，但是这并不妨碍我和那一群小伙伴在那个臼房里玩得不亦乐乎，那个斜支着的杵，由于年月久了，木面上已经磨得光滑，我们几个孩子站在上面，感觉就像是骑在一位老爷爷佝偻的背上，那满是划痕和凹凼的木方仿佛就是老爷爷那瘦骨嶙峋的脊背，我们尽情地在木方上蹦蹦跳跳，仿佛在年迈的爷爷膝下嬉戏。我们也学着大人那样在木方的两头踩踏，于是“叮咚叮咚”的声音便在那个破旧的臼房里响起，伴随的是我们童年的笑声。

这根弯曲的木方，宛若隐藏于乡村的魔盒，诉说着古老的故事。这根神奇的木方，让我们尽情享受童年的快乐。那时的我们，并不懂得珍惜那些宁静而悠长的时刻。眼中见惯了这一切，反而感受不到它的珍贵。如今回想起来，那场游戏似乎早已隔世，那份快乐也早已远去。那木方仿佛穿越时空的桥梁，连接着远古与现代。那根历经岁月洗礼的木方，记载着我们的欢声笑语，留下了我们成长的印记。而我们则像是那场古老农事掉落的种子，正在拼凑被时间碾碎的回忆。

臼房到底是谁家的？现在已无法考证了，因为它的主人和它都很快湮没于岁月的尘埃中了，村里人大概能够记得有这个臼房的人也不会太多，是啊，从二十世纪六七十年代开始到今天，变化太快，我们生命中经历的太多，扑面而来的很多、过手即扔的也不少。像臼房这样在我们生命中匆匆如过客的东西有过太多，记忆里没有储存也是正常。然而有一日当我们介绍我们先辈的生活时，当我们需要向学生讲述“家贫亲老，不择官而仕；亲操井臼，不择妻而娶”中的“臼”是个什么东西时；当我们需要讲述“舂谷持作饭，采葵持作羹”中“舂”是一个什么动作呢？才蓦然记起，这个叫臼的东西，曾经也在我们的生活中出现过；曾经如此亲密地伴随过我们的童年。

岁月的长河中，有些事物终究会消逝。碓臼那平静的外表下，隐藏着无尽的潜力和生命力。那里曾孕育过健壮的子孙，见证了世事无常的变迁。当我们被疲惫的生活摧残得透不过气来，不妨静下心来，回味那些简单而纯粹的时刻。回味那在永恒的苍穹之下，熠熠生辉的珍贵记忆。

火　柴

品味岁月的故事，翻阅历史的篇章，总会找到那些铭刻在心的一瞬。那些记忆的闪光，宛如夜空中璀璨的星辰，照亮孤独寂寞的夜空，温暖人们心灵深处的角落。这一瞬对于我来说就是那火柴的光亮。

万籁之中既有绝响人间的琴瑟琵琶之音，也有天地密码的风雨声，但我唯独对“哧……啦……”声情有独钟。伴随着一阵青烟以及浓重的火药味，然后有一缕火苗从紧捏在一起的拇指和食指之间的一根小棒上燃起。你知道是什么吗？对，是火柴。火柴今天已经彻底被打火机取代了。所以能够看到火柴的地方很少，使用火柴就范围更小了。但是我小的时候，火柴却是被应用最为广泛的生活用品之一。那时它的名字叫作“洋火”。其实火柴最早的发明者是中国人，而且可以追溯到南北朝时期。

火对处于黑暗和寒冷中的人最为重要。在我小的时候，这两样东西是我们生活中的两个梦魇。那个时候虽然家家已经有了电灯，但因为电压极不稳定，所以蜡烛、煤油灯这样旧式的照明工具家家都是必备的。到了晚上，正在电灯下吃着饭呢，突然眼前是一团漆黑，伸手不见五指，这个时候“哧啦”一声，伴随着那熟悉的火药味，一缕火苗升起，眼前的黑暗被这一点光明划开一道门，当熟悉的情景又都呈现在面前，这时才觉得光明是如此的可爱，哪怕只是微弱的光亮，也比那完全的黑暗要强了不知多少倍。

熟悉的“哧啦”声，仿佛是光明使者奏响的旋律。黑夜里的那束光，燃烧着生命的激情，点亮着前行的道路。人只有失去了或者难以拥有的才知道珍惜，正如现在一天二十四小时，电是正常的，没有电倒成了特殊，所以我们对黑暗没有太大的感觉，我们早已习惯了电给我们带来的光明，自然也就少了对火柴这类引燃物具带来光亮的感动。而我们那时正是因为火柴总是在黑暗中扮演了送光明的角色，才让我们至今难以忘怀。因此，我们感激那份点燃火柴后重新获得光明的喜悦。更为那熟悉的“哧啦”声中所蕴含的祝福感到无比欣慰！

那微弱却充满力量的火焰啊！穿越时光隧道，支撑起我们在逆境中的信念，给人以面对困境的勇气。抬起头来，向那黑暗深处望去，你会发现，光亮如同一盏明灯，指引你走出黑暗的困扰，迎接明天的曙光。而在那记忆中不断闪烁跳跃的火苗，闪烁出的正是关于光明的温馨记忆。

寒冷和贫穷好像是一对孪生兄弟。小的时候，对于寒冷有着比较刻骨的感受。晚上睡觉，冷；早上起床，冷；上学的路上，寒风扑面，冷。每逢这时刻，我总是迫不及待地想要帮母亲烧火煮饭，因为我深信，只要有火焰的陪伴，再寒冷的冬天也能战胜。那时的我们就像是火焰的信徒，手中握着燃烧跳动的火种，眼神无比坚定。我总会满心欢喜地拿起火柴，点燃那微弱的光明，用稻草作为燃料，引起炽热的火焰。随着稻草被不断地塞入灶膛中，火焰愈发旺盛，那闪烁的火光宛若黑暗中的明灯，引领着我们前行。那时，我们全然忘却了生活的困厄，像护卫圣火般上下跳跃，用心去守护我们的温暖。每当这个时刻到来，我会毫不犹豫地将布鞋伸向灶口，看着那蒸汽缭绕上升，然后感觉缕缕的温暖慢慢传遍我的全身。那感觉，就像是春天的回馈，像春蚕在吞噬桑叶般，将那寒冷一点点吃掉，直到最后将它们消除殆尽。

那时在两个锅灶之间有一个小洞，那个小洞就是用来放火柴的，最喜欢的就是新的火柴盒，轻轻一擦火柴就点燃了，最怕的就是用了次数多了的火柴盒或者是有点潮湿的火柴盒，用旧的火柴，那个擦皮上都已经磨损得很厉害了，上面的化学成分已经被使用得差不多了，火柴怎么擦也擦不出火花。这样的火柴盒对于燃火，它的使命已经完成了，但是对于我们这些孩子而言，它的新使命才开始，那就是它成了我们游戏的重要道具。

恍若时光倒流，回到那些曾经充满欢声笑语的日子——那时候没有智能手机，没有电脑游戏，没有昂贵的玩具，但我们有自由自在的游戏，其中最具代表性的便是“拍洋火盒”。在那个年代，我们的小世界里总是弥漫着欢快的气氛。孩子们一拿到新的火柴盒，便迫不及待地挑选出上面印有各种图案的包装纸。每款火柴盒的标价不尽相同，那便是我们最初的“财富象征”。孩子们一旦聚齐，便会以富有挑战性的比赛方式决出胜负，每个参赛者手中的“筹码”都是火柴盒。参赛者将手中的“筹码”叠放整齐，放入桌面中央，展开一场激烈的争夺大战。那激烈的场面就如同火焰般热烈燃烧。

我们的童年就像那一个个火柴盒，简单而丰富。光阴荏苒，时光匆匆逝去，那些无忧无虑的游戏岁月成了我们记忆中的瑰宝。

三十多年前，小小的我，犹记得那一根根带着童年光影的火柴，它触手可及，仿佛藏有无数的秘密。火焰虽小，但却照亮了心空，如今想来，仍然能感受到那份温暖与力量。那是一根拥有神奇化学元素的魔法棒，它轻轻一划，便点燃了梦想，破开了迷雾，让我们看到了未来的方向！与其说它是引燃的工具，不如说它是引领我们前行的引路者，点亮黑暗，带给我们希望。然而，岁月无情，那些陪伴我们度过童年时光的火柴，终究消逝在岁月的甬道。陷入漆黑困境之时，我总会想起那一根能够自行发光发热的火柴。那一团微弱的火光如同天使一样，温柔地照亮了前方的路。只是那时的我们，尚不懂得珍惜这份珍贵的礼物，我们从不曾为它们起身致意，只是默默地将黑色的炭柱抛向遥远的地方，然后迎接美好的明天。

如今，我已走过人生的繁华喧嚣，看遍世间的沧桑变化，也经历过生活的诸多坎坷与波折，但昔日的那根小小火柴依然在心底跃动，像极了夜空中那些星星。原来，每个人心中都潜藏着这样一根魔法棒，只是有的人选择了悄然遗忘，有的人则选择了珍惜与珍视。当我们身处黑暗之际，唯有将心中的小火焰点亮，才能找到前进的方向。

别再让生命留下遗憾，别再让岁月带走那些可爱又温暖的记忆。无论身处何时何地，都要好好珍惜手中的魔法棒，用心去感受生活中的每一个细微之处，感恩命运给予我们的每一项馈赠。因为，那些被我们轻易丢弃的东西，都是世间最为宝贵的珍宝。此刻，让我们一起点亮心中的火种，向着星辰大海迈出坚实的步伐吧！

小砖窑

在那片广袤无垠的大地上，砖窑厂曾经如繁星点点，无数的童年时光都在那里悄然流淌。那个小砖窑至今仍时常浮现在我的脑海中，带给我深深的怀旧情愫。

小砖窑坐落在幽静的村落中，闲适而宁静。儿时的我便是在这小小砖窑的陪伴下度过了童年。那时的砖窑可谓遍布城乡，每个村庄几乎都能看见它们的身影。然而，随着岁月的流转，那些曾经蓬勃兴旺的砖窑逐渐消失在人们的视线之中，屈指可数。令人不禁疑惑：为什么它们会消失不见？

答案并不复杂：小砖窑的规模较小，产出量有限；而且由于其土坯制作工艺科技含量不高，导致生产出来的砖瓦质量难以控制。更为棘手的一点是，砖窑所需的主要原材料——黏土，日益稀缺。如此种种因素交织在一起，使得这类小型砖窑无法与大型轮窑厂相抗衡，竞争力丧失殆尽，最终无奈走向衰败。想到这里，我心中不免涌起无尽的感慨！

前尘往事历历在目。记得当年，改革开放如火如荼，人民生活水平如振翅飞翔的雄鹰一样迅速攀升。老百姓的腰包逐渐丰盈，改造家园成了最紧迫的课题。在这背景之下，小砖窑迎来了生机勃勃的春天。虽然相较于大轮窑厂出产的红砖，小砖窑出产的青砖在坚固程度上略显逊色，但这种差距不足以影响到我们的建筑需求，甚至有些青砖的结实程度胜过红砖。而且小砖窑方便快捷，我们可以轻松购买到需要的砖块，无论数量多少，只需找辆拖拉机就能运回家。资金不足时，甚至可以赊账预订，待秋季稻谷丰收、经济好转后再付清款项。如此便捷的服务，是那些大轮窑厂无论如何也提供不了的。

那个时候，我父亲正是这种小砖窑的厂长。每逢午后或黄昏，我总喜欢陪着他在砖窑边散步，看着父亲巡视砖窑工人的制砖过程，听着火焰燃烧的声音，感受着砖头在烈焰中重生的奇妙体验。那份温馨和幸福感，仿佛屋外的阳光般温暖细腻，伴随着我度过了欢乐无忧的童年时光。上次回老家，故地重游，那些曾经繁荣热闹的小砖窑已经完全消失。昔日的美好时光渐行渐远，只留下记忆深处的那份无尽思念。

小砖窑，尽管粗陋朴素的外表并无惊人之处，但当我们近距离观察，它却宛如大地的灵魂，处处散发着浓郁的生命气息。它的身躯，俨然是一座沉睡的城堡，它的存在，如同璀璨夜空中构成美好星图的繁星点点。它表面上印刻着岁月的痕迹，如同一位穿越历史长河的智者，记录着一段段关于生活的故事。它的造型简洁而不失特色，犹如画家笔下峭拔坚韧的线条，每一道纹路都象征着劳动者的智慧与汗水。小砖窑，无疑是我们这个时代见证劳动人民勤劳与智慧的最佳物证之一。

站在小砖窑的前方，你可以清晰地看到那高低错落，犹如秩序井然的砖坯堆，它们的高度几乎与人相等，看起来比烧制后的砖块体积还要大一些。想到不久后，这些泥坯成群结队地垒起一幢幢幸福的家居时，你不得不感叹于劳动人民的无穷创造力和无尽智慧。

走进小砖窑内部，眼前的景象更让人感慨万分。你仿佛置身于一个与世隔绝的世界，这里所有的声音都仿佛静止了，只有你的呼吸声与脚步声交融其中，营造出一种孤寂而神秘的氛围。天空仿佛变得愈发遥远，圆圆的形状让你感到如同身处异界之中。若尝试着伸手触摸那个看似遥不可及的天空，才发现那其实只是一个微缩版的圆盘，就在你触手可及的地方。此刻，你会深刻体会到“坐井观天”的意义。

除了这些令人惊叹的细节外，小砖窑内部还有许多装饰性元素，例如贴在内壁上一米高、宽度仅为数十厘米的封闭式砖墙，以及用来堆砌砖坯的台子等。这些设计既实用又美观，充分体现了劳动者们对美的追求。而且，小砖窑内还设有多个拱形的烟囱状结构，远远望去，好似一个个形态各异的窗户，赋予了整个小砖窑别样的风情。

在溪边青山相映、鸟语花香的地方，沉寂的窑场里正在进行着一场如诗如画的大赛！窑厂的工人们用他们的智慧与汗水，用心地打扮着每一步的步骤，像是精心制作一件艺术品。

首先，把砖坯瓦坯全部装进窑内，是烧窑工艺最为关键的一环。砌砖坯瓦坯也颇有学问，最主要的原则便是留有余地。砖头堆得要有一点缝隙，但同时也必须保证能最大限度地利用窑内空间。我父亲所经营的那座小规模的窑厂，大约可容纳二三万块砖坯或瓦坯，这便是最佳的数量。将砖坯放入窑内时，一般先由底部开始安置，等堆积到了一定的高度，便在窑里搭建起砖块堆台，然后由工人自上而下逐层传递砖坯或瓦坯，以便准确掌握装填的进度，确保窑体得到充分填充。就如同进行一场巧妙的舞蹈，让每块砖瓦都得到最好的展示。窑体像极了一个倒置的碗碟，越往高处越显得细窄。通常来说，底部放置砖块，上层则铺以瓦片，这样一来，不仅方便在炉顶封顶时糊土紧密稳妥，而且使得炉壁更加坚实。

辛苦忙碌之后，烧窑终于拉开序幕啦！燃料选用的仍然是农村最常见的农家秸秆。为了使火力渗透每一寸，高温总是保持不变且不过盛，得凭依惯例，设定燃烧若干草垛的定量。这份尺度如果不能妥善掌控，很可能会带来麻烦。例如有的工人惜时如金、偷工减料，结果炉火势必减弱，那些砖瓦没来得及完全烧制，在灭火及浇筑过程中，这些未曾完全熟透的砖瓦上将会发生坍塌的悲剧。另一种情况则是烧过头，那么部分砖瓦恐难承受高温压力，形态严重变形，变成不合格品。因此，在烧制过程，责任感和实践经验缺一不可，两者结合起来，才能得到完美的融合。

炉火熊熊燃烧，一连几昼夜，尽管人数众多，仍需轮番接替，以求火力始终不衰。这当然少不了庄稼秸秆的帮助，好几位工人轮换，目的在于确保火候既能够烧至恰到好处，又不会过甚或不足。

当大火燃尽，火焰熄灭之时，便是关闭炉火的良机。这一环节虽简单却技术含量高，需要师傅具备敏锐洞察力，犹如熟练掌握烹饪技术的厨师，一看、一闻即可了解汤汁是否已经做好。

然而，烧窑旅程尚未宣告终结。这过程犹如历经三天三夜烹煮才呈现在眼前的美味佳肴一样，有些菜品在熄火之后并不适合立即食用，尚需焖煮片刻方能得其核心滋味。同样的道理用在烧窑身上也是通的，经受三日炙烤的窑内温度已然接近千摄氏度，此时取出内部的砖块如同火焰山中之人手触炽热的岩石。这样烧结成型的砖瓦，难以取出，亦无法使用，所以这就需要倒入冷水进行冷凝降温。在窑顶上摆放着五六个大型水箱，那时并无自来水供应，全部都依赖工人们从潺潺流淌的河中合力挑来。这些小砖窑大都建立在宽阔河流的岸边，正是为了方便取用河水。水箱里装载着一根直接通入窑内的水管道，其真正的使命便是对炽热似火的砖瓦进行冷却处理。在此过程中，唯一需要保证的就是缸里水源充沛，水柱始终源源不断地洒向窑体之中，决不允许任何疏漏产生。但是，正如烧窑流程表中提到的那样，若有工人怠慢行事，少挑了所需河水，必定会引发“红焰炉”的现象，我那老家的房子屋顶瓦片就是这样的结果，呈现红色，最终无奈只能采用水泥与黑色墨汁强行染色。

历尽了种种看似简单实则复杂的制作工序，窑中的砖瓦终于可以出窑了。这里不得不说到我们老家的那幢房子的砖，那些砖每一窑挑个几百块上佳的砖，挑了很长时间、很多窑才挑出的。那些砖抓在手里敲起来都“叮咚叮咚”响，如铁一般结实。砖当然比不上铁，但是我家老房子的砖三十多年没有一块锈的，这是事实。好的青砖其实并不比大轮窑厂的红砖差，这也是事实。

我父亲在那个小砖窑做了三年左右的厂长吧，在他之前，几任厂长都得病死了，很多人都说那窑风水不好，所以我父亲去承包小砖窑时，家人都挺为他担心的。后来他做了几年厂长，把那个小砖窑搞得风生水起。他不干了之后，那个小砖窑也就没有人有能耐去包了，最后荒废，周围的居民纷纷拆卸遗留的砖瓦器具，昔日的工棚也成了废墟。小砖窑曾经辉煌过，热闹非凡。然而，随着时代变迁，它渐渐淡出了人们的视线。如今的它，只剩下风中的叹息和渐渐消失的灰尘见证着那段逝去的繁华。然而，我们不能忘记，这尘封的遗址背后，隐藏着多少劳动者的智慧与辛酸。

三十多年前的一天，初春时节，大地依然微寒，可那股暖人心扉的希望却早已孕育其中。工人们开始忙碌着准备新的一季烧制砖瓦的燃料，而我们这些孩子们则欢快地跑来跑去，为即将到来的热闹喜庆增添更多生气。

夜幕降临，大人们开始了神圣的祭拜仪式，仿佛在诉说着对未来美好的期许。然后，他们开怀畅饮，欢乐的笑声点亮了整个夜晚。那一刻，空气中弥漫的美酒醇香和丰盛美食的味道如同暖阳洒落在每个人心中。就连那些平时严肃内敛的人，此刻也变得慷慨开朗，尽情享受这份难得的喜悦。

熊熊烈焰烧起来了，柴火在炉中跳跃燃烧，火花四溅。这不仅仅是一种生产活动，更是一种对于生活的热爱和期待。当那些壮硕如牛的男子大声喊出“烧窑啦”的口令时，那份热血沸腾的激情如同滚烫的热浪，直冲云霄。

家　书

岁月静静地流逝，犹如那缥缈无踪的云朵，但总有一些事物，会勾起我们内心深处那份久违的悸动，家书便是其中之一。正如那首曾经风靡一时的歌曲《一封家书》所唱：“爸爸妈妈多保重身体，不要让儿子放心不下，今年春节我一定回家，好了，先写到这儿吧……”每句歌词都深深触动着人们心中的那份温馨。

记得孩提时代，夜晚降临，就会有几位朴实而热情的乡亲来到家里，请父亲代写家书。父亲无论白天多忙，总是在灯下静静地听他们叙述，默默地在信纸上工整地书写着。而那泛黄的纸片，悄然传递了对远方亲人的关怀问候，犹如暖暖春风，吹进游子内心的河谷。

时代变迁，科技日新月异，家书仿佛渐渐淡出了人们的视线。如今，互联网技术愈发普及，通信工具层出不穷，给我们带来便利的同时，却似乎又缺少了那份温情脉脉的感觉。那时的家书，是如此珍贵难得，它承载着家乡亲人的牵挂和关爱，带给我们无尽的温暖。

遥想当年，那些风华正茂的青年踏上军旅征途，当他们想要向家人传达思念的时候，那丝丝笔墨，那草草几行字，仿佛都饱含着浓浓深情。而那些盼望亲人归来的人们，或许就在某个晴朗的午后，怀揣希望，仔细读着那一封封来自亲人们的慰问信。

来的人有时会自带信纸，因为那个时候信纸一般人家平时用得少，一般是村里的队长、会计这些干部或者学校的老师，由于工作原因家里会备一些。一般人家里少有信纸。不过家里如果有人在外面，经常需要写信，家里也会备一些的。那时候信纸也属于文化用品中的“奢侈品”了。我曾经在六年级时买过一本信纸，那薄薄的、白白的、亮亮的有着红色的实线和虚线相间的一本厚沓沓的信纸，惹得其他同学是那样的羡慕嫉妒恨，那种景象至今犹在眼前。可惜后来被代课的语文老师用一沓白纸换了去。那么如果没有带信纸呢？那就只能代写的人家里有什么就用什么了，所以那个时代的家书用的纸质是千奇百怪的，方格的、横线的、空白的一应俱全；抬头更是从机关到乡、村各个单位都有。除了信纸还有白纸、账本纸，甚至还有烟盒里的锡箔纸。

千百年来，那一封封家书充满亲情与思念的书信，仿佛穿越时空的隧道，一直延伸至远方。此刻，让我们一同走进那个依然熠熠生辉的年代，去感受那些原始却深沉的感动。

在那个年代里，我们所熟悉的书写方式并非犹如当下的电脑输入那样严谨统一，而是如同画家挥洒颜料般随意而自由。那时的人们，无论是对亲人的亲切呼唤或是朋友间的微妙关系，总是喜欢用一种独特的方式表达出来——小名、绰号或是有些随意的特别称呼！

他们采用的结尾格式，按照规定应为“（空两个字符的空间）此致。（另起一行）敬礼”，但在实际写作时，许多人都只是简单地书写几句祝福的话语，例如“愿你事业兴隆，健康长寿”等。还有一些特别的结尾，如“就此停笔，欢颜依旧，恭祝安康，敬祝吉祥”等。这种独特的修辞手法，无疑展示了文人墨客们丰富的想象力和深厚的书香气息。

灯火摇曳，岁月沧桑。那些在老屋破壁前，对着虚空中的远方，一遍又一遍诉说的老人，便是家庭生活的精神支柱。他们将生活中的琐碎事情编写进信件，那些熟悉的脸庞、细碎的关心、幽默和朴素的话语，全都深深书写在那一张张泛黄的纸张之上。那些被浓厚情意灌注的纸质家书，已逐渐远去，它们如同珍藏的老照片，成为人们回忆往事时那段刻骨铭心历史的见证与留念。然而华丽而尖端的网络科技，尽管给我们带来了前所未有的便捷，但却割舍了那份深切动人的情感交流。

曾经的人们，写下动人的家书，与亲人朋友分享彼此的喜悦与痛苦，那些真诚朴实的话语，犹如清泉流淌，鲜活生动。如今，当面对最亲近的人，我们却陷入无语窘境。发送电子邮件、浏览博客、玩社交网站……无数方式让我们知道如何向这个世界“发言”，然而，我们却错过了大自然赋予我们最初的语言——情感传递的真谛。我们的内心深处，似乎依旧期盼着那封饱含深情的手写信，那些被时光浸泡过的痕迹。正如歌中所唱：旧信封，带我回到童年的夏天，期待化成一阵微风，羁绊于你温柔的脸庞。那一个个深情的夜晚，在昏黄的灯光下，我们轻轻抚摸着这些信件，我们在心中默默期望，这一份温暖能够将我们包围。

遥想那段书信传递的过往，对于写信者来说，每一行字都承载着深深的思绪；而寄信，更是一段漫长且充满悬疑的旅程，只有当最终收到回音的那一刹那，才是无尽的喜悦。那些理想的独白，多么的令人向往，我们在信纸上写满真诚与热爱，期待对方能够发现我们那深沉的心声。每张信纸都是一次心灵的互动，那时的情感，不仅仅有墨迹绽放出的自然香气，还有文字流露出的心灵默契。凭着这些带着欣赏与感激的信件，我们学会珍视每一个人、每一个微笑、每一个拥抱。在那个不太遥远的通信时代，无疑是一笔宝贵的精神财富。

然而，现实却是残酷的。今天的我们，机器、数字、速度成了生活的主旋律。信件的时代已告一段落，那些充满生命力的问候语渐渐在现实中失落、消散。从电话到短信到QQ再到微信，从一条一毛钱到数据流量。信息传送方式越来越多样、越来越便捷，传送效率越来越高，传送成本越来越低，取而代之的是情感却被传送得越来越稀薄。网络上那些碎片化、浮躁的言论，似乎已经取代了那种真正的情感沟通。我们感叹，那封捧在手中，带着体温的信笺，何时才能再次回归我们的生活？

我们有点伤感地发现失去书信的人们，情感表达也如同一匹脱缰的野马，昂首突进却漫无目的；又如一只画了各种图案的气球，鼓鼓囊囊，却空无一物。书信的时代自是一去不复返了，但是网络时代的情感表达却值得我们反思，多年之前，那些口述、代笔的纸张可以注满真情，现在屏幕上却只是显示矫情而虚伪的文字。生活节奏太快了，快到我们已经没有时间去揣摩、表述和经营我们的情感。我们大概忘记了，我们高于其他生物的原因正是我们有感情、我们善于表达我们的感情。

时代在变迁，人们的习惯也发生了翻天覆地的变化。我们是否因此遗忘了曾经流淌在心间、用文字表达情感、与他人建立联系的那份情感呢？书信时代虽已过去，但我依然坚信，我们的脚步会慢下来，让我们的情感慢慢沉淀；让我们的表达变换方式；让我们的情怀慢慢浮出水面，恰似窖藏经年的美酒，揭开封盖便会香飘千里。我虔诚地等待着那一天。

小　年

（北方是农历腊月二十三，南方是农历腊月二十四）

小　年

宋·文天祥

燕朔逢穷腊，江南拜小年。

岁时生处乐，身世死为缘。

鸦噪千山雪，鸿飞万里天。

出门意寥廓，四顾但茫然。

小年，中国传统节日，也称“祭灶节”等。中国幅员辽阔，南北各地风俗有较大差异，被称为“小年”的日子也不尽相同，北方大部分地区为农历腊月二十三，南方大部分地区为农历腊月二十四。小年源于古人对火的崇拜，属于祭祀节日。秦汉时期，中国就开始祭祀灶神；魏晋以后，灶神有了姓名；宋代祭灶仪式较为隆重。

每年从小年（农历腊月二十三日）起到除夕止，民间把这段时间叫作“迎春日”，也叫“扫尘日”。扫尘就是年终大扫除，北方称“扫房”，南方叫“掸尘”“扫尘”。在春节前扫尘，是中国人民素有的传统习惯。每逢春节来临，家家户户都要打扫环境，清洗各种器具，拆洗被褥、窗帘等，扫扫庭院，掸拂尘垢、蛛网，疏浚明渠、暗沟。大江南北，到处洋溢着欢欢喜喜搞卫生、干干净净迎新春的气氛。

青烟袅袅

自古以来，人类创造出无数丰碑式的文化瑰宝，其中有一颗璀璨宝石，便是那源远流长的祭祀传统。言及敬祖先，总会令人不禁想到那虚无缥缈的来世与深远奥秘的今生。虽然众多智慧的学者还未解开这一千古谜题，但人们却依然心甘情愿地奉上深深的敬意和怀念。我们依然热情满怀地参拜故人，焚香燃烛，奉行祭祀。

为何我们如此笃定地信仰着这一古老命题呢？因为在我们心中，燃烧的纸钱好似一封信，穿越时空，带去无尽的思念和感恩；我们焚香的袅袅青烟，如同是与已逝之人进行心灵沟通的桥梁，表达着无尽的悲悯和敬意。微微地俯身低头，也是我们对先辈们表达尊敬和感激之情的方式。关于这个问题，有人或许会嗤之以鼻，归结为迷信。而更多的人，则愿意坚信生命在宇宙中有更为深邃的含义。

人生如梦，岁月如梭。古人将长寿视为最珍贵的财富，因此，人们对死亡充满忌讳和恐惧。当亲人或朋友离世时，我们的内心充满了无尽的孤独和悲伤。然而，如果人死如灯灭，人亡魂尽，那么这些祭奠的礼数又何尝不是毫无意义的繁文缛节呢？然而正是因为这种血浓于水的情感牵挂，我们才赋予这哀思以价值。每个人的生命旅程都是短暂而宝贵的，只有付出努力和爱才能得到永恒的记忆。

在这块土地上，我们相信，人不仅仅是肉体凡胎，我们有独特的思想、感情和牵挂。这些伟大的哲人们，用他们哲学家的洞察力和诗人的想象力，阐释了关于生命和死亡的奥妙。所以敬畏生命，祈求赐福护佑，这难道不是人性光辉最为原始且真实的折射吗？烧纸焚烛，上墓祭拜，磕头叩首，这不仅是一种信仰和习俗，更是人们对安宁美好生活的渴望。

每当迎来节日，或当亲人离世的忌日渐近，那种无法承受的伤感如巨浪般扑面而来。那些离去的亲朋们，我们曾在他们身旁欢笑奔跑，转眼间却只剩下冰冷的照片和碑铭。那些空白而无法填补的身影，宛如利剑般刺穿了内心深处。然而，如果我们相信牵挂永存，那么这些苦楚似乎就能找到疗愈的出口。因为他们仍在另一个世界，静静地注视着我们，默默陪伴。

人生在世，总有无奈和遗憾，过往的伤口也许终身难以愈合。然而，只要我们怀着温情和信念，不断追寻生命的道理，重新点燃生活的亮光，孤独和痛苦终将会散去。让我们紧紧守护好那份对离去亲人的牵挂，用真心来实现心灵的沟通。让那些远去的身影带给我们慰藉，让那些温暖的回忆点亮我们前行的道路。

生死之间，埋葬是牵引，祭拜则诉说着生命的传承与敬畏。在炎热的阳光照耀下，青烟袅袅之间，眼前的青苔、碑文与墓地，仿佛在诉说着岁月的流转与人世的沧桑。每逢清明祭扫之日，我不禁感叹世事无常，生命如电光石火，优雅而短暂。因此，我们需要深深理解祭祀的意义，让它成为生活中的慰藉，洗涤心灵的污垢。

每年过了小年，无论我们离家多远或者是有没有空闲，按照我们家乡的习俗，必须到祖坟去祭拜了，这也成了每年我雷打不动地必须回去的时间点。当然作为亲人的我们从无怨言，不仅如此，这一个特殊的时间点还成了我理所当然亲近故乡的理由。每年只有完成了祭祖，当我曾祖父、曾祖母坟上的袅袅青烟渐渐散去，我才算是在心里给这一年挽个结。

祖先的坟墓虽隐没于草莽之中，却承载着家族的荣耀与历史。抚摸着那堆积的黄土，感受着先辈们曾经经历的艰辛与不易，我们不禁泪眼蒙眬。他们所给予我们的不只是生命的源头，更是精神的寄托和信仰的依靠。带着肃穆的心情，以至诚之心敬献鲜花并烧冥钱，以表深深的缅怀。当缕缕青烟随风远逝，埋藏心底的那份感动与尊敬终于告慰祖先。

祭祖是缅怀先人的一种方式。那些长眠于地下的祖先，他们如同我们的基石，没有他们，便没有我们现在的辉煌。跪在他们的墓前，点燃火焰，寄托我们的哀思，让心灵与祖先交融。泛黄的照片、熟悉的声音、共同度过的美好时光在脑海中闪回，在感恩的泪水中，回溯过往，触动心灵深处的感动。与此同时，祭祖也是珍爱现存亲人的体现。墓园里的气氛总是庄严而肃穆，细碎的碑石组合出一幅画卷，里面装载着无数鲜为人知却感人至深的故事。每当我们为逝去的亲人祭扫时，总会忍不住流连在墓碑之间，肌肉紧绷，心情沉重，然而，只要想到活着已是难得，对长辈多尽尽孝，不让他们忧虑，就会感到温情满满。苏东坡的《江城子》里曾写道：“十年生死两茫茫，不思量，自难忘，千里孤坟，无处话凄凉。”这种情感难以言喻，却如陈年老酒般醇厚入味。我们对已故之人的遗憾或许无法弥补，不如好好把握当下，珍惜还在身边的亲人，弥补过去的遗憾。这种感恩之心如火样炽热，时刻温暖着我们的心灵。

身为凡夫俗子，我们不能逃离生老病死的命运，我们唯一能做的就是珍惜有生命的每一天，经历生命中那些甜蜜或痛苦的回忆，用真情实意回馈这份恩赐。站在墓碑前，无论生死界限多么遥远，就算有千般妙计，都无法打开那扇最终的大门。“世人都晓神仙好，惟有功名忘不了。古今将相在何方？荒冢一堆草没了。”人生百转千回，犹如沧海一粟，渺小的我们存在于时间的长河中，无法对抗大自然的力量，因此更要深刻领悟到生死的真谛，更加珍视我们身处在这个世界上的短暂岁月。每到扫墓的时候，静静躺在地下的逝者都会给我们敲响警钟。既然如此，我们理所当然地应当更加珍爱生命，活出精彩人生。是啊，人生短暂，唯有用热情与痴迷去体验这个世界，才能领会到生命的真谛。唯有无怨无悔的追求，才能对得起生命中所得到的每份恩惠。

同时，它也会引发我们更深层次的思考——我们为何降生于人世间？根系从何而来？无论是站在家乡还是异国他乡，都无法忘记我们的来处。我们对家乡的热爱永不停歇，那些曾经逝去的亲人们，是我们生命奇妙旅程的序曲。他们在我们生命诞生的路途中，付出了许多汗水和心血。正是由于这一系列偶然事件的发生，才有了我们今天的存在。然而，真正让我心潮澎湃的，并非仅仅是这份深沉而厚重的情感，还有家乡那独特的魅力。或许是因为这里养育了我，培育了我，未经深入探索的我，便能感受到那份深沉而久远的情意。每当回家之际，我的心境总会为之荡漾；每当归来之时，我总能找到属于自己的那份安定与依恋。这是一种源于家庭的独特问候，一种无法割舍的精神羁绊。

岁月流转，人生只若初见。每一次的回归，都是亲人之间心与心的对话。这也是精神的滋养，情感的传递。有句话说，“每一个人心中都有无论如何也不能放弃的故乡，一年还有那么几次能亲切地想象着它”，对我而言，不正是这样吗？在祖坟祭拜中，祖先的恩泽也深深印烙在我心灵深处，成为我坚守家园信念所在，保持热爱家乡的动力源泉。岁月无情，时光易逝。但对故乡的回忆永不褪色。无论是从繁华都市回归故土，还是在千里之外念想家乡的风景，只要心存敬畏，故乡便永远活在心中！

雪夜静思

今年的第一场雪和往年的第一场雪似乎有些不同。往年的雪是千呼万唤始出来，来了以后也只是敷衍了事，就像一个不太熟识的邻居，点一下头，就擦肩而过，连寒暄都懒得寒暄。今年雪还没下，就有点来势汹汹，首先是媒体的渲染，然后就是学校的放假，再就是越来越冷的天气。这就让人们对今年的雪多了一份别样的期待。

也许是今年人们的期待值高到爆表的程度了，这让今年雪感到实在是盛情难却，所以既没有虚晃一枪，作黄鹤一去；也没有千呼万唤始出来，犹抱琵琶半遮面，姗姗来迟；而是如期而至，热情饱满地来了。

半夜起来，觉得特别安静，没有了往日的喧闹，没有了往日的繁杂。只有一种似乎身居亘古荒原，天地之间万籁俱寂，时间消失的感觉。而且觉得气温没有下午时那么冷了。突然意识到是不是下雪了。赶紧走到窗前，扒着窗户一看，果然如此，漫天的白色精灵正欢快地、前呼后拥地、成群结队地从天而降。雪和人一样，一定也是喜欢群体生活的。今天夜里，不，也许是几天前它们就一起约定共赴大地，于是它们便呼朋引伴，拖家带口，整装待发。时辰一到便一起出发。于是乎便有了今夜此刻无数片雪花纷纷扬扬从天而降。于是乎我耳边仿佛听到那些飞舞的精灵们在空中翻滚、跳跃的声音。它们时而急速奔驰，时而闲庭信步。你追我赶，你呼我应。这种热闹的场景在这个夜里无声而又汹涌地进行着，真的让人感到很神奇。

下雪，对于雪而言，是一次非同凡响的征程，是一次非同凡响的远征。从天空中的对流层到地面大概是三十公里，这个距离对于人而言，借助现代化的交通工具当然很快，但是只凭双腿也应该是需要大半天的时间吧，更何况雪只有我们指甲盖大小而已。这场远征，对于雪而言是它的宿命，它只有完成这场远征，它才能成为名副其实的雪。否则它只是水和尘埃的混合体，永远无法拥有自己的身体、自己的世界和自己的粉丝。正因为此，我们可以感受雪在此时此刻的兴奋和快乐。越接近大地，越意味着它们的目的地就要到达，它们的使命就要完成。很多雪花落到地上就化了，悄无声息，然而你细细地听又会听到发自它们身体内部快乐的呻吟声，因为它们本来就是来自大地，它们被烈日从大地的怀抱中带走，走得是那样突然，它们无法忘记它们离开大地流下的那最后一滴泪，它们依稀记得那滴泪中折射出自己的模样，清澈、纯洁。之后，它们便只觉得自己的身体仿佛已经融化、完全不属于自己了。无数个日日夜夜，它们在天空中流浪，俯瞰大地。在今天从天空回归大地的过程中，它们才又一次感受到自己身体的存在，然而，它们觉得似乎有些不同，它们身体有些生硬，还有了棱角，越来越重。它们正惊讶间，突然冲入了大地的怀抱，那一瞬间，它们突然明白了，这是回家的感觉：温馨、踏实。之前所有的疑惑、惊讶都消失了无影无踪。这次从大地到天空再到大地的行程是一次洗尽铅华归于美丽的旅程，这场涅槃般的行程让它们完成一次生命的重要洗礼，使它们的身心得到了一次前所未有的升华。

雪越下越大，窗户外面的雪花和窗户里面的我分属两种个体，人是万物之灵，我可以用眼睛看雪，雪却无法用眼睛看我，雪在此时此刻大概也顾不上看我，也不屑于看我，在这个时刻，毋庸置疑，世界是属于雪的，天地也是属于雪的。现在外面几乎没有人了，偶尔看到一两辆车子从马路上疾驰而过，那种感觉分明是在狼狈逃离，因为大家都知道，雪一旦下大了，那路面可是很滑的，滑溜溜的路面，带来的安全隐患是大家都可以想到的。所以今夜雪是真正的主人，它还看我这个小人干什么呢？渐渐地近处、远处，路面开始白了，房屋开始白了，桥梁开始白了，大雪正以一种势不可挡之势把大地上的很多东西覆盖。雪一定是一个患有"重度强迫症"的人，因为它会把几乎所有的物体都染成白色，当然只要有足够的时间，我相信它是可以把所有的物体全部涂上白色的。它是不会顾及任何物体的感受的。它是一个见不得瑕疵的人，它是一个完美主义者。它希望把一切不好全部淹没，全部改变。希望天地之间只留下纯洁一片，为此它拼命地展开自己的身体，铺展、奋力地铺展。一小块又一小块，一寸又一寸……雪在人间辛勤地忙碌着。

到了第二天清晨，每个人都会为雪的杰作而赞美："啊！真美啊！"然而这时离雪的消失已经不远了，耗尽了心力的雪，在安详地等待阳光到来的那一刻。

雪纷纷落下，看似不疾不徐，其实是前赴后继。我想到一个词叫雪浪，雪下的这个气势不就像那海浪一样吗？一浪推着一浪，无数个水花你推我搡，向前翻滚不止。浪花是有声的，雪浪却是无声的，然而这种无声中蕴藏的一种气势和劲头却是水花也难以比拟的。我闭上眼让那漫天的雪花透过窗户，穿入我的身体，淹没我内心的尘埃，让我心灵纯白。

——部分内容发表于《参花》2020 年第 4 期

除尘，尘除！

我自认并非一个勤快之人，但从小到大似乎家里除尘的活儿，一直是我在干。儿时父亲喝着小酒，看着这幢他这一生中堪称绝唱的作品——大房子，想着只有他自己知道的心事。顺便监工、指挥，而我爬上落下、穿梭在灰尘飞扬的环境中，却玩得兴高采烈，乐此不疲。

我家的除尘不同于别人家，其堪称农家人除尘难度之最，就那两面参板墙足以让人感到绝望了，那高度反正是从小到大，我所有的工具借遍都未能够到它的顶部，所谓参板墙，这种建筑风格是很少见到的，简而言之，就那老家传统硬山式住宅的中间两面内山墙，它不是用砖头垒成，是由几面定制的门形木材组成的墙，想一想都觉得有些不可思议。

这次我回老家，到我家屋后那原先是农村现在是农田的地方转悠了一下，发现这块我儿时记忆中住了几十户人家的农庄，竟然几步就走完了，这在几十年前，对于一个孩子来讲，几乎就是他眼中的整个世界啊！这么说吧，在过去的几十年里，我眼中的世界发生了巨大变化，很多事物都变得渺小了许多，但唯一的例外是我家的这面参板墙，至今我都觉得它是高大雄伟的，绝不仅仅是视觉上的震撼，我曾在无意间遇见类似的结构，和我家这个庞然大物相比，它们无不显得黯然失色。当然除了这两面参板墙，还有六扇板门和两扇大门需要打理，整个过程至少得耗费我大半天的时间。更不用提那些犄角旮旯的地方，没有足够的耐力还真是吃不消这份体力劳动。我有时想我身体的灵活，灵敏是不是从除尘那会儿练出来的？

从初中到高中，到后来的工作，一个孩童爬成了少年，再成了青年，从颤颤巍巍到心有余悸再到从容攀登。岁月也犹如那竹梯一样，晃晃悠悠的，送往昔迎今朝，一年又一年。父亲的酒杯空了又满、满了又空。母亲的厨房炊烟散了又起，起了又散。我想，岁月大概也是有颜色的，如同那面参板墙一样由殷红而暗红而黑红，是成熟也是衰老。而那些巨大的木板也由一开始每晚龇牙咧嘴地哼哼到彻底地没了声息，似乎也和它的主人一样，被岁月磨平了棱角。

如同是小时盼过年一般，除尘也成了必需的一项程序，用笤帚清扫那门后堆积的尘土，再用抹布蘸了水擦门脸，擦完，再用干净的抹布擦。弱小身躯紧贴于板墙，如同壁虎一样，擦拭板墙的同时，也在擦拭自己。有谒曰“本来无一物，何处惹尘埃！”其实少年的心清净无染，本无尘埃，何来灰尘可拭？等这些程序都走完后，天也黑了，打开灯，屋里亮堂堂，恰似少年眼里的未来一样，如电视剧里痴男怨女的爱情，如同老师勾画蓝图里的前程，如同武侠小说里侠客的快意人生。一切都在不久的将来等着，好运唾手而得，幸福易如反掌。

多少次了我也数不清了，开始还能从容地除尘，但不知什么时候，除尘成了一件很潦草的事，把脏得实在看不下去的地方擦一下，然后草草地贴上对联，挂上吊钱就开始过年了，囚首跣足、不修边幅的参板也已经很多年等不来主人亲切的召唤了。父亲思考的哲学我终究还是没有完全参透，沉默寡言的他留下不多的只言片语，也多是酒后之言。大概记得他打牌是快乐的，因为喜欢哼着小曲；而他最喜欢的小酒，却一直是沉默着喝。小时候一直无法理解他这种喝酒然后再酣眠、到午夜再醒来抽烟的颠三倒四的作息状态，然而很多年后，在午夜码着文字突然明白了一种名叫孤独的情绪时，我似乎理解了父亲。父亲年轻时的经历确实很辉煌，在全国人民下海潮之前他就辞去村里的治保主任、民兵连长等所谓“官衔”，带领一批人下海经商，成为村里首批“万元户”。在多人承包窑厂失败之时他能力挽狂澜，一人救活了一个厂，然后留下这幢杰作，一幢屹立三十多年仍然让看到的人啧啧称奇的青砖、小瓦、画砖、滴水瓦、参板、排门、画栏构成的仿古式建筑。然而父亲年老时却异常颓唐，生意的流年不利，儿子的不争气——我虽已是实验初中的老师，但依然不富裕。想来也只有烟酒相伴才能解去烦忧。

除尘已经流于形式，沉默的参板静静矗立在那儿，它也辉煌过，备受瞩目，现在它在岁月的沉默中用沉默对垒，担当是它的职责，也是它义不容辞的担当。这幢老房子，先是那在外沿最装点门面的水泥画栏残缺不全了，那曾经流光溢彩的彩绘自然是在经年的风雨中被磨损掉了。那带着遥远的江南水乡梦想的小瓦们在很多年前就被替换成琉璃瓦了，因为破损得太多了。但哪怕其他的材料都破损，参板也必须挺立，更何况它还有那青砖、画砖、滴水瓦等做陪伴，它们虽然都老了，但没有朽，雄风不减当年，左邻右舍都改成铝合金了，它冷眼旁观。所有的金碧辉煌都要在岁月长河里经过洗礼，才能验出真伪。所有的喧嚣只有在宁静的时空里经历冲刷才能洗尽铅华、返璞归真。

这种感受我不知是什么时候被我悟到的，那是一个安静的下午，其时我已经到了苏南工作，然而，太多的不如意，让我迷茫不知所措，我不知我的人生方向在哪里。我也不知作为这间屋的主人，我应该如何传承这个家族的辉煌，对于老母亲、妻儿，我更不知道我能带给他们什么。我如同当年达摩面壁一样，在那单薄而厚重、孤单而坚韧的参板墙下，把年少时候的快乐、青年时的意气风发，一一回味，再把父亲在时的安逸，以及如同禅语的话语一一细品。我用手抚摸着那有些粗糙但仍然不失光滑的暗红的漆面，想起很多年前，父亲让漆匠为它“整理衣冠”的情景。那该是他在房屋落成后第一次被刷漆，也是唯一一次，犹如古时男子二十岁时的加冠礼。于吉日之时，行祭拜之礼。来宾依次加冠三次，宣告他的成年，向天地、祖先宣告他是一个男人了，他有了顶天立地的资格了，做得怎样就看他表现了。我家的参板，似乎也就从那开始不再叫唤了，一开始因为木头的热胀冷缩，经常会发出一些响声，如同小鞭炮一样，此起彼伏，但后来这声音渐渐消失了，直到完全没有声息。也是，已经成年了，这些小的疼痛怎么可能还承受不了呢？成长难道不都是从痛苦开始的吗！想到这里，一种久违的蓬勃从心底缓缓升起。

然后，我穿上一件旧衣服，戴上一顶帽子，开始搬桌子登高擦拭，两个孩子看到我这么大的动静，问我要干什么，我笑着说除尘，孩子一如我当年一样开心，问我什么是除尘，我沉思片刻说是除去心中的尘埃，然后亮堂堂地迎接新的开始。孩子们当然没听懂，兴高采烈地帮忙了，我用自己购买的洗油烟机的全套工具，喷出的水汽直冲向门玻璃，那已经都是蓬头垢面很多年的玻璃突然一下子流下饱含泥土的“热泪”，它干净了，心就明亮了。

除　夕

（农历十二月廿九或三十）

岁除夜会乐城张少府宅

唐·孟浩然

畴昔通家好，相知无间然。

续明催画烛，守岁接长筵。

旧曲梅花唱，新正柏酒传。

客行随处乐，不见度年年。

除夕，为岁末的最后一天夜晚。岁末的最后一天称为“岁除”，意为旧岁至此而除，另换新岁。除，即去除之意；夕，指夜晚。“除夕”是岁除之夜的意思，又称大年夜、除夕夜、除夜等，时值年尾的最后一个晚上。除夕是除旧布新、阖家团圆、祭祀祖先的日子。

除夕，在国人心中是具有特殊意义的，这个年尾最重要的日子，漂泊再远的游子也是要赶着回家去和家人团聚，在除夕，辞旧除夕自古就有祭祖、守岁、吃团圆饭、贴年红、挂灯笼等习俗。

流浪家园

除夕之夜，我们沉浸在亲人团聚的欢愉中，这份幸福美满让我激动之余，却不合时宜地怀念起浒墅关古镇上那些流浪的小生命，心中难免涌动出一股深深的忧虑——在这个喜庆佳节到来之际，你们过得是否安好？慈祥的老爷爷，你是否依然坚持送去那温暖的爱心午餐？可爱的猫咪，你们是否仍在那个温馨的避风港等待奇迹出现？

每当驱车驶过那熟悉的街道，坐在后排到学校接女儿的母亲总是指着一个墙根附近很有感慨地说："每天都有一个老人在那里送饭给这一带的猫、狗，他真是一个好人。"

我说我也经常从这里走，为什么我没看过。这时一边的女儿也附和着说："是的，我每次放学坐奶奶的电瓶车都看到的。"

有一次我独自一人驱车从那里经过，当我习惯性地注视着那个角落时，果然看到一位年过花甲的老者，在人声鼎沸的街头巷尾悠然地送着手里的食物。他手上拎着一个盛满丰盛饭菜的铁桶，每走几步就会停下来，弯下身子与路边的小猫小狗们打招呼，眼神里流露出深深的关切和爱意。到了他送饭的地点，他用手里的勺子敲击着桶，"滋啦"一声，诱人的香气瞬间弥漫开来，"咚咚"的声音在熙攘繁华的街道中很微弱，但是那些流浪的"孩子们"却听得无比真切，它们纷纷围拢过来，有几只通人性的用头蹭着老爷爷的裤脚，熟稔地直接跳着扑上去，直至老爷爷用手拍拍它们的头才罢休。在夕阳的光晕下，这一切被笼上了一层层浓浓的金光。那一瞬间，我心灵最为柔软的地方被这人性的光辉狠狠地击中了。

环顾四周，我发现这位置离我们生活的学校宿舍区大概只有五百米。我不由得想起多年前非常相似的一幕。

宽广壮观的学校体育场极其宁静，然而操场边的一角却是生机盎然。那里不久前竟然成了一群经历沧桑风雨的猫群栖息之地。周边的建筑都已被拆除，那里曾经是它们的家，如今它们只能独自在冷风中觅食、露宿，无法再享受人类家庭的眷顾和呵护。看起来它们是那样的孤立无援，令人生怜。它们在残酷现实面前无奈接受失落，沦落成为运河边缘的孤独流浪者。

“这些猫怎么不跟随主人走呢？”我很疑惑。

母亲叹了一口气说：“按照老辈的说法，猫是不能带走的，带走主人会穷的。”

我听了一愣，这么多流浪猫还是狠狠地刷新了我的认知。无论是出于“狗来富，猫来穷”这种无稽之谈，还是“新房子里难有猫的容身之所”的理由。这些思想是让人很难接受的。后来我们经常把家里的饭和粥给它们吃。所以渐渐地我们家就成了这些猫们的庇护所，我经常看到它们三三两两地卧在门前屋后悠闲地晒太阳。

有时我想我母亲为什么称那个老爷爷为好人，为什么她和女儿能够关注到，而我却很茫然。这是因为他们都是同类的人，都是那种极有悲悯情怀的人。这些流浪动物们也许有一部分就是我们当年收留的遗弃者吧，只不过随着拆迁的规模变大，流浪动物的规模也在变庞大罢了。

老母亲一辈子和善、温良，而我的女儿也是在家里和那只宠物狗在同一阵线，手机软件头像也设成狗狗的照片，有趣的是，那只狗好像也和她心灵相通，她一旦被我训斥，那只狗就大声吠叫，母亲说，那是狗在帮女儿，我一开始没在意，后来发现，好像真的是这么回事，人只不过是一种高级动物，所以作为同属，动物和我们的心性是相通的，人讲究知恩图报，动物更是如此，这只狗大概也是这种情结吧。你施舍我一顿饭，我伴随你一生，动物的情感有时更加简单直接、朴素纯粹。而我则在整日忙于生计之中，使自己这颗心也日益麻木、迟钝，甚至坚硬，这大概也是大多数都市人的通病吧，一如那些流浪狗的主人们。

我说的是一群流浪狗，一群被人收留的流浪狗们。

啊，那些沐浴在阳光下的，一群曾经沦落街头的流浪狗们，如今却洋溢着幸福的表情。不出意外，它们在今天晚上一定会有一顿丰盛的晚餐。它们生活在我经常去修车的那家运输公司的院子里。

那位老板不仅慷慨解囊，为这些无助的小狗们提供食物，更是请来了厨师，烹饪出一道道美味佳肴。这样的待遇实在是太过奢华，以至于我这位隔三岔五光顾的修车人，都感到不可思议。想象一下吧，这里聚集了整整十五六只无家可归的小生命，有些蜷卧在地面上，有些环绕在大型拖车旁，还有些正在互相嬉戏打闹。

这些流浪狗并不会主动攻击人类。它们都属于那种看着令人心疼的存在，比如瘸腿、缺眼或毛皮脱落。虽然流浪，但它们身上并没有让人害怕的野性。它们也不大声吠叫，除非遭到威胁。当然，你若接近它们，想用手机记录下这段美好时光，恐怕就要提防被它们警告，甚或可能遭到攻击。这大概是它们长期流浪形成的一种自我保护式条件反射吧。

它们不似其他流浪狗那样焦虑不安，也不曾对人类流露出一丝敌意。相反，你能看到的只有它们悠然自得的身影。观察者们总感觉自己置身于一家温馨洋溢的宠物福利院，每分每秒都是安详与和谐的画面。是的，它们安逸惯了！

我无法不去欣赏这份难得的平静，虽然它们残疾的外表令人望而生怜，但那一双双深邃但绝非冷漠的眼神却足以将人们的心扉洞穿。这个温馨的场景不只是画面的展示，更是对人间真情的颂扬。这真的是一场刹那间的辉煌，一幅值得永驻心间的画卷。

我以为这幅画卷只是偶然降落于此地，事实上无独有偶，不久前，我竟然在一户普通的人家看到比这更加壮观的场面。那日，到一位朋友的家中做客。在此之前，朋友特别地提醒我，她的家里饲养了大量的猫咪，她是一位收养流浪猫的爱心人士。这使我对这个普通的公寓式住房充满期待。当我踏进大门的那刻起，我仿佛乘坐时光机来到了猫咪王国——整整二十八只猫咪，聚集在这个小小的空间里，这个数量还是有点超出了我的想象，我不得不承认，当我打开那间猫房时，我还是被这壮观的场面震惊到了。整整两个房间都被改造成了猫咪的乐园，难得的是，每一只猫咪都有属于自己的天地，而且猫咪们很安静，它们彼此相安无事，即使对于我这样的一个外来者，也只有一两只用狐疑的目光盯着我而已。虽然是流浪猫，但那只是从前的身份，它们现在都是有主人、有家的“孩子”。它们被护理得很好，纯黑、棕黄、白色、黑黄相间，各种毛色如花儿一样绽放在这小小的空间里；波斯猫、美国刚毛猫、短毛猫，还有一只加菲猫，这些猫咪宛如一件件艺术品摆放在这里任人观赏。

它们恢复了慵懒的模样，爱清洁的天性，虽是二十八只，然而屋内却异常安静，反倒是有只狗特别不友好，一直狂吠着，大概它是以这群猫咪们的保护神自居吧！令人吃惊的是，他们家竟然也聘请了一名护工阿姨，专门负责照料这些可爱的猫咪宝贝们，这是要付出相当大的经济代价的，如果不是真爱，谁愿意去做呢？

那些猫咪静静地躺在柔软的窝里进入了梦乡。然而，若不是亲自走近观察，谁能想到这间寓所内，竟有着如此庞大的猫咪群体存在呢？唯一不同的是，屋内隐约地带有那种独特的“猫咪气息”，但在屋内久了，便渐渐适应了，动物对于人身上的气味是很敏感的，我想待会出去之后，外面的猫咪们一定视我如亲人了。我身上的气味就是最好的“投名状”。

虽然活动在同一个空间之内，但这些猫咪却处处彰显出一份难得的静谧与祥和。和那些流浪狗一样，它们已经对人类的抵触不再那么强烈，但自我保护的意识还相当强。所以，当我试图抚摸它们时，它们立即做出弓背嚎叫的姿态，以示警告，我只得退后一步，在我和它们之间保持一个安全距离，然后向它们发出友好的信号，做手势、嘴里发出“喵喵”的声音，甚至是挤眉弄眼，但可惜的是，对此它们视若无睹，直到我像一个小丑一样讪讪地下场，它们才转过身去继续闭目养神，唉，它们是受到人类多大的伤害，才会变得如此冷漠、如此看破世事。宠物猫有一天也会把拒绝作为常态，所以无论动物还是人，信任永远都不是可以无限透支的银行卡。

生命的奇妙，竟是如此令人惊叹！我徜徉在一幅幅繁华而又温馨的画卷之中，犹如梦境般感受着人与动物和谐共处的美好。这样的场景，让人不禁感叹生命相处的无限可能性。这样的一些看似平凡的生活空间，为动物提供庇护与关爱，成为流浪猫、狗的乐园，成为这些可爱生灵的栖息家园，那么我们人类为什么不可能让我们的地球也成为这样的一个所在呢？是不可以，还是我们自私地不愿意呢？值得我们去深思。

年年有余

今天是除夕，每家每户饭桌上都会放一条完整的鱼，人们用它寄托我们“年年有余”的祝福。谐音让鱼成为年末大餐，不识字的鱼是不是觉得受宠若惊呢？我也属于爱鱼的一类人，我的一大爱好就是养鱼。现在在我视线的正前方，摆放着一个小型玻璃鱼缸，鱼缸里的增红鱼缸灯亮着，猩红的光芒照耀得鱼缸里满溢非凡的生机与活力，正是满缸红的时刻，和这除夕之夜到处是红色的喜庆氛围异常应景。

我精心饲养的几条红绿相间的华丽鹦鹉鱼，正在这片奇异的红色光华里自由自在地游弋着，仿佛在清波荡漾中戏水的漂亮女子，一边漫游一边歌唱。观赏那些充满生机的小鱼在你眼前嬉戏，或觅食，或上下浮沉，那种跃然纸上的生动画面着实令人舒心愉悦。特别是那些五颜六色、形态各异的小鱼儿们宛若一朵朵娇嫩的花朵在你眼前争奇斗艳，如此美丽的场景实在是让人心旷神怡。长年累月的喂食使这些鱼儿已习以为常，每当看到我走过时，它们就会迅速聚拢过来，甚至会根据我挥手的方向，如同执行命令一般跟随移动。这样的真实情境确实能激发出一股莫大的成就感。

人们对鱼儿的喜欢是爱到骨子里的，它是人们生活中使用最为频繁的图腾之一。这个时候，我突然发现家里的鱼真不少，除了鱼缸里养的鱼、桌上菜盘里摆的鱼以外，窗户上贴的年年有余的窗花里有条正高高跃起的鱼；那门楹下方在风中起舞的吊钱上，也有几条雕刻的鱼儿在笑意盈盈；对联和福字上，也有一些鱼儿相伴。我家的门比较多，每年除夕挂吊钱和贴对联让我都很忙碌，现在我却发现了一个意外之喜，那就是我家在这个特殊的时刻，竟然被这么多的鱼包围着和祝福着。其实还有更隐蔽的鱼，我家老屋是我父亲留下来的一幢仿古式建筑，那些木头雕镂的窗户中的一些图案就是抽象的鱼。我们的祖先太过于恋鱼了，所以在我们的生活器物上，鱼的图案几乎无处不在。这么一想，我把视线转到桌上的杯盘碗碟上，果然发现每个上面都有几条栩栩如生的小鱼。另外如果不出意外，房间里的几条被子的被面，应该也有一些鱼的图案。我那一年从乌镇旅游买回来的纪念品，一个蓝印青花布包上一定也有几条弯腰飞跃的鱼静静地在那儿。这些鱼有活着的生命，有作为食物的美味佳肴，有图案化的图腾，这些是有形的鱼。其实人们内心还有一条无形的鱼，那就是对富足、吉祥、有作为、子孙繁衍生息、自由、幸福生活的渴望。这才是“年年有余”丰富的内涵。

众所周知，鹦鹉鱼又叫发财鱼，然而对我来说，选择养这类品种并非为了追求财富，仅仅是因为它们比较皮实，容易养活而已。这些年，我亲手带入家门的鱼种类繁多，无论是形态各异的金鱼——如各种色彩斑斓的草金、艳丽的红狮头、高贵威严的龙睛，还是摇曳生姿的蝶尾等，抑或是被誉为相对易养的龙鱼和琉金等，皆曾在我满怀期待的心情之下来到我的生活世界。遗憾的是我无法挽留它们的生命，最后只能怀着落寞和悲痛将它们送回自然的怀抱。每当一条条鲜活的生命突然漂出水面，特别是你伸手将它们已经僵硬的躯体从水中捞出时，这一切美好的记忆都可能瞬间烟消云散，取而代之的则是无尽的悲伤和忧郁。

我曾经坚信养鱼、养花、养宠物乃是陶冶情操、放松身心的三大利器。同时也是都市生活的一道独特风景线。然而，面对一次接一次的失败，我不由得对自己的认知产生极大的怀疑。养鱼、养花、养宠物都是要投入极大的精力，单有精力还远远不